现当代小说与古代小说传统

陈庆祝／著

华南理工大学出版社
SOUTH CHINA UNIVERSITY OF TECHNOLOGY PRESS
·广州·

图书在版编目（CIP）数据

现当代小说与古代小说传统 / 陈庆祝著 .—广州：华南理工大学出版社，2017.6
ISBN 978-7-5623-5298-3

Ⅰ.①现… Ⅱ.①陈… Ⅲ.①小说研究－中国－现代 ②小说研究－中国－当代 ③古典小说－小说研究－中国 Ⅳ.① I207.42 ② I207.41

中国版本图书馆 CIP 数据核字（2017）第 160357 号

现当代小说与古代小说传统
陈庆祝 著

出 版 人：卢家明
出版发行：华南理工大学出版社
（广州五山华南理工大学 17 号楼，邮编 510640）
http://www.scutpress.com.cn E-mail: scutc13@scut.edu.cn
营销部电话：020-87113487 87111048（传真）
策划编辑：王 磊
责任编辑：王 倩 王 磊
印 刷 者：广州星河印刷有限公司
开 本：787mm × 960mm 1/16 印张：13.25 字数：201 千
版 次：2017 年 6 月第 1 版 2017 年 6 月第 1 次印刷
定 价：42.00 元

前言

1996年前后，当时的文学理论界曾就“古代文论的现代转化”这一话题进行过热烈的讨论，这一讨论的直接起因是对现当代文论大量引进和借鉴西方文论、忽视中国古代文论这一现象的反思。彼时，文论界众多的学者参与了这个话题的讨论，并对古代文论的转换提出许多设想，其中一个思路是古代文论要完成转换必须要证明古代文论在今天依然具有阐释功能。

中国古代文论卷帙浩繁，形态多样，包括诗话、词话、文话、曲话、书信、序跋、评点、专著、选本、注疏以及散见于经史子集中的随笔式点评。从文论与文学的共生性看，随着20世纪初白话新文学的出现，中国古代文论从整体上也就此终结。中国古代文论能否用于对现当代文学的阐释其实不是一个理论问题，而是要在文学批评的具体实践中去验证，本书集中讨论的话题正是在“古代小说理论”与“现当代小说”之间建立阐释关系的一次尝试。

本书的上编以理论探讨为主。“中国文化身份”“中国文论身份”的话题是20世纪90年代“古代文论的现代转换”讨论的深层背景，也就是说，文论界对古代文论研究与现状的讨论与那一时期思想界对全球化背景下的民族文化身份的关注密切相关。基于此，本编较详细地阐述了“文化身份”“文论身份”和“文论身份建构的逻辑起点”三个相关问题。本编对明清小说评点以及金圣叹的文法评点的梳理旨在表明它们在古代小说理论发展过程中的重要地位。在古代小说传统中，笔记小说、传奇、话本和明清白话小说之间存在着较为清晰的前后继承关系，“古代小说理论的现代转化”一节概括地梳理了现当代小说对这四种小说传统的继承、借鉴和改造。

本书的下编选取了现当代 10 位作家的代表作品作为“现当代小说与古代小说传统”的研究个案。在现代作家中，沈从文的小说在 20 世纪 30 年代独树一帜，而沈从文对中国古典小说的借鉴是形成其独特风格的重要因素。张爱玲对“传奇”的继承与改造、对《红楼梦》中的世情叙事和悲剧精神的继承使其代表作《传奇》在海内外产生了持久的影响。萧红是受到以鲁迅为代表的新文学阵营影响而成长的作家，但她的代表作《呼兰河传》并不能归入 20 世纪 40 年代的左翼文学主流中。《呼兰河传》是一个另类的文本，至今仍然具有独特的艺术魅力，在这部小说中我们可以发现它与古代小说传统的内在关联。赵树理是在解放区成长的作家，他的作品一个显著的特点是以“大众化”的艺术形式参与了解放区主流叙事的建构，而他的“大众化”的最主要的资源就是以话本、拟话本和白话小说为主的古代小说传统。在当代作家中，莫言、苏童、贾平凹、王安忆是新时期文学发展中始终坚持艺术创新的实力派作家，他们也是历届“茅盾文学奖”获得者。贾平凹的作品与中国古典文学、古代小说的联系为评论界所公认。而莫言、苏童、王安忆三位作家都曾与“先锋文学”发生关联，但他们又先后从“先锋文学”中“撤退”，从古代小说传统中汲取营养。在当代作家中，本书还特别选取了詹谷丰、胡海洋两位东莞作家的作品作为分析个案。当然，在作品的成就和影响方面，他们与前面 8 位作家不在同一水平上。选择他们的作品，不仅仅是因为笔者长期工作、生活在东莞，也不仅仅是因为本研究获得“东莞文化精品专项资金”的资助，主要是他们长期在东莞工作、生活、写作，他们的作品是近年来东莞本土创作实绩的一个窗口。

需要说明的是，选择现当代的 10 位作家作为研究对象，主要是因为他们的作品显示了与古代小说传统的联系（并不意味着否定其他现当代小说家的创作与古代小说传统的联系），当然笔者个人的阅读视野也是不可忽视的因素。因此，本书的写作只是探讨“现当代小说与古代小说传统”这一话题的一孔之见、一次初步的尝试。

陈庆祝

2017 年 4 月

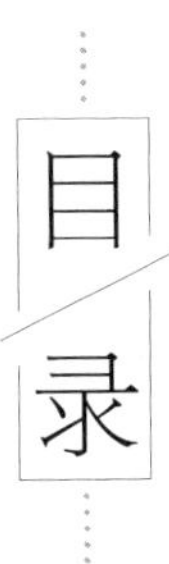

上编
古代小说理论与文论话语重建 / 001

一、全球化时代的中国文论身份建构 / 003

二、中国文论身份的建构 / 019

三、文论身份建构的逻辑起点 / 029

四、明清小说评点中的小说理论 / 037

五、金圣叹“文法”论探究 / 049

六、古代小说理论的现代转化 / 063

下编
现当代小说与古代小说传统个案研究 / 081

一、沈从文的“湘西世界” / 083

二、张爱玲的通俗“传奇” / 093

三、萧红的《呼兰河传》 / 107

四、赵树理的“大众化”小说 / 121

五、莫言的《生死疲劳》 / 135

六、苏童的“南方的想象”小说 / 145
七、贾平凹的《秦腔》 / 155
八、王安忆的《长恨歌》 / 165
九、詹谷丰的《喋血淞沪——蒋光鼐将军传》 / 175
十、胡海洋的《大河拐大弯》 / 189

后记 / 199

上编

古代小说理论与文论话语重建

一

全球化时代的中国文论身份建构

如果从 1899 年梁启超提出“三界革命”（诗界革命、文界革命、小说界革命）算起，中国现代文学理论至今已有一百多年的历史。百年中国现代文学理论跨越了社会政治形态和意识形态判然有别的近代、现代、当代中国的不同阶段，用“中国现代文学理论”来指称其间未必有多少连续性的百年中国文论无疑是一个极度化约的理论命名，而百年中国的现代性追求或现代性焦虑或许是这一化约式命名的唯一学理性根据。在曲折而又庞杂的百年中国文论与延绵千载的中国古代文论之间，“现代性”划出了一条衍生出诸多意味的界线——在界线的此端，现代性的异质起源及其所裹挟的西方文论资源成为百年中国文论的一道前凸景观。但是，在 20 世纪 90 年代，源于现实层面的诸多必然或偶然因素的触动，思想界骤然出现对百年中国无可置疑的现代性追求的质疑和反思，被现代性遮蔽已久的民族性或中国文化身份在官方与学界共同推动的“国学热”和海外的新儒学的内外合力之中闪亮出场。其余波所及，一声“失语”的棒喝唤醒了此前陶醉于“中国特色的文学理论”建设的文论界，中国的文论身份问题赫然横亘在文论界面前。文论界的主流人士似乎在这一声棒喝之中幡然醒悟，对新时期以来、对“五四”以来中国现代文论抛弃祖传家珍、膜拜于西方文学理论的行为莫不痛心疾首。

回归中国本土文论，对中国古代文论进行“现代转换”，建立中国文论的自我身份，在世界文论中发出中国的声音等，成为 20 世纪 90 年代中国文论一道别样的风景。

中国文论身份问题应该说在中国跨入近代门槛之时就已存在，长期以来以各种形式出现的“体用之争”可以说是文化身份问题的一个侧面反映。但中国知识界对现代性话语的压倒性认同使中国文论身份问题并未上升到自觉意识的层次，而只有在 20 世纪 90 年代的现代性反思中，文论界才真正第一次有了对文论身份问题的自觉意识。因此，中国的文论身份问题也成为 20 世纪 90 年代中国文论转型研究的一个话题。如果从 1996 年西安的“中国古代文论的现代转换”学术研讨会算起，文论界对文论身份问题的讨论至今已有 20 余年，或许现在是对这一话题进行初步检省与回顾的时候了。

1.“身份 / 认同”释义

中文中的“身份”与“认同”在英文中为同一个词“identity”，构成“identity”的主要词义是同一性、个体性、个别性、独立存在或一种确定的特性组合。“identity”作为身份 / 认同而成为当代核心问题之一之前，首先是个逻辑 / 哲学问题，即“同一性”的问题。从古希腊开始，逻辑 / 哲学研究就注意到了“同一性”（同一律）。关于同一性的通常定义为：如果属于某个东西的所有性质都属于另一个东西，或者说，以一个代替另一个而不改变命题的真值，则它们是同一的。但这个定义只证明了两个东西逻辑全等，还不是极端的自身同一性。最严格意义上的同一性的约束条件比“同样本质”要多出那么一点东西，它不仅要求有形而上学上的本质或逻辑意义的全等，还要求存在论上的唯一性，必须表现为“个体”（即不可再分）。这种表现为唯一性的同一性于是具有自身封闭性，也就具有了自身的绝对性。唯一性、自身封闭、绝对性是连续成立的。[①]

① 赵汀阳：《认同与文化自身认同》，载《哲学研究》，2003 年第 7 期。

当“identity”解释为“身份”时，即指某人标示自己为其自身的标志，或某一事物自身独有的品质，指向的是某种自我认同的同一性和这种同一性得以标示的独特标记。最普遍的身份现象是作为一种社会制度意义的身份。身份意味着社会等级、权利、权力、利益和责任。传统的等级社会倾向于把一个人的个人身份固定下来，并在对这种固定身份的事实陈述中隐藏价值判断。比如等级社会中“贵族”意味着高贵，“平民”意味着低贱；又比如西方曾经有“黑人等于低等人”这样的意识。这种在理论上的非法转换可以成为某些人拥有获利特权或者某些人被迫害和歧视的理由。这种传统的等级身份观在现代社会已被逐步解构，人成了平等的抽象的人，这是现代社会人人平等的哲学基础。[①]“identity”还可翻译为“认同”，就是对共同或相同的东西进行确认。“认同”这个中文译词有一种“有求于外”或“向外求同”的意味。这个“外”包含了两个意义：第一，人只有在与他人的比较和辨别中，才能使自己的身份即自我特性的意识得以形成，并使这种意识所参与塑造的特性呈现出来，从而获得有效的标识。第二，对人来说，特性的确定性和统一状态不是一种固有的本质，而是通过其在社会环境中不断和他身外的或未曾预料到的经验相遇，并把某些经验选择、转化为属于自身的东西，因此身份是一种建构的过程，是在演变中持续和在持续中演变的过程。[②]

身份和认同其实是同一事物的两个方面：身份的确立必须在自我与某一外在的标示之间建立依附关系；认同的结果则强化了某一个体/集体使自己区别于他性的身份。身份或许侧重于个体性，而认同则侧重于集体性。事实上，身份（“我/我们是谁？”）之所以成为个体无可摆脱的先在之问，就在于人之为人的社会属性，在于个体无法独立承担存在的孤独而必须外求于某种群体性。所以，身份虽然源于个体性，但最终归于集体性（认同）。或者说，在社会学的意义上，个体的身份感只是一种经验，并不构成文化/政治分析的对象，而集体的身份感（认同）才有力量，才会成为文化/政治的分析对象。能够标示个体/集体身份

① 赵汀阳：《认同与文化自身认同》，载《哲学研究》，2003年第7期。
② 钱超英：《身份概念与身份意识》，载《深圳大学学报（人文社会科学版）》，2000年第2期。

的是以自我为轴心的不同视角参照而形成的各种层面的差异——国家层面、地域 / 种族 / 信仰 / 语言层面、性别 / 年龄层面、阶级层面、组织或职业层面、文化层面等，并由此形成了自我的多重交叉的身份。在自我的诸多身份向度中，文化身份是最具包含性的分析概念，它也成为全球化和后殖民状态下的当代社会核心问题之一。

2. 文化身份 / 文化认同为何成为一个“问题”

如前所述，身份 / 认同既然是人的先在问题，那么文化身份 / 文化认同问题自然是古已有之。比如古希腊的“野蛮人”一词，从词源上来说，就是“不说话的生物”，因而他们不能称作人类，或充其量只能是低等的人类。“野蛮人”或者是指“说话不清的人”，他们不像古希腊人那样具有一种清晰、成熟和理性的语言。[①] 中国古代同样有“夷夏之辨”，所谓“东夷西戎、南蛮北狄”大致就是指那些汉语（中原语言）说不清楚的人。后世的“东方 / 西方”“社会主义 / 资本主义”等，都是人们自己按照偏好和想象划分各种集体，论证各自的精神优越性和利益根据。但是，文化身份 / 文化认同作为一个“问题”受到人们的关注，或文化身份 / 文化认同危机所产生的普遍焦虑，则是现代性在世界各地的展开以及全球化的后果。

在前现代社会，社会的相对封闭使社会成员的认同基本上是固定认同，即自我在某一特定的传统与地理环境下，被赋予认定之身份。它是一种固定不变的身份和属性。文化认同与种族、血缘、地缘混为一体，由于在一个封闭的社会中，文化间的接触只是一种偶然的现象，而文化间的冲突或文化危机仅仅是一种弱化的存在，文化认同所必须参照的一个强烈的“他者”几乎不存在。“在现代性之前，人们并不谈论‘同一性’和‘认同’，并不是由于人们没有（我们称为的）同一性，也不是由于同一性不依赖于认同，而是由于那时它们根本不成

① 翁贝尔托•埃科：《他们寻找独角兽》，见乐黛云、勒•比雄：《独角兽与龙》，北京大学出版社 1995 年版，第 1 页，又见第 21 页。

问题，不必如此小题大做。”[①] 而在现代社会，社会化大生产改变了传统社会原有的结构和运行机制，人们原来的生活方式和交往方式都发生了重大改变。“资产阶级在它已经取得统治的地方把一切封建的、宗法的和田园诗般的关系都破坏了。……它把宗教的虔诚、骑士的热忱、小市民的伤感这些情感的神圣激发，淹没在利己主义打算的冰水之中。”[②] 现代性向世界的扩张，在催生了“世界历史”的同时，伴随而来的是对民族和地方文化传统的强行中断，资本主义文化的强势扩张，它“使一切国家的生产和消费都成为世界性的了。……物质的生产是如此，精神的生产也是如此。”[③] 20 世纪 80 年代以来的全球化作为现代性的必然的和根本性的结果则在更深刻、更广泛的程度上加剧了现代以来的文化身份 / 文化认同危机。

文化身份 / 文化认同危机在全球化时代的加剧起因于全球化的流动性。全球化的流动性包括五个方面的文化趋势：一是由人口流动造成的种族融合。那些流动的人口包括旅游者、移民、难民、流亡者和打工仔。二是由跨国和国家公司及政府办事处所推动的技术交流，表现为机器和工厂的迁移。三是由股票交易中资金的快速周转所导致的金融一体化。四是传媒的综合，也就是集中所有图像和信息，这种趋向由报纸、杂志、电视、电影共同分担。五是意识同一化，这与一些观念的流布有关。这些观念直接联系着国家或反国家的意识形态。它们包含着西方启蒙世界观这样的理念：民主、自由、福利、权利等。[④] 全球化的后果是对一切“天然的边界”的消解，是传统社会中最广义的文化的整体震动。对此，马克思在一个多世纪前的表述仍可适用于当前全球化的震颤效果：“一切固定的古老的关系以及与之相适应的素被尊崇的观念和见解都被消除了，一切新形成的关系等不到固定下来就陈旧了。一切固定的东西都烟消云散了，一切神圣的东西都被亵渎了。人们终于不得不用冷静的眼光

① 查尔斯・泰勒：《现代性之隐忧》，程炼译，中央编译出版社 2001 年版，第 48 页。

② 中共中央马克思恩格斯列宁斯大林著作编译局：《马克思恩格斯选集》（第一卷），人民出版社 1972 年版，第 253 页。

③ 中共中央马克思恩格斯列宁斯大林著作编译局：《马克思恩格斯选集》（第一卷），人民出版社 1972 年版，第 254-255 页。

④ 迈克・费瑟斯通：《全球文化：民族主义、全球化和现代性》，塞奇出版社 1990 年版，第 6-7 页。转引自乐黛云、张辉：《文化传递与文学形象》，北京大学出版社 1999 年版，第 328 页。

来看他们的生活地位、他们的相互关系。”[①] 如此，是否可以就此推断，全球化标示着现代性/资本主义（文化）在世界各地的凯旋，标示着福山所谓的“历史的终结”？而现实却遵循着一种“吊诡”的逻辑：全球化催生了民族化，一体化刺激了区域化，强势的“他者”给文化的自我形塑提供了一个参照。20 世纪 90 年代以来，以“民族主义”为主要内核的文化认同伴随着弥漫的全球化而成为席卷世界的潮流，民族主义式的文化认同正成为另一种形式的“全球化”。

3. 全球化时代文化身份的建构逻辑

随着以经济为主的全球性扩张，西方的强势文化也对各个民族文化构成前所未有的冲击。甚至在西方内部，欧洲也感受到美国所创造的大众文化、文化工业、标准化生活、消费主义、政治正确，以及经过美国过分强化了的个人主义、自由主义、商业至上精神、帝国主义等“一般的”西方观念对欧洲的精致文化、精致生活和传统观念的冲击。20 世纪 90 年代之后，随着“冷战”的结束，被两大意识形态集团斗争所遮蔽的民族主义在世界各个地区走向前台，使全球化时代的文化认同注入了民族主义的因素，也使文化身份/文化认同成为当代世界政治的核心问题之一。“我们每天都可以听到要求自身认同的呼声，各个国家、地区、教派、民族和团体都在标榜自身认同，同时又宣称它受到威胁，为了拯救自身认同而宣布了近乎圣战的战争。”[②] 在一个信息传输如此便捷的全球化时代，世界各地因民族文化认同而产生的文化间新的隔阂和冲突的逆向式趋势是耐人寻味的，它并不是因为那个美国教授的“文明冲突论”的挑拨，也不是扩散到第三世界的后殖民理论的启蒙，毋宁说是其背后实实在在的民族/国家利益。可以说，全球化时代的（民族）文化身份的建构之途无疑布满了狂热的民族主义与西方中心主义、文化相对主义与本质主义、道义价值与知识理性之间的张力和冲突所形成的一个个陷

① 中共中央马克思恩格斯列宁斯大林著作编译局：《马克思恩格斯选集》（第一卷），人民出版社 1972 年版，第 254 页。

② 赵汀阳：《认同与文化自身认同》，载《哲学研究》，2003 年第 7 期。

阱。因此，确立全球化时代文化身份的建构逻辑和应然态度是我们检视20世纪90年代以来中国文化/文论身份建构的前提。

（1）文化身份的建构性

文化身份的建构性是一种当代社会形成的身份观念。与之相对的是传统的固定身份观念，这种观念认为，身份是自主而稳定的，是独立于所有外部影响的。在传统的社会内部关系中，这一身份观作为统治阶级建立的社会意识的一部分很好地维护了统治阶层的自身利益；同时它也成为那个社会的统治性的意识形态而覆盖于被统治阶层，从而成功地延续了传统社会的等级秩序。在东西方的关系中，这一身份观制造了种族/人种、地域/文化的等级神话，从而成为殖民主义话语的组成部分。

这种传统的身份观自19世纪晚期以来就不断受到质疑，特别是20世纪60年代出现的后结构/解构主义理论对传统的固定身份观进行了彻底的颠覆，从而把文化身份看作是一种社会的持续不断的建构过程。德里达认为，西方思想史自古希腊以来遵循的都是逻各斯中心主义，而逻各斯中心主义的实质是一种“在场的形而上学”。这种在场的形而上学设立了真/假、善/恶、客观的/主观的、确定的/隐喻的、实在的/虚构的、经验的/先验的等一系列二元对立，在这些二元对立中，第一项总是先于第二项并且支配第二项。而德里达则认为这一系列的二元对立完全是人为的设定，第一项的意义或确证要依据第二项的存在——在场依据不在场。德里达的策略是揭露这种建立在二元对立基础上的等级结构，进而颠覆它，以确保此类等级结构永远不再建立。德里达的解构理论对理解主体身份的建构性质无疑有着方法论的意义。“主体”“自我”是西方近代以来最重要的概念之一，是最大的“在场”，也是近代西方制造的最大一个“神话”。但在德里达看来，主体的意义是布满疑问的，主体需要在一个不在场的“他者”中确认，而“他者”又需要另外一个“他者”来确认，因此这种确认实际上永远不可能完成，而是处在一个无限的“延异”过程中。拉康认为，人的自我/主体的意识完成于镜像阶段，幼儿通过对自己在镜中的影像的认识，逐渐摆脱了“支离破碎的身体”的处境，确认了自身的同一性。而这个作为主体存在的“自我”必须进入语言中才可以被表述。而语言是先于个体而出现的，有着自己固定的法则和稳定的结构，是社会的一种符号秩序。也就是说，人的自我意识 / 自我认同一开始就是由语言为之定位从而被社会环境 / 符号秩序（压抑地）建构的。福柯通过对话语、知识与权力关系的研究，认为现存的社会机制、话语、秩序、学科知识等，都不是自然而就，而始终是建构的结果。具体到身份问题，福柯认为，欧洲 17、18 世纪所谓的“疯子”就是社会建构起来的，社会通过对一部分人的命名（“疯狂”）和处置（建立疯人院），建构一个与之对比的“他者”，完成另一部分人身份的自我确认（精神健全者、理智者）。

如果说后结构 / 解构理论对传统的本质主义的主体 / 自我身份观的解构主要发生在西方思想史的内部，那么后殖民理论则借鉴、继承和改造了后结构 / 解构理论，在东西方关系的视野中解构了西方中心主义和本质主义的身份观。或者说，后殖民理论的身份观由于采取了全球化和第三世界的视角，因此，在过滤掉它最初的解构西方中心主义的针对性之后，它对审视全球化时代的民族文化身份建构问题更具启发意义。

首先，后殖民理论认为身份不但是被建构的，而且是依赖某种“他者”而建构起来的。后殖民理论质疑在东西方关系中西方中心主义所自我声称的身份的优越性和民族文化身份中的本质主义，但其并不是在解构西方文化身份之后建立另一个本质主义的“东方身份”，这种对东方文化身份的强调与其说是本质主义的，毋宁说是一种批评的策略。萨义德认为，身份是集体经验的汇集和建构，它牵涉到与自己相反的“他者”身份的建构，而且总是牵涉到对与“我们”不同的性质的不断阐释和再阐释。每一时代和社会都重新创造自己的“他者”，因此，自我身份或“他者”身份绝非静止的东西，而在很大程度上是一种人为建构的历史、社会、学术和政治过程。[①] 萨义德相信，任何文化和民族认同都是变动不居的，意志坚强者四海为家，绝少有对故土的依恋。精神上的漂泊是知识分子的理想家园，“对于……知识分子

① 爱德华·萨义德：《东方学》（后记），王宇根译，三联书店 2000 年版，第 426-427 页。

而言，流亡是一种模式”，它使知识分子得以获得“双重视角”，从而避免落入任何本质主义的文化陷阱中。[①]

其次，后殖民理论认为，民族文化身份的“本真性”是一种本质主义的幻象，而实际的情况可能是身份的“混杂”。来自印度的后殖民理论家霍米·巴巴用“混杂”理论分析了殖民者与被殖民者之间的关系。他认为二者的关系要比早期的萨义德和晚期的法侬所说的更为复杂、细致而且政治上模糊不清。法侬认为殖民者和被殖民者的身份和地位以稳定不变的形式存在着，彼此之间绝对不同，并总是相互冲突。巴巴借用了拉康对弗洛伊德身份形成模式的激进修正并以此作为自己的“混杂”身份理论的基础。在《纪念法侬》中，巴巴认为，在殖民关系中，身份的区分存在着一种矛盾的样式，即对他者的欲求和对他者的恐惧，这一矛盾破坏了殖民者与被殖民者以不变的、一如既往的身份存在模式。“只有通过移植（displacement）和分化（differentiation）的原则来否定任何独创和完满的感觉，身份认同才有可能。”[②] 此外，巴巴在《民族和叙述》中还提出了民族神话的叙述理论。他认为，民族就是一种“叙述”。“民族就如同叙述一样，在神话的时代往往失去自己的源头，只有在心灵的目光中才能全然意识到自己的视野。这样一种民族或叙述的形象似乎显得不可能地罗曼蒂克并且极具隐喻性，但正是从政治思想和文学语言的那些传统中，西方才出现了具有强有力的历史观念的民族。”[③] 既然民族是一种叙述，那么，语言本身所具有的含混性、不确定性和叙述的想象性就使民族和在此之上的文化同样充满了偶然性和不确定性。但是，按照安德森的理解，民族是一个想象的“共同体”，由于这种共同体“并没有可以清晰辨认的生日”，所以，对民族久远的起源的认同因无法被“记忆”就必须被叙述出来。[④] 民族和民族文化认同的核心不是“真实与虚构”的问题，而是“认识与理解”的问题。因此，确定民族文化身份的叙述

① 爱德华·萨义德：《知识分子论》，单德兴译，三联书店 2002 年版，第 54-57 页。

② 霍米·巴巴：《纪念法侬》，转引自吉尔伯特《后殖民理论》，陈仲丹译，南京大学出版社 2001 年版，第 149 页。

③ 霍米·巴巴：《民族和叙述》（导言），转引自王宁：《叙述、文化定位和身份认同》，载《外国文学》，2002 年第 6 期。

④ 本尼迪克特·安德森：《想象的共同体——民族主义的起源与散布》，吴叡人译，上海世纪出版集团 2005 年版，第 193-194 页。

性、想象性并不是完全否认文化身份的合理性，而是让我们更好地理解全球化时代民族文化身份建构的复杂性。

（2）文化身份的价值立场及其限度

在全球化的语境中，文化主体（特别是第三世界文化主体）构建自己的民族文化身份 / 文化认同对于打破东西方关系中的等级秩序、解构西方的种族中心主义、抵制当代文化帝国主义、提高民族凝聚力，从而在不平等的国际竞争中谋得一个相对的有利地位，无疑具有现实的合理性和道义的正当性。

民族文化认同的理论支撑来源于人类学中的文化相对主义和后殖民理论。前文已讨论了后殖民理论对文化身份的建构性的影响，下文将从文化相对主义的角度讨论民族文化认同的价值伦理及其限度。

文化相对主义的起源可以追溯到 20 世纪初，由美国人类学家弗朗兹·博厄斯在 20 年代提出。他认为，19 世纪要发现文化进化规律的企图和要把文化发展的阶段模式化的企图都是建立在不充分的经验和证据之上的。每一种文化都有自己长期形成的、独特的历史。文化不存在高低好坏、进步落后、蒙昧文明之分，“蒙昧时代”“野蛮时代”“文明时代”这些术语只是反映出了某些人的种族中心论观点，这些人认为他们的生活方式比其他人的生活方式更正确。[①] 博厄斯创立的文化相对论学派的观点在梅尔维尔·赫斯科维茨 1949 年出版的《人类及其创造》一书中得到了系统的阐述。主要观点是：承认每个民族的文化都有独创性和充分的价值，反对“欧美中心主义”。自文化人类学诞生以来，进化学派和传播学派都倾向于注重人类文化的一致性，研究人类文化的共同规律，而文化相对论学派则强调文化的差异性，认为每一种文化都是一个不可重复的独立自在的体系；每一个民族都具有表现于特殊价值体系中的特殊文化传统，它与其他民族的文化传统和价值标准无法比较；绝对的价值标准是不存在的，一切文化的价值都是相对的，各民族的文化在价值上都是相等的，无“落后”与“进步”之别。其理论的逻辑结

① 弗朗兹·博厄斯：《人类学与现代生活》，华夏出版社 1999 年版，第 5 页。

论是：人类历史不存在共同的规律性和统一性，只是一些各自独立变迁着的文化与文明的总和。①

人类学的文化相对论学派抨击了泰勒、摩尔根等人的线性进化主义，他们倡导的文化相对主义观点从人类学中溢出，对科学哲学、国际政治学等领域产生了极大的影响。它对（西方）文化中心主义和种族中心主义的批判是人类认识史上的一大飞跃，它承认各种文化存在的合理性、承认世界是由不同文化组成的，对于维护世界文化的生态平衡，维护弱势文化的生存权利，促进文化间的宽容、理解和交流无疑具有积极的意义。

但是，全球化时代的民族文化认同对文化相对主义理论的借用也有一定的限度，这种限度主要集中在对文化认同中的所谓民族文化价值的不可通约性的认识上。在民族文化的认同中，既存在认知和学术的问题，也存在伦理和政治的问题。并且，文化认同极容易完成从学术到政治、从认知到伦理的演进。文化身份的自我认同是回答“我（们）是谁”的问题，这个回答表面上是以陈述语句的形式出现。但是，由于在自我认同的建构中，“他者”是一个必不可少的参照系，而且他者在原则上只能是个被贬损的对象，否则不利于自我认同的积极建构。所以，自我认同的叙述是伪装成陈述语句的价值语句。自我认同采取事实描述的形式可能是一个策略，也可能是一种假象——因为这样可以显得无可置疑，显得科学公正。也就是说，自我认同是个把自己理想化的表述。在这一表述中，对自己的民族文化的认识问题或学术问题最终回归到价值判断问题，而且是一种积极的自我文化价值判断。

文化认同由认知转为价值就出现了文化相对主义的所谓“不可通约”问题，即在文化之间并不存在一种共同的评判语言或价值标准，判断不同的文化行为的价值标准和是非标准只有在一定的文化参照系之内才有意义，现代文化和原始文化要解决的问题在相当程度上是不同的，它们之间没有可比性。既然如此，就不应以一种文化作为评价另一种文化的价值参照，否则就是用一种文化设定的框架去评价另一种文化，这就等

① 梅尔维尔·赫斯科维茨：《人类及其创造》，转引自马庆钰：《对文化相对主义的反思》，载《哲学研究》，1997年第4期。

于取消了另一种文化存在的合理性和独立性。如此推演，文化相对主义就滑落为极端的相对主义，而极端的相对主义就是绝对主义、虚无主义。实际上，文化之间价值的不可通约应有一个限定，这个限定应以“人是文化的目的，而不是文化是人的目的”为原则，也就是说，文化之间存在一个最低限度的通约性或共通性，那就是文化应使人过更好的生活。食人部落的文明、遍布非洲的“女性割礼”、某些原始部落视背信弃义和冷酷仇恨为美德的风俗，从文化人类学的行为标准的角度也许是可以理解的，但从文化目的论的角度，它们都是不值得模仿和张扬的文化模式。文化认同不仅仅是一个理论问题，甚至也不仅仅是价值问题，而且是一个实践问题。人类的基本理性能力所认可的生活方式和生活状况应是主体确定自己的文化身份/文化认同的最基本的出发点。虽然每一种文化和文化观念都有它出现和存在的理由，但文化身份的建构和民族文化认同不能无视“生存得更好”的底线，由此，文化认同就可以避开文化相对主义自身存在的陷阱，文化认同才不会走向极端的保守主义、狂热的民族主义而葬送文化认同自身的意义。

4. 20世纪90年代以来中国文化身份/文化认同问题

文化身份/文化认同是全球化时代以民族/国家为基本单位的国际政治中的一种新形式——文化政治或身份政治。在某种程度上，文化认同更多的是第三世界或现代性后发国家在全球化时代基于自身的现实处境，为争取平等和公正而采取的一种政治策略和文化策略。20世纪90年代发生在中国文化界、思想界的一系列现象——反思现代性、反思“五四”以来的激进主义、弘扬传统文化、“国学热”、海外新儒学回归国内等都或多或少、或明或隐地与中国文化身份的建构与自我认同有关。它们也成为下文所讨论的以文论“失语”与“古代文论的现代转换”为主要内容的中国文论身份建构的背景。

其实，中国文化身份/文化认同成为一个“问题”并不始于20世纪90年代，而应从中国跨入近代社会门槛、中国传统文化出现危机的那一刻起。因为构成普遍性的文化认同危机的要素——现代性和文化的“他者”就出现在国门被打开之时，而文化认同是文化危机的直接后果。在某种意义上，以张之洞为代表的“中体西用”说表达了中国知识分子对本土文化身份的眷恋，它也同时意味着中国文化身份作为一个问题开始出现在中国的现代话语中。但这一问题在近代中国并没有解决，它被带入 20 世纪的中国思想界。20 世纪以来，涉及中国文化身份的理论和实践大致可以分为四个阶段、两种类型。四个阶段分别是 20 世纪 40 年代以前[①]、50—70 年代末、80 年代、90 年代以后。前三个阶段可以统称为守成型文化身份建构，第四个阶段可以称为开拓型文化身份建构。以下分别论述之。

（1）守成型文化身份建构

中国文化的生存权原本是无可置疑、不证自明地存在的。近代以后，中国文化的这种不证自明性在中华民族的落后与挨打的现实面前被击得粉碎。在面对一个强大的他者文化（西方文化）时，中国文化对“他者”的态度是以一种割裂的形式出现的：心理层面的拒斥与现实层面的屈从。而近代以来以“体用”及变体为表现形式的民族文化身份建构 / 文化认同的目标就是为中国本土文化在西方文化主宰的世界文化格局中争得生存权，因此它是守成型或辩护型的文化身份的建构。从近代到 20 世纪 40 年代，有关中西文化的论战或讨论基本上属于建构守成型的文化身份建构的范围。

20 世纪 50—70 年代末，中国的文化身份是在民族的、大众的、革命的政治型文化背景中建构的。这是一种新型的中国文化身份：在面对中国传统文化方面，它强调批判、改造，清除其封建主义的成分；在对待他者文化主要是西方文化方面，它借用新型意识形态的强大整合功能达到了心理的拒斥与现实的对抗的统一，它要完成的是对西方资本主义文化的铲除和取代。如果以文化认同主要趋向于民族的传统文化的标准来衡量这一时期的文化认同，那么我们似乎可以说它不是真正的文化认同，

① 从 20 世纪初至 20 世纪 40 年代，中国至少出现八次保守的政治理论和实践，它们都与“体用”说存在逻辑的联系。参见马庆钰：《对于文化保守主义的检省》（载《中国人民大学学报》，1997 年第 3 期）。

但它依然是一种特殊的文化身份的建构：它并不缺乏传统，只是把自己的文化身份的传统资源设定在“五四”以后的中国反帝、反封建的革命文化传统；它也并不完全拒斥他者文化，只是把他者文化资源限定在马克思主义之中，而马克思主义文化被它认为是当代西方最先进的文化，是西方文化传统在无产阶级革命时代的最新成果。虽然这种新型的文化并不缺乏在世界文化格局中的开拓雄心，但它缺少坚实的现实基础，因而更多表现出一种乌托邦的幻象。所以，它是一种有限的拒斥型文化认同。

20世纪80年代，中国的主流话语是对现代性的几乎无条件的追求。对主流意识形态文化而言，80年代是不可遏止的“现代性冲动”和无所不在的“现代化叙事”。中国文化身份的建构面对的是文化认同的双重难题：中国传统文化在近代的失败和现代革命文化传统在当代的困境。于是80年代转而采取的是一种特殊的文化身份建构策略，即对自己的传统文化（古代、现代）感到自卑与不满，开始崇尚另一种文化，并竭力抛弃自己的文化，向另一种文化转变，这也就是亨廷顿所说的“文化撕裂”，80年代的“蓝色文明”论就是这种文化身份建构的典型叙述。这也是一种文化身份建构的形式，可以称之为“逆向的文化身份建构”。

虽然三个时段的文化认同在认同取向、价值标准和实践效果等方面存在巨大的差异，但其中有一贯穿始终的民族文化心理因素，就是现代性的焦虑。这种焦虑是基于对自己的后发型国家的现实位置的体认。由于它们没有获得足够的来自实践层面的有力支撑，因而并未对自己的民族传统文化在世界文化格局中的竞争寄予过多的期望。若以20世纪90年代以来中国文化身份/文化认同为参照，它们也可以化约地称为“非开拓型的文化认同”。

（2）开拓型文化身份建构

20世纪90年代的中国文化认同的现实背景是对现代性的反思。这种反思包含来自政治话语的反思和人文知识分子话语的反思。二者起点不同、目的不同，但手段重合。某种程度上，二者的话语可以互相借用，形成一个共用的话语空间，即它们的终点就是中国的文化身份向中国古代文化的皈依。

在政治话语层面，90 年代初，国际政治格局发生了巨大变动（柏林墙倒塌、“冷战”结束），这一 20 世纪发生的最后一次巨型历史事件凸显了中国政治体制和意识形态的独特性。来自现实政治的一系列事件（1993 年中国的申奥失利、1993 年夏秋间的“银河号”事件、入关 / 入世的一再延迟）直接刺激了国内的民族主义情绪，1996 年出版的两本书《中国可以说不》（中华工商联合出版社 1996 年版）和《妖魔化中国的背后》（中国社会科学出版社 1996 年版）的热销是 90 年代中国民族主义情绪的典型表征，它们似乎成为中国文化身份 / 文化认同的直接起因。但笔者认为这些事件只是表面的现象，至多只是提供了中国文化认同的导火索。90 年代初西方对中国的“围堵”并不是中国文化认同的根本原因，因为与中国近、现代的不完整主权、新中国成立后西方对新中国的封锁相比，90 年代的系列事件的严重程度要小得多。所以，90 年代中国文化认同思潮的兴起不是源于这一系列事件，而是对一百多年来中国现代性焦虑的反思。现代性反思的动因是全球化时代的民族文化自觉和 90 年代中国综合国力的提升。我们可以看到，近 20 年的改革所取得的经济成就为主流话语弘扬民族文化提供了现实的支持，而海外新儒学把东亚的经济成功归于“亚洲价值”（实质就是儒学价值）为中国文化认同提供了理论的支撑。因此，建立在现代性反思之上的 90 年代中国文化认同的实质不是退守型的、为中国文化求得基本的生存权的文化认同，而是在西方的现代性之外建构中国的现代性话语，在中国融入全球化的过程中分享“现代性的话语权”，从而建构政治话语的合法性身份。而“中国特色”就是对这一话语权的主动诉求。

在人文知识分子话语层面，上述 20 世纪 90 年代的一系列事件造成了人文知识分子对西方知识话语的幻灭感，他们在西方的美丽话语背后发现了丑陋的权力关系，而这些不平等的权力关系是西方强加于中国的，这大大刺激了中国知识分子的民族主义情绪，回归民族文化就成为一种道义上的选择。但是笔者认为这只是 90 年代人文知识分子文化认同的一个表面现象。因为，90 年代热心于文化认同的人文知识分子的文化背景更多的是“五四”以来的现代文化和西方的知识谱系，而中国传统文化并不是他们知识构成的主要因素，所以上述事件并不能解释这些受过良好的学术训练的知识分子的文化立场为何会发生陡然转向。笔者认为，他们文化转向的深层原因是90年代人文知识分子政治身份、经济身份的双重边缘化。缺少什么就会寻找什么，人文知识分子的身份的暧昧或边缘化使他们注定要进行绝望的身份重建。西方文化似乎并没有给中国的人文知识分子带来一个确定的身份，甚至还使他们的身份在政治话语中受到质疑。于是，认同他们并不全部熟悉的中国传统文化似乎就成为人文知识分子重建身份唯一的选择，而这一选择又有意无意、或隐或显地与权力话语参与或鼓励的“国学热”“弘扬传统文化”保持一致。人文知识分子解决自身文化身份焦虑的寻求就被转换为建构第三世界民族文化身份的宏大叙事，从而在全球化的文化交流中分享学术的话语权。

于是，我们发现，两个层面的话语基于不同的目的而选择了相同的途径，在中国的传统文化认同上达到了一致。这一新型的文化认同并不是在全球化的文化格局中仅求生存，而是有更大的期许。也许季羡林先生的豪言——“21世纪是中国的世纪”——是20世纪90年代开拓型的中国文化认同的最好注解。

90年代的中国文化认同是一个关涉文化和政治多种因素的话题，对它的复杂性的分析和评述不是本文可以承担的工作。这里所能够指出的是文化身份/文化认同既涉及学术问题、认知问题，又涉及价值问题、伦理问题。而文化身份/文化认同的现实情形更侧重于后者，或者说，文化认同的核心是价值认同和价值观认同。指出这一点意在提示我们应对文化认同中的民族性和文化的纯洁性的本质主义陷阱、对文化身份的建构性和价值性、对第三世界话语的限度甚至是文化认同本身保持应有的警觉和自省，并且它也是我们检视90年代中国文论身份建构的依据。

二

中国文论身份的建构

20 世纪 90 年代中国文化身份的建构成为这一时期颇为壮观的中国文论身份建构的背景，或者说，文论身份的建构是文化身份问题在文论领域的延伸。但建构中国文论身份的前提必须是当代的中国文论丧失了身份，而“五四”以降的中国现当代文论由于大量借鉴了近现代西方文论，于是当代文论就被认定为是在西方文论中的“失语”，而当代文论的“失语”是因为中国古代文论在当代的“失语”。因此，医治文论“失语”症的药方是一系列的逻辑推导：对古代文论进行现代的转换、古代文论在当代文论中发声、中国当代文论在世界文论（主要是西方文论）中发声、完成中国文论身份的建构。

“失语”是对中国文论丧失身份的诊断，“古代文论的现代转换”是医治中国文论“失语”的药方。1996 年以来，文论界的主流话语为完成古代文论的现代转换做了大量的研究，并对由此而构建中国文论的自我身份充满信心。同时，也有人对此路径和目标提出质疑。

1.“失语”的诊断及对诊断的质疑

“失语”是借用医学术语对中国现当代文论状态的一种表述和判断。

这种观点可以概述为："失语"是一种文化上的病态，主要表现为当代的中国文论完全没有自己的范畴、概念、原理和标准，没有自己的体系，也就是没有自己的话语，每当我们开口言说的时候，使用的全是别人（西方）的词汇和语法；而这一情形由来已久，溯其源头乃是"五四"新文化运动。因为在此之前，我们曾经有一个绵延数千年的完整而统一的传统，拥有自己的话题、术语和言说方式。遗憾的是，这个传统在"五四"的反传统浪潮中断裂了，失落了，从此我们就无可挽回地陷入了"失语"的状态，从而丧失了中西对话上的对等地位。[①] 用曹顺庆等先生的话说就是："我们失去了自己特有的思维和言说方式，失去了我们自己的基本理论范畴和基本运思方式"。[②] 或如季羡林先生所说："我们东方国家，在文艺理论方面噤若寒蝉，在近现代没有一个人创立出什么比较有影响的文艺理论体系……没有一本文艺理论著作传入西方，起了影响，引起轰动。"[③]

从学理的角度看，"失语论"本身既缺少学术上的严谨性，也没有太多的内涵，但它却是一种成功的策略，即希望引起大家对文学理论危机的重视。从提倡者的角度，这一目的已经达到。[④] 由文论失语问题引发了对中国现代以来文论建构路径的反思、对 20 世纪 80 年代以来大量引进西方文论的检讨、对古文论研究的学科性质和古文论在当代中国文论建设中作用地位的重估、对未来中国文论发展方向以致全球化时代中国文化的发展方向的思考等。这些问题都可以在其后的"古代文论的现代转换"中见出。可以说，"失语论"的最大的结果就是"古代文论的现代转换"成为 90 年代后期文论界的一个热点话题，后文将涉及这个问题，在此不论。在"失语"论引出的问题效应中，也有对这一问题的质疑，试简述如下。

首先，"失语论"是对后殖民理论的误用。"失语论"对中国现当

---

① 曹顺庆《21 世纪中国文化发展战略与重建中国文论话语》，载《东方丛刊》，1995 年第 3 辑；曹顺庆：《文论失语症与文化病态》，载《文艺争鸣》，1996 年第 2 期；曹顺庆、李思屈：《重建中国文论话语的基本路径及其方法》，载《文艺研究》，1996 年第 2 期。

② 曹顺庆、李思屈：《再论重建中国文论话语》，载《文学评论》，1997 年第 4 期。

③ 季羡林：《东方文论选序》，载《比较文学报》，1995 年第 10 期。

④ 蒋寅：《对"失语症"的一点反思》中引述曹顺庆在 2003 年的古代文论年会上的发言。

代文论中充斥大量的西方文论术语和范畴的批评明显地借用了 20 世纪 80 年代后期进入我国的后殖民理论。但有的论者认为，后殖民理论传到我国后，其强烈的批判色彩却在我国的后殖民批评中演变成了一种文化复仇情绪。他们从指责西方文化霸权入手，质疑西方的价值标准和现代化模式，并认为近现代以来的西学东渐是西方文化殖民的结果。基于此点认识，中国的后殖民理论批评力图立足中国传统，构建一套本土性话语体系，想以此来抵抗西方的话语权威，从而实现在国际文化交流中对话语权的争夺。在 20 世纪 90 年代这股富于强烈的民族主义气息的批评潮流中，“失语症”论调可谓其中的典型代表。[①] 从思维上说，在“失语论”中存在着 20 世纪缠绕中国文学和文化的中西之争。虽然“失语论”者批评中国文论研究过于倚重西方文论，但它本身也是以西方的理论作为强力支撑的。它标举的是民族性的旗帜，但其强有力的资源恰恰是西方的后殖民主义。[②] 也有论者从西化色彩最为明显的新文化运动与文学革命的分析入手，认为即使在这个运动中，中国人仍然具有文化选择的主体性，无论反传统还是西化都根植于中国文化的语法之中。对后殖民理论的借鉴并不能逻辑地导向东方各民族应该实行文化上的封闭与自我孤立，关起门来研究国粹，或者面对西方也搞一个“西方主义”。[③]

其次，“失语论”对中国现当代文论的生成路径和成果的基本估计有失偏颇“失语论”对百年中国文论一言以蔽之式的“失语”的概括，等于对百年中国文论发展成绩的全盘否定，也简化了其发展中的曲折与艰难，这无疑触动了多年从事文论研究和教学的人最敏感的神经。谭好哲从坚持马克思主义文论的立场出发，认为“以‘文论失语症’与‘文化病态’来概括 20 世纪中国文论的总体状况，显然存在着严重的失真之处和极端的片面性。此论所存在的首要问题，就是对马克思主义文艺理论在中国传播与发展的历史合理性与必然性缺乏认识，对其成就与贡献、价值和意义估计不足。论者没有对马克思主义文论做出任何分析和正面评估，给人的印象倒是马克思主义文论也是‘西方话语’，当然也是‘失

① 熊元良：《文论“失语症”：历史的错位与理论的迷误》，载《中国比较文学》，2003 年第 2 期。
② 叶世祥：《“文论失语症”与后殖民主义》，载《温州师范学院学报》（哲学社会科学版），2002 年第 4 期。
③ 高旭东：《后殖民语境中的东方文学选择——兼评当前诗学讨论中的“失语症”论》，载《文史哲》，2000 年第 6 期。

语症’和‘文化病态’的表现和产物。”[1] 蒋述卓指出：“不要无限度地夸张目前文艺理论界‘西化’的状况”“马克思主义文艺理论的地位并未动摇”“中国古典文论的研究近20年来是取得了丰硕的成果的”，对西方文论的引进并没有错，该怪我们引进之后没有融会，没有创新；“不要片面地以为，我们现在已经完全‘失语’，一点儿也没有自己的理论与批评方法。”“片面强调体系也不妥”“不要认为实现了古代文论的现代转换就可以完全‘得语’，更不可认为走自己的路，就只能是以中国古代文论的话语为基础来创建自己的理论话语。如果那样就又陷入了一种形而上学。”[2] 刘小新把“失语论”对“五四”以来中国文论的错误估计和重回古代文论看作是一种文化保守主义的情绪。文论“失语说”是一种总体性命题，印象式的评论与概观性成分多于具体的辨证的分析。其观点的极端性反而遮蔽了真问题的深入探讨，比如中国古代文论在当代文学批评中的功能与角色问题、如何看待西方理论的移植与本土现实的关系。[3] 还有论者从文论与文学、文化、现实的关系角度论证中国现当代文论借鉴西方文学理论的合理性和必要性，认为20世纪中国传统文论的“失语”，是中国文论在20世纪世界文化大背景下的必由之路。它既是中国文论痛苦而无奈的抉择，又是中国文论为追求科学精神和恢复文学尊严而做的努力，具有历史的合理性。只有对此有正确的认识，才能使我们的文论建设免于无谓的争论，脚踏实地地前进。[4]

再次，通过对“失语论”的语义分析，指出这一命题的含混性和思理缺陷。陈洪、沈立岩认为，“失语”这个借喻式的名目包含了不尽相同的意思。意义之一是对目前文学理论与文学批评领域混乱局面的一般性概括；意义之二是说，各种新说涌来之际，一种理解与沟通的隔膜感和转化中的无力；意义之三是指当代的中国文论完全没有自己的范畴、概念、体系，也就是没有自己的话语，每当我们开口言说的时候，使用的全是别人（西方）的词汇和语法，没有拥有自己的话题、术语和言说

① 谭好哲：《世纪之交文艺学研究的反思与前瞻》，载《文史哲》，1997年第5期。
② 蒋述卓：《解放思想，认真反思，开拓创新》，载《文学评论》，1998年第3期。
③ 刘小新：《也谈当代文学批评中的“失语”命题》，载《烟台师范学院学报》（哲学社会科学版），2003年第3期。
④ 赵科印：《论中国文论“失语”的无奈与历史合理性》，载《淮阴师范学院学报》（哲学社会科学版），2002年第5期。

方式，从而陷入了“失语”的状态。“失语”如果是指第一、二层意思，则这一论题并不会产生多大的争论；如果指第三层意思，它就包含了一些意义重大的价值判断，并且把解决的路径转到中国古代文论，则必然会引出不同的观点。[①] 还有论者认为，从中国现有的文学理论现状（以文学概论式的著作为例）来看，一些基础性的问题尚未解决，一些似是而非、经不起推敲的概念至今还支撑着文学概论的骨架，要说已经借来一整套西方话语，恐怕还是个幻觉。如果“失语症”是指我们的当代文论真的已借用西方文论一整套话语，那么，“失语症”是个地地道道的伪命题，或者是“不能成立的命题”。[②]

2.“失语症”的医治：“转换”与反驳

尽管文论界对“失语论”一说存在诸多质疑，但它确实引起文论界对西方文论、古代文论与当代文论关系、中国文论的未来发展和建设等问题的思考。而 20 世纪 90 年代后期颇具规模的古代文论现代转换的研究和争论可以看作是文论“失语论”的直接结果，或是对医治“失语症”的药方的寻找。而寻找这一药方的大部分参与者代表了当代文论界的主流话语，虽然他们并非完全认同“失语论”的观点，但从整体上似乎接受了“失语论”对当代文论诊断的结论。

“古代文论的现代转换”的讨论牵涉到许多子问题，包括如何理解古代文论研究的学科定位、古代文论研究是否应该重“用”、古代文论有无体系、怎样实现古代文论的现代转换等。这些问题实际上都是由解决“失语”问题而引发的，而解决当代文论的“失语”必须完成古代文论的现代转换，所以，能否实现和如何实现转换是这些问题的核心，而恰恰在这个问题上，文论界产生了较多的分歧。

讨论中支持“转换”的声音主要来自长期从事古文论研究的学者。他们对完成古代文论的现代转换并对医治文论“失语”充满信心，区别

① 陈洪、沈立岩：《也谈中国文论的“失语”与“话语重建”》，载《文学评论》，1997 年第 3 期。
② 蒋寅：《对“失语症”的一点反思》，载《文学评论》，2005 年第 2 期。

只是表现在具体的步骤和策略上。

论者首先从宏观的视野审视古代文论的现代转换。曹顺庆、李思屈认为“要立足于中国人当代的现实生存样态，潜沉于中国五千年生生不息的文化内蕴，复兴中华民族精神，在坚实的民族文化地基上，吸纳古今中外人类文明的成果，融会中西，自铸伟辞”。“首先进行传统话语的发掘整理，使中国传统话语的言说方式和文化精神得以彰明；然后使之在当代的对话运用中实现其现代化的转型，最后在广取博收中实现话语的重建。”① 刘保忠、古风认为“中国古代文论的转换，要继续做好两个方面的工作：一是要‘转’，带着现代文论的问题，到古代文论的宝库中去寻找参照或答案；二是要‘换’，即用现代文论的观念和思想，对古代文论进行新的发现、开掘和阐释”。“中国古代文论的转换，即是向中国现代文论转换，即是现代化”。② 张海明认为：“古代文论的现代转换包括两个基本环节：一是以现代意识为参照系对古代文论的价值重新评估，找出其中仍具理论活力的部分；二是对之作现代阐释，使之得以和现代化文论沟通。”③ 陈伯海先生赞同转换，认为比较和分解是转换过程中的两个关节点：“首先必须放在古今与中外文论沟通的大视野里来加以审视，这就形成了比较的研究。”“比较研究是古文论现代转换的前提，而要实现这一转换，还有赖于对古文论进行现代诠释，使古文论获得其现代意义。”④

在进入具体的转换操作中，论者提出了各自的步骤。杜书瀛先生引用了美国学者傅伟勋谈到的“创造的阐释学模型”作为古代文论现代阐释的具体操作方法：实谓——原作者实际上说了什么；意谓——原作者（或原典）想要表达什么；蕴谓——原作者可能想说什么；当谓——我们诠释者应该为原作者说出什么；创谓——为了救活原有思想，或为了突

① 曹顺庆、李思屈：《重建中国文论话语的基本路径及其方法》，载《文艺研究》，1996 年第 2 期。

② 刘保忠、古风：《是谁在“转换”——再谈中国古代文论的现代转换》，载《延安大学学报》（社会科学版），1998 年第 3 期。

③ 张海明：《古代文论和现代文论——关于建设有中国特色的马克思主义文艺学的思考》，载《文学评论》1998 年第 1 期。

④ 屈雅君：《变则通，通则久——“中国古代文论的现代转换”研讨会综述》，载《文学评论》，1997 年第 1 期。

破性的理论创新，我们必须践行什么，创造地表达什么。[①] 郭德茂也提出古文论转换的五种操作模式：顺水推舟式、脱胎换骨式、举一反三式、嫁接生成式、另起炉灶式。[②] 党圣元认为："在诠释与建构的过程中，第一要做到视界融合；第二要彰显对象隐藏的内在意蕴；第三要尝试运用传统文论概念范畴进行思维。"[③]

在转换的定位上，论者有不同的看法。张少康表现出对古代典籍内涵精确性的坚决捍卫，认为"把古代的范畴原意阐释清楚，就算是一种转换了，因为这种阐释就是现代的阐释"。蔡仲翔不同意固守经典文献的原意："古代文化的范畴也可以注入新意，古代文论的范畴在发展过程中就是被不断注入新意的。儒学实际上是在曲解当中发展的，因此，现代转换不一定非要绝对地忠实古人，我们也可以通过某种'误读'和'曲解'来发展。"陈越将"转换"解释为一种"翻译"，是将古代文论翻译成一种现代学术思想文化。梁礼道认为，要实现这种转换，目前最紧迫的是两件事：一是中国古代文论的现代转换的目标地位；二是这种转换操作上的定性。[④]

与 20 世纪 90 年代的其他文论论争一样，文论界也出现了对古代文论的现代转换的怀疑。

首先，对能否实现"转换"表示怀疑。相福庭认为"文论转换"是一个值得反思的话题："引起'文论转换'这一话题的直接动因是人们对当代中国文论的严重不满。"他批评说，主张"文论转换"是西方理论影响下的产物，与西方后现代思潮遥相呼应，从对于中国文论"失语症"的指责中，我们看到一种狭隘的民族主义情结已经暗中增长，同时，这里面也隐藏着争夺"话语权"的心理动机。他还认为，实现古文论的现代转换是不可能的，其原因有三：一是古代文论赖以存在的土壤即古代的文言作品在当代文艺实践中已经消失；二是中国文学创作受到外国

① 杜书瀛：《面对传统：继承与超越》，见钱中文、杜书瀛、畅广元：《中国古代文论的现代转换》，陕西师范大学出版社 1997 年版，第 27-28 页。

② 郭德茂：《面对中国文学理论的发展》，见钱中文、杜书瀛、畅广元：《中国古代文论的现代转换》，陕西师范大学出版社 1997 年版，第 115-116 页。

③ ④ 屈雅君：《变则通，通则久——"中国古代文论的现代转换"研讨会综述》，载《文学评论》，1997 年第 1 期。

文学的影响；三是人们审美观念发生了变化。[①] 蒋寅也强烈地质疑“转换”说：“所谓‘转换’，同样也是个彻头彻尾的含糊概念，不知道是指扬弃，指阐释，还是指改造？”他同意作为阐释的“转换”，反对故意改造的“转换”，另一方面他又担心“学者的素质低下”，“转换”无法达到西方文论的高度，也就是“现代的文论”的高度，所以不如不提。他感到，在同时面对“有复杂内涵”的古代和当代“素质低下学者”的时候，“实在很难理解所谓转换的实质意义何在”。[②] 杨曾宪深入追究了古文论“失语”的症结所在，认为这是特定历史文化背景下的客观必然。包括古文论“失语”在内的传统文化“失语”从表面上看是西方话语的涌入，而其深层原因则是中国传统封建农耕社会向现代民主工业社会的革命性过渡，西方话语的大量涌入也是中国社会全面变革的一种征兆和结果。中国古文论“失语”，一方面是因为其所依存的儒释道传统哲学美学之“道”在当代哲学美学中早已没有立锥之地，另一方面是因为其所依附的古典文学样式和创作方法与观念也已经被革新和扬弃。不能将是否操作传统话语作为衡量文论是不是“失语”的尺度，造成中国当代文论“失语”更重要、更内在的原因在于我们当代文论及当代哲学美学缺少原创精神。[③] 陈洪、沈立岩虽然认为存在着“失语”，并从古代文论概念术语内涵难以确定、分体文论极不平衡、理论创新动力不足三个方面分析了“失语”的原因，但并不认为传统文论具备再生为当代主流文论的可能，这样的设想只能是一厢情愿的，因为：“世界范围的文论领域目前是多元的，其前景，没有任何联兆，也没有任何理由会复归于一统。”[④]

其次，对能否实现转换即解决中国文论“失语”问题表示怀疑。张峰屹显然并不对以传统文论为母体建构当代文论持乐观态度，他指出：传统文论实现现代转换的探讨者们“都忽视了一个至关重要的问题，即中国传统文论的生存土壤”。由此出发，他对“互照互释互译”即与西方文论对话的方式提出质疑：“但不知诸如‘风骨’‘神韵’‘兴象’‘滋

① 相福庭：《文论转换：一个值得反思的话题》，载《文艺评论》，1998 年第 3 期。

② 蒋寅：《文学医院：“失语症”诊断》，载《粤海风》，1998 年第 9、10 期；《对“失语症”的一点反思》，载《文学评论》，2005 年第 2 期。

③ 杨曾宪：《有关古文论“失语”、“复语”问题的冷思考》，载《人文杂志》，1999 年第 5 期。

④ 陈洪、沈立岩：《也谈中国文论的“失语”与“话语重建”》，载《文学评论》，1997 年第 3 期。

味’‘境界’‘沉郁顿挫’‘清雄奔放’等范畴如何‘互释互译’？‘水中之月，镜中之象’‘饮之太和，独鹤与飞’‘不著一字，尽得风流’‘幽人空山，过水采萍。薄言情韵，悠悠天钧’等表述又如何‘互照’（且不说文化背景之不同）？”“‘语境’的无情巨变，实在是宣布了传统文论的历史终结。这绝不是悲观论调。作为一个传统文论研究者，我自己也不愿意承认这一严酷的事实。但我们需要冷静和客观。我想还是采取‘历史的’态度，心不浮气不躁地去爬梳、整理传统文论遗产吧，那里尚有大量的工作。”① 罗宗强先生分析了范畴转换的几种方法：“改变语境，把古文论的范畴直接拿来，纳入新的理论框架里，与从西方学来的话语并存，所谓‘杂语共生’。”“用现代汉语对古文论范畴加以阐释而后运用。”“改造原有范畴的内涵，而后运用。”“误读、别解，也就是‘六经注我’的方法。”认为仅从这些方法着眼范畴转换，是极其困难甚至是不可能的。他还通过对曹顺庆解释“气”所做的分析，指明：“只有对古文论范畴含义的了解达到相当的清晰之后，才有可能比较正确地利用它。”对体系的转换，罗宗强先生也有看法：中国古代文论中存在着不同的体系，不同的理论，试图找到一个古文论的体系，并将其转换成现代文论体系，是很难的。“不能把建立有中国特色的文艺理论体系仅仅理解为对于古文论的话语转换，它涉及的是如何对待整个文化传统。”② 胡明则认为古今文论的距离也就是中西文论的差距，而古代文论界与现代文论界之间的关系，就如同“两班人马都在自己掘开的洞口小天地里唱歌跳舞、多情自赏，各摆弄各的工具，各称说各的话语。‘转化’‘贯通’的历史要求并未落实，最多只能拿出一些用来炫耀与装饰的皮毛功绩、一堆思考与探索的半成品：模型与工事。彼此对对方的掘进方案与技术深怀疑团，结果是日长师劳，知难而退，悄然收工——西自西，东自东，古自古，今自今。”③

① 陈洪等：《中国古典文论的现代转化（笔谈）》，载《天津社会科学》，1997 年第 6 期。

② 罗宗强：《古文论研究杂识》，载《文艺研究》，1999 年第 3 期。

③ 胡明：《新世纪中国文学理论体系的建构伦理与逻辑起点》，载《中国文化研究》，2002 年第 1 期。

三

文论身份建构的逻辑起点

在古代文论的现代转换的争论中，各方的辨诘打开了对中国现代文论建构的诸多思考的空间，“失语”与“转换”作为20世纪90年代的中国文论中的一个重大话题似乎一时难以取得共识：转换者坚韧而沉稳地寻找中国古代文论现代转换的契机和途径，依然信心十足；质疑者虽然怀疑论题的学术性和可能性，但并不放弃在对手的建构中寻找瑕疵，甚至冷嘲热讽。由于古代文论的现代转换是20世纪90年代中国文论中有影响的一次文论论争，而其中蕴涵的对中国文论身份的诉求也成为20世纪90年代文论转型研究中的一个不可回避的话题，这场文论论争可以给我们诸多启发。

1. 文论何为?

“古代文论转换”的最终目的是医治中国文论的“失语症”，在一个全球化的时代构建中国当代文论的自我身份。用倡导者的语言可以概括为：21世纪将是中西文化多元对话的世纪，然而中国文论自近代以来却“全盘西化”，我们应该对中国古代文论进行现代的转换，建立中国自己的文论话语，以便在世界的文论中有自己的声音。[①] 或者用一个口气更大的表述就是，将来必会有一个“具有世界格局的理论体系”“中国将是最先向人类提供中西文艺理论大融合第一套方案的国度，这套方案的主要特点是将中国古代文论精华贡献于世界。这一方案的主要工作，也就是用现代世界性理论眼光去完成中国古代文论的现代转换工作。而且这一工作只能主要由我们中国人来做。”[②]

古代文论的转换已经不仅仅是文论的问题，而是文论的中国身份问题，是中国文化在世界格局中的地位和荣誉问题。[③] 因为从“转换”的倡导者的阐述中我们应该可以推出下列命题：文论的民族 / 国家身份是文论之为文论的第一性存在，至少在当代中国文论中是这样。我们的问题是：文论的民族 / 国家身份真的那么重要吗？或者说，全球化时代的中国文论仅仅是或首先是为身份而存在吗？为了回答这个问题，我们可能要先阐明如下问题：我们何以需要文学理论[④] 或文论何为？或者说，文论有什么功能？

古今中外的文学理论形态各异，不同时代的不同集团出于不同的目的冀望文学理论承担形形色色的合理或无理的要求。不过，从最一般的角度，文学理论应该首先具备以下三种功能。试分而述之。

（1）文学理论的解释、认知功能

对各种文学现象的解释和认知是文学理论的基本功能，它实际上还可以分解为依次出现的实践性的解释—认知和学科化的解释—认知。从发生的角度，当然是先有文学的发生，后有文学理论的出现。而最初的文学以非独立的形态存在于人类的精神活动的物化形式之中。也就是说，虽然文学是一个近代 / 现代的概念，但文学的存在却不是近代 / 现代的精神事件。尽管人们对“什么是文学”从未取得过一致的意见，但这丝

① 曹顺庆：《21 世纪中国文化发展战略与重建中国文论话语》，载《东方丛刊》，1995 年第 3 辑；曹顺庆：《文论失语与文化病态》，载《文艺争鸣》，1996 年第 2 期。

② 顾祖钊：《略论中国古代文论的现代转换》，载《人文杂志》，1997 年第 2 期。

③ “古代文论的转换”这一学理性命题中包含着明显的非学理性因素，命题中的非学理因素留待后文分析。

④ 按照余虹的分析，严格地说，“文学理论”是西方文学研究学科化之后的概念，在西方（19 世纪）和中国（20 世纪）都有它的时间所指性（余虹：《中国文论与西方诗学》，三联书店 1999 年版）。为了行文的方便，本文使用“文学理论”不做严格的时间区分，泛指关于文学的解释、知性思考及系统化的知识形态。

毫不妨碍人们对这一精神创造活动的解释和认知。历史地看，文学在不同的时期和不同的社会形态中曾承担了多种功能，而这些功能实际上就是人们对文学活动的所有现象解释和认知的结果——解释和认知就是文学理论。当然这种解释和认知以何种形态存在、人们对它如何命名并不影响我们所称的那个关于文学的理性思考本身的存在。在文学理论被学科化以前，对各种文学现象的解释和认知具有突出的实践性的特点，也就是说，这种阐释并非刻意追求知识的自洽性，它首先是满足人类对自己的这一独特的精神实践活动的认识，并反过来试图对文学的实践施以影响。这也可以叫做文学理论的"分"内功能。

（2）文学理论的价值、思想功能

文学理论是对文学活动和文学现象的解释和认知，但文学理论一旦形成之后，文学理论的功能或人们对文学理论的期待又不会仅仅限于文学活动的范围之内，这就是文学理论的价值 / 思想功能。就价值而言，文学理论实际存在两种层次的价值问题。一种是在解释和认知过程中，主体的价值评价和情感的介入。这种价值的介入并非是因为文学本身具有情感因素，而是因为任何精神活动都或隐或显地会有主体的价值介入。按照库恩的考察，自然科学研究并不像人们通常认为的那样，科学家在从事冷冰冰的知性工作。实际的情况是，科学史上"科学共同体"对科学研究范式的选择同样有主体的情感介入。在这一意义上说，文学理论与自然科学的区别只是价值介入的一显一隐而已。它们的共同点是这种价值因素服从于整个知性活动的要求，价值介入要在文学理论的框架内以知识的有效性的形式呈现，这就是文学理论或文学批评的科学性问题。

但我们所说的文学理论的价值 / 思想功能主要是指这样一种功能，即在文化的框架内，文学理论是一门关涉人类精神、思想、价值的人文科学，它与其他人文科学（哲学、宗教、伦理学、历史学等）一起承担某一文化的价值观的形成、发展、更新的任务。在某个特定的时期，文学理论或许还会凸显自己的激进品格（如 20 世纪 80 年代的中国文学理论）。"文学理论可以不经介入创作而直接地作用于社会。……文学理论一旦作为独立的、自组织的和有生命的文本，它就有权力向它之外的现实讲话并与之对话。文学理论不必单以作家诗人为听众，它也可以作为理论形态的‘文学’与文学作品一道向社会发言。这不是僭越，而是职责，是文学理论作为美学、作为哲学的社会职责。”[①] 文学理论的这种“分”外功能是文学理论的拓展功能，它使文学理论与社会生活之间保持着积极的有机联系，也使文学理论获得了在文化视野中的合法性。

（3）文学理论的学科功能

19 世纪以后，受近代科学主义派生的学术规范和现代大学教育体制的影响，文学理论开始了它的学科化进程。在对文学的各种现象的实践性解释和认知的基础上，西方追求解释和认知的客观性和精确性，仿照自然科学，文学理论用概念、范畴、法则等对文学现象的本质和规律予以说明，对文学的价值和意义予以揭示，从而构建一种具有自洽性的知识体系。20 世纪初，中国也开始了文学理论的这一学科化过程。学科化的文学理论自然离不开实践性的文学解释和认知，但是，文学理论一旦作为一个学科出现之后，又会与文学的实践和文学的解释、认知实践产生某种分离，获得相对独立的品格。学科化的文学理论把从实践中获得的文学解释和认知转化为相对纯粹的知识，在学科化的体制内进行知识话语的生产或再生产、知识的传递和文学阐释技能的训练。但是，学科化的文学理论毕竟是人类对文学现象的知性活动的漫长历史中的阶段化方式，它可能会在变动的当代学科体制中产生相应的变化，或不再叫“文学理论”甚至可能消失。[②] 而只要“文学”（不是本质主义式的理解）还存在，人们就不会放弃对文学——人类的重要精神活动之一——的阐释和认知。因此，学科化文学理论的独立性并不是要抛弃或取代对生生不息的文学活动的实践性阐释，相反，它必须时刻检讨自己的纯粹知识的有效性和有限性，从而保证自己不至于离开文学解释实践太远而最终

① 金惠敏：《没有文学的文学理论——一种元文学或者文论“帝国化”的前景》，载《文艺理论与批评》，2004 年第 3 期。

② 卡勒就认为，受当今西方所谓“文学性蔓延”或文学的终结的影响，文学理论更确切地说就是“理论”。另参见余虹：《文学理论的生死性——兼谈陶东风主编的〈文学理论基本问题〉》，载《首都师范大学学报》（社会科学版），2005 年第 1 期。

抽掉了文学理论学科的根基。因此，文学理论的学科功能可以看作是文学理论的附加功能。

由此，我们可以大致这样认为：文学理论首先是为文学现象的解释与认知而存在；其次是为参与构建一种文化生活、一种文化的价值而存在；而文学理论的学科化是一种相对次要的功能。因为系统化文学理论固然重要，但这种重要性不能从这个理论本身得到说明。至于文学理论的民族/国家身份则是文学理论实现其基本功能以后的问题了，它至多只是一个阶段性的命题。文学理论不是为身份而存在，即使是在全球化的时代——如果仅仅强调文学理论的民族/国家身份，而忽视文学理论解释文学现象的有效性、忽视文学理论与社会文化生活的有机联系，那么文学理论的这种身份也只能是一件没有文化建构作用的漂亮外衣。当然，这里并没有排除文论既具备民族的身份又有解释效力和文化建构功能的可能。

2. 文论功能的缺失

文论“失语症”的命题中包含两个判断：新时期以来的当代文论因大量借用西方文论话语（上溯至“五四”）而在世界文化/文论交流中失去自己的声音；中国古代文论在当代文论中的“失语”。这两个判断是事实判断还是虚假判断、这一命题是真命题还是伪命题，似乎不必匆忙下结论，暂且称之为有待论证的命题。这一有待论证的命题的唯一意义是它带出了当代文论、特别是20世纪90年代文论中存在的一些真问题，但是，这些问题不是“失语”一词可以概括的。笔者认为20世纪90年代文论存在的问题并不是所谓的“失语”，而是文学理论功能的部分缺失。

越来越多的业内人士从不同的角度和要求对20世纪90年代的文论现状表示不满，文学理论（包括文学批评）对文学的解释和认知功能的萎缩或乏力是其中的一个主要方面。文学理论和文学批评似乎越来越远离当代中国的文学实践，成为与文学创作、大众的文学接受无关的行当。

"文学理论的危机"或"文学理论的终结"之声时有耳闻。其实，造成当下文学理论的落魄并不全是因为文学理论自身的不思进取。20世纪90年代的社会和文化转型、文学内部的格局重组、审美型的文学理论与文学实践中的大众审美要求的矛盾等因素，使文学理论酝酿着类似科学领域的"范式"转型。而完成文学理论的转型，或一种新的文论范式的生成必须要经过所谓的前范式阶段——话语多元的时期，甚至是话语混乱的时期。在这一时期，我们如何能期望一种获得高度认同的文学解释和认知的诞生？这是文学理论的"分"内功能缺失。

商业意识形态和商业消费主义的兴起是20世纪90年代社会和文化转型的标志之一，商业意识形态和商业消费主义强烈冲击了传统的价值观念和生活观念。在90年代的商业环境中，文学理论与其他人文科学一样都经历了一个边缘化的过程，文学理论等人文科学的自身存在遭遇合法性危机。在文化的构架内，文学理论无法提出和回答社会文化生活的重大问题，文学理论对社会的价值和思想的建构功能面临萎缩甚至丧失。这是文学理论的"分"外功能缺失。

与前二者形成对照的是90年代文学理论的学科功能获得空前的扩张。在中国的大学学科体制内，文艺学学科培养了一支庞大的专业队伍，建立了完备的三级学位授予机制。文学理论的学科化知识的生产也达到数量上的繁荣。在图书在版编目（CIP）中，文学理论、文学批评类的图书不计其数。文学理论教材是学科化的文学理论的主要知识形式之一。据统计，新时期以来国内翻译出版了众多外国文学理论教材，由我国学者自行编撰的各种文学理论教材超过130种，其中大部分出版于20世纪90年代。① 在众多的教材中，虽然在编写模式和观念设定上不够多样化，但也从一个侧面显示了90年代以来学科化的文学理论的发展实绩。另一方面，我们也应该看到学科化的文学理论的发展和繁荣是以文学理论的阐释功能和价值功能的缺失为代价的。90年代以后，文学理论界迫于外部环境的压力，从价值和思想层面后撤，专心于文学理论的学科建设，甚至把文学理论的功能仅仅理解为文学理论的系统化的理论建构。

① 程正民、程凯：《中国现代文学理论知识体系的建构》，北京大学出版社2005年版。

这种对文学理论功能的不正确的理解一定程度上造成了文学理论的虚假繁荣，结果是文学理论更重要的功能的遗失和近年来文学理论的危机。

3. 文论身份建构的反思

即使不赋予那么高远的目标，中国文论身份的建构对新世纪的中国文论来说也自有其意义。正是基于对文论身份和古文论转换的这种理解，文论身份建构和“转换”讨论中引出的一些现象和问题才值得我们深思。

（1）立场宣示的限度

构建中国文论身份是立场、态度问题，而古代文论的现代转换却是一个学术问题、有效性问题。前者似乎可以不讲道理，但最终必须讲道理，否则就是一个无效的身份。在 20 世纪 90 年代的特定语境中，倡导者使用了一种民族主义的叙述策略。如其所望，这种策略引起学界的反响。但它也有意无意地占据了意识形态的制高点，使参与者并非没有顾忌地讨论一个学术性问题，不能不说影响了讨论的自由和深入。同时，“转换”用一个不切实际的目标误导文论界去进行没有实效的研究。对一个并不那么迫切的问题大量投入浪费了学术资源，加剧了 90 年代文论与当代文学活动和文化生活之间的距离和隔阂，一定程度上阻碍了中国文论身份的建构。

（2）身份焦虑的自我调节

“失语论”和“转换论”折射的是文论界在愈益频繁的世界文化 / 文论交流中的身份焦虑。适度焦虑是正常的或无害的，并不会妨碍对事物的常识判断；过度焦虑就会变得异常敏感，会妨碍对事物作出常识判断。如果不把文论的民族 / 国家身份强调到不适当的地步，而关注文论的解释功能和对当代文化生活和精神价值的建构作用，我们就会以平常心平等看待、接受古今中外的一切文论，文化 / 文论的“民族性”标准不是阐释有效性的保证。“在共享的知识平台上，来建构理论与批评，恰恰是不需要戴上民族身份的灵光圈而能做出令人信服的成果，那才是对文艺学的贡献，至于是不是‘中国的’那又何妨？”[①] 如果时时刻刻关注文论的身份和来源，或者在接触某一区域的文论时心存“敌 / 我”概念，就可能永远走不出身份焦虑。

（3）文论身份建构的现实与想象

中国文论身份的意识似乎是突然之间在插满了清一色欧美文论旗帜的文论界亮出的一杆异色大旗。中国千年文论至近代的遽然中断、百年以来中国文论对西方文论的东方改造、古代文论在当代文论中的长久缺席无不使寻找中国自己文论身份先在地拥有一份道义的合理性。但目前对中国文论身份的建构又是象征意义大于实质意义。我们可能无法确定构建新的中国文论身份需要多久，或许五十年、或许一百年，但我们可以确信的是它绝不是短期可以完成的。中国文论身份的重建之途，一方面包含了切实的累积式的前行，另一方面又在这朝圣之旅中以其朝圣的姿态而成为文论身份本身的一部分。文论身份意识的自觉并不等于文论身份建构的完成，而文论身份建构的艰巨性和长期性，也使 20 世纪 90 年代以来的文论身份的建构首先成为一种想象性的活动和立场性的表白。中国的文论身份将处于永远的流动之中，身份的追寻或许是一次永远不能到达终点的旅途。

① 陈晓明：《历史断裂与接轨之后：对当代文艺学的反思》，载《文艺研究》，2004 年第 1 期。

四

明清小说评点中的小说理论

中国古代小说发展到宋元之际，从语言的角度出现两条线索：一条沿着文言小说的路线发展，另一条则演化为白话小说。前者以《聊斋志异》等清代文言小说为新的高峰，后者则以明代四大奇书《三国演义》《水浒传》《西游记》《金瓶梅》和清代的《儒林外史》《红楼梦》为代表之作。[①] 虽然在正统的儒家话语中，明清小说特别是白话小说难入正宗[②]，但明清小说特别是白话章回长篇小说却取得了辉煌的成就，成为两千多年中国古代文学发展历史中的一颗明珠。在白话长篇小说成熟的同时，明清的小说评点也应运而生。

评点的形式滥觞于南宋，最初由评点文章而后扩及史学著作、诗歌、戏曲、小说。虽然明清的小说评点的兴盛有它自身的形成演变过程，但明清小说评点是中国古代小说话语的一大转换，而“这一转换不是在先前各种小说话语积累的基础上发生的。原先轨道上的小说话语哪怕在晚明小说评点学出现以后，还是按照它们原先的轨道继续下去，并未发生多少变化。评点学的突破是从‘文’的概念的突破开始的。它们对小说的入手着眼处均与先前的小说话语不同，套用评点家的术

① 浦安迪：《中国叙事学》，北京大学出版社 1996 年版，第 11 页。
② 乾隆年间四库馆臣还将小说列史部之八“小说杂著之属”。

语，可谓‘别具手眼’。”① 在促成小说批评话语转换的文人中，最值得注意的是李贽和金圣叹两人。他们的评论不同凡响，表现了强烈的文学意识和小说的文本意识，在文论史上具有开创意义。在他们之后，围绕着明代“四大奇书”和清代《聊斋志异》《红楼梦》《儒林外史》等小说的评点大量涌现。在评点这种特有的文体形式中，明清小说评点家建立了独特的小说理论。本章通过对李贽、金圣叹、张竹坡等人的具体评点的梳理，总结他们的评点中所蕴含的小说理论中的基本问题和所蕴含的叙事理论。

1. 明清小说评点中的小说基本理论

（1）小说的社会地位

中国古代历来把小说斥为“小道”，使其在两千多年的封建社会终未获正统地位。到了元末明初，随着《水浒传》和《三国演义》两部杰作的诞生和其巨大的社会影响，文学的重心向小说倾斜，对小说观念的更新、对小说地位的重新评价等问题便摆在了从事小说创作、研究、阅读等人的面前，为小说正名、为小说创作和个人生存地位赢得更多、更大空间成了他们迫切的任务。明中叶，一些思想新进者，都尽力为小说谋争文学地位。如戏剧家李开先，“唐宋派”诗文家唐顺之、王慎中等，都对小说《水浒传》给予很高评价，称“《水浒传》委曲详尽、血脉贯通，《史记》而下，便是此书。”（李开先《甸论》）稍后，思想家李贽不仅把《水浒传》看作“宇宙内五大部文章”之一，与司马迁、杜甫、苏轼、李梦阳的著作媲美，而且充分肯定其社会作用。他在《忠义水浒传序》中指出《水浒传》对统治者颇有教益，说“有国者不可以不读。一读此传，则忠义不在水浒而在君侧矣；贤宰相不可以不读。一读此传，则忠义不在水浒而在朝廷矣。”李贽这位离经叛道者，把充满反叛精神的《水浒传》说成对统治者有益，自然是遁辞，目的或在为《水浒传》争求合法地位，以便刊行，但同时也道出了小说的社会作用。随后，一些思想

① 林岗：《论明清之际小说评点学的文学自觉》，载《文学遗产》，1998 年第 4 期。

新进的名流学者，如汤显祖、袁宏道、冯梦龙等，也大力肯定小说的社会作用，或为小说作序，或亲自编定小说，这在当时都产生了重大影响。

冯梦龙收集、整理了古今通俗小说120种，分《古今小说》（《喻世明言》）、《警世通言》、《醒世恒言》三种刊行，并分别写了三篇序言。在《古今小说序》中勾列了中国古代小说发展的大致脉络，并对话本小说倡导的"通俗"进行了辩护："大抵唐人选言，入于文心；宋人通俗，谐于里耳。天下之文心少而里耳多，则小说之资于选言者少，而资于通俗者多。"[①] 明确了宋代以话本为基础的通俗小说与唐代以唐传奇为主的文言小说的不同之处，即"里耳""文心"之辩，并彰明通俗小说在"感人"方面比之于《孝经》《论语》的优势。在《警世通言叙》中，冯梦龙更是把通俗话本小说提高到了与"经书史传"同等的地位；在《醒世恒言叙》中，冯梦龙高扬"里耳"精神，倡通俗、白话而对艰深的文言予以贬斥。冯梦龙的这三篇序言可以看作是通俗白话小说的宣言书，它们在提高白话通俗小说的历史地位方面对通俗小说的发展产生了深远影响。古代白话短篇小说——话本小说自冯梦龙始形成了雨后春笋般的繁荣局面，尽管这种繁荣有很多因素，但这种为白话小说赢取地位的论述和创作实绩则是重要的方面。冯梦龙之后，许多白话小说论者对白话小说的地位进行了辩护，从而形成了白话小说理论的一贯性，这对当时的文坛是一个巨大的冲击，在中国小说理论史上有着重大的意义。

（2）小说与生活

文学与社会生活的关系问题是古代小说理论最基本的问题之一，在李贽评点的容与堂刊本《忠义水浒传》卷首，有这样一段文字首先涉及这个问题："世上先有《水浒传》一部，然后施耐庵、罗贯中借笔墨拈出，若夫姓某名某，不过劈空捏造，以实其事耳……非世上先有是事，即令文人面壁九年、呕血十石，亦何能至此哉！亦何能至此哉！此《水浒传》之所以与天地相终始也与！"这段文字指出了社会生活是小说艺术的源泉，小说是社会生活在作家头脑中反映的产物，离开了社会生活，

① 黄霖：《中国历代小说批评史料汇编校释》，百花洲文艺出版社2009年版，第257页。

谁也无法写出“情状逼真”“笑语欲活”的作品来。这种对小说艺术与社会生活关系的认识，在我国古代小说理论上无疑有着十分重要的意义。后来的一些小说评点家继承了这一美学观点，也都十分强调社会生活在小说创作中的重要作用。张竹坡在其《寓意说》中谈到小说创作“其假捏一人，幻造一事，虽为风影之谈，亦必依山点石，借海扬波”。“山”与“石”，“海”与“波”的比喻，精当地阐明了社会生活与小说创作的关系。后来的脂砚斋也认为，小说乃是社会生活的“摹写”，《红楼梦》的优长就是“摹一人，一人必到纸上活见。”

明清的小说评点家还进一步探讨了作家与生活实践的关系。金圣叹强调作家要“格物致知”，他指出“施耐庵以一心所运，而一百八人各自入妙者，无他，十年格物而一朝物格，斯以一笔而写百千万人，固不以为难也。”(贯华堂本《水浒传》序三)所谓“格物”含有作家对生活的观察和认识的意思，因此“物格”也可以看作为作家对生活本身逻辑的把握。金圣叹把《水浒传》创作的成功归结为作者对生活长期观察、体验和把握的结果。在这方面张竹坡说得更明确：“作《金瓶梅》者，必曾于患难穷愁，人情世故，一一经历过，入世最深，方能为众脚色摹神也。”① 和脂砚斋所强调的“实实经历”“目睹亲闻”一样，张竹坡在这里突出了作者具有审美感受的直接生活经验在小说创作中的作用。不仅如此，他还看到了作者的直接生活经验在小说创作中的局限，他认为：“作《金瓶梅》者，若果必待色色历遍，才有此书，则《金瓶梅》又必做不成也。何则？即如诸淫妇偷汉，种种不同，若必待身亲历而后知之，将何以经历哉？故知才子无所不通，专在一心也。”② 这就点明了作家在进行小说创作时，光靠直接生活经验还不够，还要做到“无所不通”，用间接生活经验对直接生活经验进行补充。康熙时代的张竹坡能有这样的见解应该说是很可贵的。探讨作家与生活实践的关系，揭示小说艺术与社会生活的关系，这是明清小说评点派对我国古代小说理论的一个重要贡献。

①② 张竹坡：《批评第一奇书金瓶梅读法》，见黄霖：《中国历代小说批评史料汇编校释》，百花洲文艺出版社2009年版，第423页。

（3）真实性

小说是社会生活的反映，因此，明清的小说评点家十分重视小说反映生活的真实性，不少评点家把艺术的真实性作为对作品进行审美评价的最基本的美学标准。李贽说：“《水浒传》文字原是假的，只为他描写得真情出，所以便可与天地相终始。即此回中李小二夫妻两人情事，咄咄如画，若到后来混天阵处都假了，费尽苦心，亦不好看。”（容与堂本《水浒传》第十回批语）“《水浒传》文字不好处只在说梦、说怪、说阵处。其妙处都在人情物理上。”（第九十七回批语）金圣叹也说道：“《水浒传》不说鬼神怪异之事，是他气力过人处。《西游记》每到弄不来时，便是南海观音救了。”（《读第五才子书法》）这里，这两位大评点家都把艺术价值与真实联系起来。他们指出了《水浒传》这部书妙在写真而拙在作假，真实是艺术美的生命，《水浒传》之所以有可以“与天地相终始”的艺术价值，正在于它真实地反映了人情物理——社会生活，而那些虚假的说梦、说怪、说阵之类东西，则是“亦不好看”的败笔。

张竹坡、脂砚斋等小说评点家，对艺术的真实性这条美学标准提出了更高的要求。他们在评点小说时，不仅强调作品情节内容的真实，还十分重视作品中人物、细节、环境的真实性。张竹坡极力称赞《金瓶梅》“读之似有一人曾亲执笔在清河县前，西门家里，大大小小，前前后后，碟儿碗儿，一一记之，似真有其事。”① 脂砚斋赞赏《红楼梦》一书“形容一事，一事毕真，《石头》是第一能手矣。”在描写宁国府大办丧事的第十四回回末总评中，脂砚斋赞叹作者“此回将大家丧事详细剔尽，如见其气概，如闻其声音，丝毫不错，作者不负大家后裔。”

李贽等小说评点家与持传统偏见的正统文人在对“真实”的理解上有着质的区别。在古代正统文人的观念中，小说被视为“小道”，历来遭到正统文人的鄙视和贬斥。正统文人往往拿正史来对证小说，指责小说虚构失实。从表面看来，他们也在强调作品的真实性，实际上，他们所说的“真实”是要把小说拘泥于史实和事实上。反对虚构，也就等

① 张竹坡：《批评第一奇书金瓶梅读法》，见黄霖：《中国历代小说批评史料汇编校释》，百花洲文艺出版社 2009 年版，第 423 页。

于取消小说这一文学样式。与正统文人不同，李贽等人强调小说的“文字原是假的”。金圣叹更明确地用“以文运事”和“因文生事”来区分历史著作与小说的不同，指出了小说的性质在于虚构，至于“其事其人之为有为无，此固从来著书之家之所不计。”(贯华堂本《水浒传》第七十回批语)明清小说评点家所强调的“真实”包括两层意思：一是指虚构的小说既不必实载史实或事实，又不能违背生活的逻辑胡编乱造，而是像脂砚斋所说的那样要做到“事之所无，理之必有。”(《红楼梦》甲戌本第二回批语)二是指在具体描写上要做到“逼真”“丝毫不错”，使人感到“似真有其事”。用我们今天的术语来表达，明清小说评点家强调的是艺术真实。这种见解在当时对突破传统偏见、指导小说创作，有着十分积极的作用。

(4)人物形象刻画

明清小说评点对古代小说理论的另一贡献，是他们极其重视小说中人物性格的刻画，在总结创作实践的基础上，提出了丰富的有关人物形象塑造的美学原则和艺术手法，创建了以人物性格个性化为中心的小说理论。在李贽的《水浒传》评点出现之前，几乎无人注意人物形象的刻画。李贽最早注重从美学角度对《水浒传》中人物形象进行分析。他推崇和赞赏《水浒传》成功地塑造了众多不同的人物形象，在第九回回末总评中他就这样批道：“施耐庵、罗贯中真神手也！摹写鲁智深处，便是个烈丈夫模样；摹写洪教头处，便是忌嫉小人的身份；至差拨处，一怒一喜，倏忽转移，咄咄逼真，令人绝倒。异哉！”

金圣叹更进了一大步，他明确指出人物形象成功与否是评价一部小说的主要标准。在《读第五才子书法》中他指出：“别一部书，看过一遍即休，独有《水浒传》，只是看不厌，无非为他把一百八个人性格都写出来。”“《水浒传》写一百零八个人性格，真是一百八样。若别一部书，任他写一千个人，也只是一样，便只写得两个人，也只是一样。”金圣叹抓住《水浒传》成功地写出一百八个人性格这一点，指出这部书的艺术魅力之所在。他认为人物性格是小说家创作的原始动能：“施耐庵寻题目写出自家锦心绣口，题目尽有，何苦定要写此一事？答曰：只是贪他三十六个人，便有三十六样出身，三十六样面孔，三十六样性格，中间便结撰得来。”（《读第五才子书法》）人物性格是小说艺术魅力之所在，也是小说家艺术思维的归宿，并影响思维的全过程，为什么“施耐庵以一心所运，而一百八人各自入妙”，是小说家“十年格物而一朝物格”的结果；为什么施耐庵“写一豪杰，即居然豪杰”，“写一奸雄，即又居然奸雄”，写什么人居然是什么人，是小说家临文之际，“直以因缘生法为其文字总持”，“亲动心”化为自己所塑造的人物的结果。（《水浒传》第五十五回回评）金圣叹对人物性格的认识是系统、全面和深刻的。

金圣叹对人物性格的重视对后来的评点家影响很大。毛宗岗、张竹坡、脂砚斋、哈斯宝以及卧闲草堂本《儒林外史》的评点者无名氏，他们的评点之所以得到人们重视，很主要的一点就是他们都注重了对人物形象的分析，从不同角度丰富了我国古典小说美学的内容。

2. 明清小说评点中的叙事理论

明清小说评点除了对小说的基本问题有独到的见解之外，还包含了丰富的叙事理论和思想，以下尝试从当代叙事学的角度梳理明清小说评点对叙事理论的贡献。①

（1）叙事时间

叙事文学涉及两种时间，即故事时间与叙事时间。故事时间是指故事发生的自然时间状态；叙事时间是故事在叙事文本中具体呈现出来的时间状态。在叙事文学中，故事时间与叙事时间的关系涉及时序、时距、频率三个方面。

关于时序。就时序而言，与故事时间和文本时间相对应，叙事作品中有两种时序，一种是故事时序，即被讲述的故事的自然时间顺序，是

① 用当代叙事学的理论梳理分析古代小说理论与小说理论研究中“以西例律我国小说”有所不同，后者把中国的小说理论作为西方小说理论的注脚；而前者则只是借用某些已为人熟悉的概念，目的是分析明清小说评点对中国叙事传统的理论贡献。

故事从开始发生到结束的自然排列顺序；另一种是叙事时序，即文本展开叙事的先后次序，从开端到结尾的排列顺序，是叙述者讲述故事的时序。[①] 一般情况下，如中国传统的叙事作品中，叙事时序与故事时序是对应的，即为顺叙。但有时为了达到某种叙事效果，作家会采用时间倒错的手法，于是就有了倒叙、预叙、平叙、插叙等。

顺叙是中国传统的叙事文学最常使用的叙事手法。金圣叹在《水浒传》的评点中对传统的顺叙的叙述效果进行了点评。如第三十六回，金圣叹把此回的情节设置总结为七追："（宋江和两个公差）如投宿店不得，是第一追。寻着村庄，却正是冤家家里，是第二追。掇壁逃走，乃是大江截住，是第三追。沿江奔去，又值横港，是第四追。甫下船，追者亦已到，是第五追。岸上人又认得梢公，是第六追。舶板下摸出刀来，是最后一追，第七追也。"(《水浒传》第三十六回回评)故事中宋江在行进过程中的种种遭遇有着较强的时间顺序，金圣叹用"七追"总结了这一事件的时间先后顺序，表明其叙述时间的方向的一致性，即叙事时序与故事时序是相对应的，基本上是按照所叙故事中事件发生的先后顺序依次展开的叙事，而这种叙事方式也正是我国古代叙事作品普遍采用的叙事顺序，即单向的直线式的顺叙。金圣叹在此对《水浒传》的叙事时间的认识和点评无疑是超前的。不仅如此，金圣叹对由此而产生的小说美学效果更是赞不绝口："此篇节节生奇，层层追险。节节生奇，奇不尽不止；层层追险，险不绝必追。真令读者到此心路都休，目光尽灭，有死之心，无生之望也。"（《水浒传》第三十六回回评）用顺叙进行叙事，如果处理不当就会使人产生平淡的感觉从而削弱叙事作品的审美价值，金圣叹在点评中指出，施耐庵制造的"奇"和"险"避开了顺叙可能带来的平淡，形成了故事的一波未平、一波又起、高潮叠出的效果，这样的叙事技巧，使故事人物"脱一虎机，踏一虎机""令人一头读，一头吓，不惟读亦读不及，虽吓亦吓不及"。(《水浒传》第三十六回回评)读者在阅读过程中受到一而再、再而三不间断的连续刺激，既满足了心理上对故事惊险情节的期待，又在领略惊险后产生了释放悬念的

① 罗钢：《叙事学导论》，云南人民出版社 1994 年版，第 132-133 页。

快感，形成了一环套一环、惊险叠惊险的叙事艺术，也显示了叙事文学巨大的审美魅力。

倒叙是对往事的追述。金圣叹对此有诸多点评，如第十六回在黄泥冈上，杨志中计喝了蒙汗药酒，醒来之后，“叹了口气，一直下冈子去了”。金圣叹批道：“盖杨志一路自去，固也。然冈上十四人，一夜毕竟作何情状，不争只要写杨志，却至后日重又追叙今夜耶？轻轻于杨志文尾，用‘去了’二字，便令杨志自去，而读者眼光自在冈上，重复发放此十四人。”金圣叹所说的追叙就是倒叙，即在事后再重提以前发生的事。

预叙是对未来事件的暗示或预期。在《水浒传》第三回中，鲁智深因打死郑屠户而远走代州雁门县，巧遇金老父女。金老的女婿赵员外邀请鲁智深去他庄上，鲁问道：“贵庄在何处？”员外道：“离此间十里多路，地名七宝村便是。”金圣叹在“七宝村”后有一段“夹批”：“此书每欲起一大篇文字，必于前文先露一个消息，使文情渐渐隐隆而起，犹如山川出云，乃始肤寸也。如此处将起五台山，却先有七宝村名字；林冲将入草料场，却先有李小二浑家浆洗棉袄；六月将劫生辰纲，却先有阮氏鬓边石榴花等是也。”金圣叹在这里列举的都属于预叙。“七宝”是佛教用语，暗示鲁智深将要到五台山为僧；“浆洗棉袄”意味着冬天的来临，暗示了林冲风雪山神庙的情节；“石榴花”说明是春天景象，暗示着六月的劫取生辰纲。

毛宗岗在《三国演义》的评点中对预叙也有论述。《读〈三国志〉法》将预叙形象地称为“隔年下种，先时伏着”，指出小说中大量存在的预叙。如“西蜀刘璋乃刘焉之子，而首回将叙刘备，先叙刘焉，早为取西川伏下一笔”；又如“姜维九伐中原在一百五回之后，而武侯之收姜维，早于初出祁山时伏下一笔”等。这些预叙大都相隔数十回，可见叙述者对叙述时间的全盘把握与巧妙运用。

关于时距。所谓时距就是故事时间与叙事时间长短的比较，包括省略、概要、场景和停顿。金圣叹在《水浒传》的评点中，对概要有所关注。如在第十一回杨志被刺配北京大名府路途的描写，从东京到北京，路途遥远，行程本来颇费时日，但因一路无事，叙述者便以概要记之。金圣叹准确地点出了“概要”的叙述特点。毛宗岗则将这一叙述手法称为“近山浓抹，远树轻描”。他说：“《三国》一书，有近山浓抹、远树轻描之妙。画家之法，于山与树之近者，则浓之重之；于山与树之远者，则轻之淡之。不然，林麓迢遥，峰岚层叠，岂能于尺幅之中一一而详绘之乎？作文亦犹是已。”（《读〈三国志〉法》）

时距中的停顿，类似金圣叹的“急事缓说”，即故事时间几乎停顿，叙事时间极力延长。在《水浒传》第三十九回宋江眼看要被蔡九知府处决，幸得黄孔目从中斡旋，拖延了五日。但到了第六天，宋江之死已成定局。在这万分危急之时，小说放慢了叙事的速度，似乎在故意考验读者的耐心。金圣叹在本回回批写道：“写急事不得多用笔，盖多用笔，则其事缓矣。独此书不然，写急事不肯少用笔，盖少用笔，则其急亦遂解矣。”金圣叹详细列举了小说对行刑过程完整的程序的描写，总结了“急事缓说”叙事手法的阅读效果：“使读者乃自陡然见有‘第六日’三字便惊起，此后读一句吓一句，读一字吓一字，直至两三页后，只是一个惊吓。吾尝言读书之乐，第一莫乐于替人担忧。然若此篇者，亦殊恐得乐太过也。”（第三十九回回批）金圣叹指出，“急事缓说”可以制造悬念，抓住读者。

关于频率。叙事频率指的是一个事件在故事中出现的次数与它被叙述的次数之间的关系。[①] 在叙事频率的类型中，重复叙事和概括会产生特殊的叙事效果。《水浒传》第三十回“血溅鸳鸯楼”这一事件被叙述了三次：第一次是叙述者的讲述，第二次是武松对张青重述，第三次是差役向知府的禀报。金圣叹有一段夹批：“正传是第一遍，叙述是第二遍，报官是第三遍。看他第一遍之纵横，第二遍之次第，第三遍之颠倒，无不处处入妙。看他叙来，有与前文合处，有与前文不必合处，正以疏密互见，错落不定为奇耳。必拘拘一字不失，何不印版印作一样三张也？”同一事件由于叙述的角度不同，每次叙述的内容也不完全相同。金圣叹认为，这种“疏密互见，错落不定”的重复叙事正是《水浒传》的艺术魅力所在。

① 罗钢：《叙事学导论》，云南人民出版社 1994 年版，第 154 页。

（2）叙述视角

对于叙述视角，明清小说评点家也有许多精彩的论述。金圣叹认为，巧妙地运用叙述视角，可以把纷繁复杂的事件有条不紊地表现出来；可以生动地再现故事情境和刻画人物性格；可以有助于行文的转折和衔接。《水浒传》“杀阎婆惜”一回，有这样一段描写：“阎婆惜正在楼上自言自语，只听得楼下呀地门响。床上（阎婆惜）问道：‘是谁？’门前道：‘是我’。床上道：‘我说早哩，押司却不信要去，原来早了又回来。且再和姐姐睡一睡，到天明去。’这边也不回话，一迳上楼来。”金圣叹认为，这里写了三个互未谋面的人物，若对他们分头去写，势必分散笔力。作者“不更从宋江边走来，却竟从婆娘边听去”，一举把置身于同一空间三个人的位置与关系鲜明地表现出来，实有“影灯漏月之妙”。十六回，写杨志丢失生辰纲以后：“杨志回身再看那十四个人时，只是眼睁睁地看着杨志，没个挣扎得起……杨志叹了口气，一直下冈去了。”金圣叹又指出：“上文一路写来，都在杨志分中，此忽然写出‘去了’二字。却似在十四人分中，当知此句真有移云接月之巧。”他的这些评语，都巧妙地揭示出叙述视角的功能。

金圣叹在评点《水浒传》中还涉及全知视角和限知视角。他比较喜欢限知视角。他认为，由作品中某个人物去听、去看、去触及他周围人物的形状、举止、对话、场景、声响，可以使纷繁呈现的事物维系在一个中心视点上，写得更真切、具体、集中。他在对《水浒传》的修改润色中，曾不止一次地将全知视角改为限知视角。如金圣叹对《水浒传》第二十六回武松十字坡遇母夜叉孙二娘这一节的原作进行了精心的修改，他将施耐庵原作中的叙事者全知叙事视角改成了人物限知叙事视角。金圣叹将武松的眼由“虚闭”改成了“紧闭”，这样这节描写就变成了以武松的限知视角去叙述。在这里，并不是金圣叹认为“虚闭”着眼睛就是以叙述者的全知视角来叙述，而是金圣叹认识到叙述者全知视角和人物限知视角的细微差别而作的改动，如果不将“虚闭”改为“紧闭”，就会出现叙事者全知视角与人物限知视角的混淆。另外，金圣叹还在原作中增加了很多“只听得”，并在夹批中对这种改动大加推崇：“‘只听得’

妙绝”，这是因为金圣叹注意到，听得的内容都是凭武松的听觉来感知的，而武松感知器官涉及不到的地方就是以一种猜测的方式来作补充，在施耐庵原来“约莫……”的基础上又加上两个“想是……”并且把“武松的”三字改成“那”，是因为这一节完全是站在武松的立场上去认知事物，表达情感。这一系列的修改，都说明了金圣叹对叙事者全知视角和人物限知视角之间差别的认识。在这一方面，金圣叹对叙事者全知视角和人物限知视角细微差别自觉、清醒的把握是超越了同时期的其他叙事文学评论家的。

（3）叙事结构

明清小说评点对于“故事”的结构也曾给予过关注。金圣叹评《水浒传》，认为“二千余纸只是一篇文字，中间许多事体便是文字起承转合之法”。（《读法》）张竹坡评《金瓶梅》，认为“一百回是一回，必放开眼光作一回读，乃知其起尽处”，（《读法》）可谓颇得其中意趣。张竹坡评《金瓶梅》，认为《水浒传》是“一百八人各有一传”，《金瓶梅》是“千百人总合一传”。(《读法》) 如果说这样的论述还只涉及故事的表层结构，那么金圣叹在评点中所揭示的“遥相对写”“相准而立”，则跳出故事的具体情节，揭示了“故事”各构成单元之间的共时性关系；至于他提出的“相避相犯”“犯中求避”“同而不同”等命题，则直接涉及故事构置中的一些原则的方法。

在小说理论史上，毛宗岗第一次使用“结构”这一概念，他认为作家要参照和依据自然万物整体统一的发展规律，不断领悟和发现符合这一规律的结构之法，才能够创造出优秀的作品。他说：“观天地古今自然之文，可以领悟作文结构之法也。”“文如常山率然，击首则尾应，击尾则首应，击中则首尾接应，岂非结构之至妙哉！”毛宗岗从照应、关锁、关目、文势四个方面进行了评点。

五

金圣叹“文法”论探究

中国白话小说至明清时期臻于成熟并达到巅峰，与之相应的是白话小说研究也走向繁荣，白话小说评点开创了中国白话小说的批评模式，在“五四”时期中国现代小说和现代小说批评模式的转变完成之前，可以说，评点的批评模式影响了此后二百多年中国白话小说研究的路径。金圣叹是白话小说评点的集大成者，他的《水浒传》的评点方式成为毛氏父子、张竹坡、脂砚斋等许多后来者的效仿对象。但是，金圣叹“时文”之法评点长篇白话小说也招致“五四”以后研究者的批评。胡适在1920年所写的《水浒传考证》中认为“金圣叹用了当时‘选家’评文的眼光来逐句批评《水浒传》，遂把一部《水浒传》凌迟碎砍……这种机械的文评正是八股选家的流毒。”[①] 1933年，鲁迅在《谈金圣叹》中批评金圣叹的《水浒传》评点使“原作的诚实之处，往往化为笑谈，布局行文，也都被硬拖到八股的作法上。”[②] 由于鲁迅、胡适在现代中国思想界和学术界的地位、影响，金批《水浒传》与“八股”的等同关系以及金批的“流毒”说在此后金圣叹的研究中几成定论。直到上世纪20世纪80年代之后，学术界开始对金圣叹“文法”理论的文学价值和美学意义进行

① 胡适：《中国章回小说考证》，安徽教育出版社2006年版，第4页。
② 鲁迅：《谈金圣叹》，载《文学》月刊，1993年第1卷第1号。

深入的研究并给予了客观、正面的评价。[①] 本文拟在相关研究基础上，通过对金圣叹"文法"论渊源的考察，探究金圣叹以"时文"之法评点《水浒传》的必然性、合理性。

1. 金圣叹"文法"论的渊源

金圣叹的小说评点并非凭空而来，而是对多种学术传统继承和创化的结果，这些学术传统构成了金圣叹小说评点的"先在结构"。回到金圣叹的"先在结构"的语境中，有助于更好地理解和分析金圣叹的文法论。

金圣叹的文法论的核心就是以文章之法（确切地说，在明末的金圣叹手中，这个"文章之法"几乎就是"时文之法"）评点长篇白话小说。因此，探究金圣叹文法论的渊源应从"文章之法"和"评点"这两个关键词入手。

（1）"文章之法"

"文章之法"也可简称"文法"，指有关文章的写作技巧、写作手法以及文章结构的研究，它属于文章学的一部分。[②]

中国古代对文章的研究有悠久的传统。在先秦就有一些对于文章写法、读法、用法的直感性论断，汉代的训诂章句之学成为古代文章学的根基。至魏晋六朝时期，各种文体发展充分，文体研究、辞章研究盛极一时，"体大而虑周"的《文心雕龙》既是一部系统文学理论巨著，也是一部文体学、文章学专著，它的出现"成为经学的章句之学向文章之

① 相关的研究专著有，谭帆《中国小说评点研究》（华东师范大学出版社 2001 年版）、石麟《中国古代小说评点派研究》（中国社会科学出版社 2011 年版）、吴子林《经典再生产——金圣叹小说评点的文化透视》（北京大学出版社 2009 年版）、杨志平《中国古代小说文法论研究》（齐鲁书社 2013 年版）等。研究论文有，翟建波《略论金圣叹对于〈水浒传〉文法的评点》（《人文杂志》1986 年第 5 期）、高小康《金圣叹"文法"理论的美学意义》（《南京师大学报》（社会科学版）1989 年第 2 期）、董国炎《对中国叙事文学理论的重新认识——金圣叹文法论纲》（《山西大学学报》（哲学社会科学版）1992 年第 3 期）、王国健《论金圣叹小说"文法"论的文学意义》（《华南师范大学学报》（社会科学版）1996 年第 2 期）、钟锡南《八股论文与金圣叹文学评点》（《中国文学研究》2005 年第 4 期）、吴子林《叙事成规：金圣叹的"文法"理论》（《河北学刊》2006 年第 5 期）、林红等《明代八股时文与文学的通融》（《长春大学学报》2007 年第 5 期）、叶楚炎《"时文眼"中的金圣叹小说评点》（《青海师范大学学报》（哲学社会科学版）2007 年第 6 期）等。

② 按照王水照先生的描述，中国古代文章学包括文道论、文气论、文境论、文体论、文术论、品评论、文运论等内容，"文章之法"相当于"文术论"。可参考王水照先生的论文《文话：古代文学批评的主要学术资源》，载《四川大学学报》（哲学社会科学版），2005 年第 4 期。

学转变的标志”。[①] 唐代虽然少有文章学专著，但唐代的古文运动不仅在创作上积累了成功的经验，而且唐代古文家以恢复儒学道统为目的而制作的“古文”开启了后世实用主义写作的先河，同时为宋元、明清时期的文法研究提供了研究范本。宋代是我国文章学发展的成熟时期，王水照先生认为：虽刘勰之《文心雕龙》为现存最早的论“文”之独立专著，“然诗、文融而未分，其研究对象乃是‘杂文学’整体”“古文研究与批评真正成为一门学科，即文章学之成立，殆在宋代。其主要标志在于专论文章的独立著作开始涌现”。[②] 南宋陈骙的《文则》是我国最早的文法理论专著。该书探求并总结“古人之文”的写作法则，内容丰富：一是研究了 14 种文体的起源；二是结合文体辨析文章风格；三是系统论述了 20 多种修辞格，特别是比喻的分类多达 10 种。另外，吕祖谦的古文选集《古文关键》选取了唐宋著名散文大家韩愈、柳宗元、欧阳修、曾巩、苏洵、苏轼、苏辙、张耒之文共 61 篇，卷首冠以总论看文、作文之法，是为门人学子学习科考之文而编选并点评的文章选本，深受士子的喜爱和文坛的推崇。《古文关键》是古代将“文章之法”普及化、实用化的范例。[③]

明代的文章学在实用化方面更进一步，原因是科举制度对文章学的重大影响。古代科举制度从隋代开始实行，经唐、宋两朝不断完备，它已成为古代王朝选拔官吏的一种最重要的人才选拔制度。至明朝，科举制度进入鼎盛时期。明朝非常重视科举选才，朝廷曾规定：“使中外文臣借由科举而进，非科举者毋得与官。”科举对士子的重要性更加突出，参加科举考试成为天下士子进入官场、平步青云的唯一途径。

明代科举制度与宋代相比有许多不同，就其对文章学的影响而言，在科举的种类中，取消宋代的“诸科”，以进士科独重，以致英宗以后有“非进士不入翰林，非翰林不入内阁”的惯例。在科举考试的形式上，变宋代的经义、诗赋、策问为只取经义一门，而且经义的格式是“八股

① 吴承学、何诗海：《从章句之学到文章之学》，载《文学评论》，2008 年第 5 期。

② 王水照：《文话：古代文学批评的重要学术资源》，载《四川大学学报》（哲学社会科学版），2005 年第 4 期。

③ 《古文关键》在评点历史上也占有重要的地位，下文将论及。对该书的详细分析可参考吴承学先生的论文《现存评点第一书——论〈古文关键〉的编选、评点及其影响》，载《文学遗产》，2003 年第 4 期。

文”。八股文也称制义、制艺、时文、八比文等，在明成化以后定型，在篇章结构、谋篇布局、起承转合、脉络线索等方面形成了程式化、规范化的模式。[①] 由于八股文对士子进身的重要性，在士子间形成了研习时文作法之风，并由此催生了众多的时文选本，这些著作“纯为应试场屋服务，车载斗量，泥沙俱下，佳构颇少。但其研讨时文作法时，亦有与古文写作潜通暗合之处”。[②] 同时，研习科场作文之法的风气也深刻地影响了明代文章学的发展，明代有许多散文家借鉴古文之法写时文，而编古文选本则是重道不轻文，大谈作文之法，示学子以门径。这种将古文之法与时文之法融合的做法在唐宋派代表人物归有光、唐顺之、茅坤的三部古文选本中表现最为明显。

《文章指南》（归有光编）收录先秦至明代文章118篇，卷首有《归震川先生总论看文字法》《看历代名家文法》《论作文法》与《论文章体则》，与选文一一对应，可说是理论与范本的结合。《归震川先生总论看文字法》《看历代名家文法》《论作文法》几乎全承袭自吕祖谦的《古文关键》，而《论文章体则》是归有光的自创，其除了通用则三条之外，更详列60余则字句章法技巧，前以立论说明要点，后则选录范本，以使学子对应参看，确为学子作文指南。

《文编》（唐顺之选编）收录先秦至宋代文章1100余篇。此书以“法”字贯穿全书，作为明代古文大家的唐顺之，选录《文编》自有其用意所在：所选佳作可以作为学子学习的范本，正所谓“学秦、汉者，当于唐、宋求门径；学唐、宋者，固当以此编为门径矣。”四库馆臣对此书评价甚高，“是编所录虽皆习诵之文，而标举脉络，批道窾会，使后人得以窥见开阖顺逆，经纬错综之妙。”[③]

《唐宋八大家文钞》（茅坤编）收录唐宋八大家文1500余篇。茅坤最为推崇唐顺之，《唐宋八大家文钞》可以说是彰显唐宋派主张、反驳前后七子“文必秦汉”复古思想的一部选本。同时，该书也是写作指

① 相关研究可参考吴承学先生的论文《八股四题》，载《文学评论》，2004年第2期；李光摩的《八股文的定型及其相关问题》，载《文学遗产》，2011年第6期。

② 王水照：《文话：古代文学批评的重要学术资源》，载《四川大学学报》（哲学社会科学版），2005年第4期。

③《四库全书总目》提要，卷189。

导用书，“今观是集，大抵亦为举业而设。……集中评语，虽所见未深，而亦足为初学之门径。”[1]

传统的文章学自南宋以后已开始了实用主义的转向，南宋有影响的古文选本如吕祖谦的《古文关键》、楼昉的《崇古文诀》、谢枋得的《文章轨范》已有所体现。至明代，八股文出，时文之法进入文章学的中心，古文与时文界线不再泾渭分明。许多文人就有“以古文为时文”和“以时文为古文”的尝试，可以说，当时古文之法与时文之法名为二，实为一。《文章指南·序》中说：“文一而已矣。后世科举之学兴，始歧而二焉，学者遂谓古文之妨于时文也。不知其名虽异，其理则同。欲业时文者，舍古文将安法哉？”这里既指出了古文与时文文法的一致，又点出了时文之法与古文之法的继承关系。王昶在《与彭晋函论文书》中认为：“今之时文，皆粹然圣贤之理。体制格调，多与古文合；且非夙习于古文，时文亦不能以工。”所论与归有光如出一辙。

如果说明代之前的中国文法是金圣叹小说文法论的远源，那么，明代的时文之法则是金批水浒的近源，它培养了金圣叹评点“才子书”的“时文手眼”。当然，如果金圣叹只是用明代以前的“文章之法”评点《水浒传》，即使古文与章回小说在文体上有差异，想来应该不会受到后人的非议。但生活在明末的金圣叹直接继承的是经过明代二百多年改造的文章之法，确切地说是明代所特有的“时文之法”。正如前文所述，金圣叹使用的“时文之法”又何尝不是“古文之法”。

（2）“评点”

评点作为中国古代文学批评的一种形式，同文法一样有悠久的历史。古代的经学注、疏、解、笺、章句、章指等方式是评点的萌芽，而“作为一种自觉的批评方式，评点到了宋代才真正形成”。宋人将读书心得批在所读作品中，于要处多以笔抹，构成了评点的最基本的形式。[2] 南宋吕祖谦所评点的《古文关键》是现存最早的古文评点选本。《古文关键》选取了唐宋“古文”（即唐宋散文）61篇，“在一些文章的

① 《四库全书总目》提要，卷189。

② 吴承学：《评点之兴——文学评点的形成和南宋的诗文评点》，载《文学评论》，1995年第1期。

夹行之中，旁注小批，又于文中关键的字句旁边，进行标抹”，使用了点、抹、划界三种标记。[①] 可以说，吕祖谦的《古文关键》因其包含“看古文要法”、有评、有点抹的形式，对明清小说评点典范的形成产生了重要影响。

南宋末年的刘辰翁是一位纯粹的文学评点大家，他的评点涉及诗、文和小说，开创了评点的文学性转向，特别是对《世说新语》的评点，刘辰翁摆脱了史传传统，把小说作为一种独立于史学的门类进行评点；评点内容涉及作品的情感、人物语言的特点等；评点语言浅俗明快却能抓住关键、切中要害，具有浓厚的文学性。因此，刘辰翁也被视为小说评点的创始人。[②] 从刘辰翁开始，作为中国古代文学批评的一种重要形式，评点由此由史籍、古文扩展到小说。

晚明是小说评点的繁荣期，标志是白话长篇小说评点的成熟，白话长篇小说的评点也由此成为此后三百多年最重要、最有影响、最有理论建树的中国古典小说批评形式。白话长篇小说评点始于万历年间的余象斗。余象斗出身于刻书世家[③]，是明代著名的刻书家、通俗小说家，最早评点《水浒志传评林》《批评三国志传》《列国志传》等。余象斗的评点本每页上都有一栏很短的评语，但评点都很简单，见解也比较平庸。虽然余象斗的小说评点的理论价值无法与李贽、金圣叹、张竹坡、毛氏父子等评点大家相比，“然而，其特殊之处在于将自己对小说的解读置入其小说刊本中去，首开通俗小说评点的自觉。从此以后，坊间所刻小说几乎无书不评，‘评点本’的吸引力大大超越了‘白头本’，通俗小说评点的自觉时代随之到来。余象斗是站在小说评点自觉时代最前沿的人。”[④] 白话长篇小说评点产生了广泛影响的为署名李贽的两部关于《水浒传》的评点本，一是万历三十八年（1610）容与堂刻一百回本《李卓吾先生批评忠义水浒传》，一为万历三十九年（1611）袁无涯刻

① 吴承学：《现存评点第一书——论〈古文关键〉的编选、评点及其影响》，载《文学遗产》，2003 年第 4 期。

② 黄霖：《中国历代小说批评史料汇编校释》，百花洲文艺出版社 2009 年版，第 101-103 页；曾垂超等：《小说评点文体的独立：从子史之评到文学之评——刘辰翁〈世说新语〉评点的源流及意义论析》，载《蒲松龄研究》，2011 年第 1 期。

③ 清人叶德辉在《书林清话》中曾经提到：“夫宋刻书之盛，首推闽中，而闽中尤以建安为最，建安尤以余氏为最。”

④ 原方：《余象斗“评林体”初探》，载《明清小说研究》，2007 年第 3 期。

一百二十回本《出像评点忠义水浒全传》。尽管两种本子何真何伪为学术界一公案，但两个评点本都有很高的理论价值，学术界已有诸多的肯定，此不赘述。特别要指出的是与本文论题有关的袁本评点中的一个特点，就是袁本始从文章技巧的角度分析《水浒传》，认为评点“有益于文章”。“今于一部之旨趣，一回之警策，一句一字之精神，无不拈出，使人知此为稗家史笔，有关于世道，有益于文章。”（《忠义水浒全传发凡》）

2. 金圣叹以“文法”评点《水浒传》的必然性

金圣叹把《庄子》《离骚》《史记》《杜诗》《水浒传》《西厢记》合称“六大才子书”，准备逐一点评，仅完成《水浒》《西厢》的点评。金圣叹还选评了《国语》《战国策》《左传》以及唐、宋名家散文。后因“哭庙案”牵连被斩，未完成他的评点计划。从金圣叹拟评的书目看，他评点的文体包括诗歌、小说、戏曲、史传、先秦散文、唐宋散文。这种把评点几乎用于一切文体的做法并不是金圣叹的独创，它是明中叶以后的一种社会风气，是一般文人的习惯。因此，考察金圣叹评点的历史文化语境有助于更客观地评价金圣叹的“文法”论。金批水浒的历史语境应包括以下因素。

首先是时文评点的兴盛。“文章之法”和“评点”各有自己的渊源与传承，但是，到了明代，特别是明中叶以后二者开始汇合，而汇合的切入点则是明代科举应试中的八股文。明代科举的重要性使科举考试的规范文体——八股文的地位陡然上升，写好八股文意味着功名利禄。在巨大的社会需求刺激下，各式各样的八股文读物应时而生，有八股选本、范本。为了更好地帮助应试士子熟悉八股文的写作技巧，八股读物用圈、点、眉批、夹批、总批等方式对八股名篇的字法、句法、结构、文章精彩处、起承转合等文章之法标示出来，示学子以门径，这就是风行于明代的时文评点。八股文在明代的评点本可谓汗牛充栋，但是因各种原因，流传至今的却并不多见。明代最早的程墨选本是嘉靖年间的《经义模范》，该书是最典型的程墨选本，不题撰人，但在此书前有王廷表所作的《序》。在此之后，有文献记载的最早的真正意义上的八股文评点本就是万历十五年（1587）的官刻本和万历二十年（1592）的私刻本。八股论评在隆庆、万历年间迅猛发展，这一时期，不仅出现了诸如武之望、董思白、王衡、邓以敬、沈位、张位、冯梦祯、萧良有、孙矿、李廷机、袁宗道、陶望龄、郭正域、周应宾、季道统、王肯堂等八股理论大家，而且该时期出现了众多的八股文评点本，主要有《程文选》《续程文选》《皇明四书文选》《睡庵汤嘉宾先生评选历科乡会墨卷》《汤若士先生点阅汤许二会元制义》《新刻汤太史拟授科场题旨天香阁说》《举业要语》《两太史评选二三场程墨分类注解学府秘宝》《猛虎斋时文选》等。其中影响最大的是武之望的《新刻官版举业危言》和同时期的另一位八股文大家董其昌的《文诀九则》。[①]

其次是明代评点一切文体的风气。受时文评点的影响，评点在明代几乎成为一种时尚。在评点的文体范围、评点作品的数量、参与评点的人数等方面可能为历代之最，明代可以说是一个评点的时代。如在史籍评点方面，完成于万历四年（1576），由凌稚隆辑校，后由李光缙增补的《史记评林》收录了自晋至明历代149家对《史记》的评论，其中明代评者共计94家，占总数的六成以上[②]，而且《史记评林》也是最早正式打出“评林”旗号、对文学名著的汇评影响较大的汇评本。[③] 戏曲评点在明代也开始出现并迅速发展，评点的戏曲既有《西厢记》《琵琶记》《拜月亭》《赵氏孤儿》等元代名剧，也有《牡丹亭》《四声猿》《惊鸿记》等明代的当代剧目。涉足戏曲评点的有李开先、徐渭、王世贞、李贽、陈继儒、袁宏道、汤显祖、冯梦龙、凌濛初等，他们身份各异，有思想家、名流文士、戏曲家。他们的戏曲评点对于古代戏曲理论的发展具有重要的价值。[④] 另外，明代评点的文体还包括诗歌（如诗经、楚辞、古诗、杜诗）、汉赋、词、小说（文言、白话），甚至还有笑话评点。

① 潘峰：《明代八股论评试探》（博士论文），复旦大学中国语言文学研究所，2003年。第43页。
② 周建渝：《从〈史记评林〉看明代文人的叙事观》，载《复旦学报》（社会科学版），2010年第3期。
③ 黄林：《中国文学名著汇评本的价值》，载《复旦学报》（社会科学版），2012年第2期。
④ 朱万曙：《明代戏曲评点的形成与发展》，载《东南大学学报》（哲学社会科学版），2000年第4期。

第三个因素是时文之法对评点的渗透。时文评点中使用的时文理论或者说八股理论的基础是历代文章之法的提炼和积累，或者还有相关文体理论如诗话、词话对八股理论的渗透。所以，明人有以古文为时文、用古文理论评点时文的做法，如茅坤在《文诀五条训缙儿辈》中说："吾为举业，往往以古调行今文。汝辈不能知，恐亦不能遽学。个中风味，须于六经及先秦、两汉书疏与韩、苏诸大家之文涵濡磅礴于胸中，将吾所为文打得一片凑泊处，则格自高古典雅。"① 但是，随着八股文的盛行以及八股理论的成熟，八股理论逐渐占据文章之法的中心位置，古文评点反而受到八股理论的影响，一些身兼散文家和八股大家的文人如孙鑛、钟惺、谭元春等人在他们的诸多评点著作中用时文之法评点古文。曾国藩曾说"前明中叶，乃别有所谓评点之学。盖明代以制艺取士，每乡、会试，文卷浩繁，主司览其佳者，则围点其旁以为标识，又加评语其上以褒贬，所以别妍媸、定去取也。濡染既久，而书肆所刻四书文莫不有批评围点。其后则学士文人竞执此法以读古人之书，若茅坤、董份、陈仁锡、张溥、凌稚隆之徒，往往以时文之机轴，循《史》、《汉》、韩、欧之文。"② 尽管后世不止一人，特别是清代四库馆臣对晚明文人的这一做法曾提出严厉批评③，但时文之法却是那个时代的权威话语，时文之法的渗透力不仅仅体现在古文评点领域，而且旁及小说评点、戏曲评点、史籍评点。

在这样的历史语境中，评点最通行的"武器"就是时文之法，因此，在金圣叹的评点大业中，与其说是金圣叹选择了时文之法，不如说是时文之法选择了金圣叹。与那个时代的所有文人一样，金圣叹自幼接受举业训练，参加过科举考试，八股文的一套文法可谓是烂熟于心，形成了顽固的思维模式。在外部的社会风气与内在的知识结构的共同作用下，金圣叹用"时文之眼"评点他的"六才子书"就具有了某种必然性。

---

① 茅坤：《文诀五条训缙儿辈》，见《茅坤集》（下），浙江古籍出版社 1993 年版，第 874 页。
② 王定安：《求阙斋弟子记》，见《续修四库个书》，上海古籍出版社 2002 年版，第 530 页。
③ 吴承学先生的论文《〈四库全书〉与评点之学》（载《文学评论》，2007 年第 1 期）对此有具体详尽的分析。

3. 金圣叹“文法”论的合理性

评点繁荣于明代，一切文体都施之以评点，而把评点提升为中国古代文学批评之重要形式的是白话长篇小说评点。据统计，明代的白话小说评点本有50余种，[①]李贽开白话小说评点风气之先，但金圣叹的《水浒传》评点无疑是其顶峰，正如邱炜爰所言：“批小说之文原不自圣叹创；批小说之派，却自圣叹开也。”[②]金自开小说评点一派原因何在？或许在金、李二人评点的比较中可以找到答案。在中国古代思想史、哲学史甚而戏曲批评史上，李贽的地位远非金圣叹可比；但在白话小说评点的历史上，金圣叹却高过李贽。关于李、金二人的评点对中国小说理论的贡献、二人评点的异同，学术界有诸多的研究成果，当然所论是言人人殊，此不赘言。在此我们关注的是二人评点的其中一个显著差异：李贽评点本对“文法”甚少关注或不屑关注，而金圣叹评点本中却突出了“文法”的视角（即“读……法”或“……读法”），通过文本细读总结出《水浒传》的15条文法。金圣叹之后，毛宗岗在《读〈三国志〉法》中归纳了《三国演义》的17个妙处，张竹坡在《批评第一奇书〈金瓶梅〉读法》中详细列出了108条读法。虽然这些“妙处”“读法”并不能全部归于文法，但对小说文法的侧重成为后世白话小说评点的一个不可或缺的组成部分，中国古代小说评点的典范形式就此形成。

金圣叹所谓的文法既有文章之法，也有叙事之法。从文章之法的角度，金圣叹把《水浒传》看作一篇大文章，如《水浒传》七十回，“只用一目俱下，便知其二千余纸，只是一篇文字。中间许多事体，便是文字起承转合之法，若是拖长看去，却都不见。”一篇文章从大处讲要结构精严，所谓“字有字法，句有句法，章有章法，部有部法是也”；文章组织材料要围绕主线，行文之中有伏笔照应，即“草蛇灰线法”“鸾胶续弦法”；文章有起有结，“弄引獭尾”“舒气杀势”是也；结构安排富于变化，有“正犯”“略犯”之分。《水浒传》又是叙事文学，在叙述顺序上，依据情节安排的需要，顺叙之外必要之处使用插叙、倒叙

① 谭帆：《中国小说评点研究》，华东师范大学出版社2001年版，第169-215页。

② 黄霖：《中国历代小说批评史料汇编校》，百花洲文艺出版社2009年版，第698页。

（“倒插法”“夹叙法”）；叙事有详有略（“极省法”“极不省法”“大落墨法”）；叙事要有层次感，张弛有度，适当设置悬念（“横云断山”“欲合故纵”）。当然，在金圣叹的文法观念中，文章之法与叙事之法并没有严格的界线。有的文法兼有文章之法和叙事之法的功能，如“横云断山法”既可理解为叙事的层次，也可视为情节的结构安排的转换手法。

如本文开头所述，金圣叹关于结构评点中的八股化倾向屡受诟病，但“用八股的一些形式规律来评衡小说与其他文章也确有它的合理因素存在，并不都是胡说八道”。[①] 金圣叹文法评点的合理性可以从章回小说的作者和小说文本两个方面得到确认。

首先，从小说的创作主体考察。“四大奇书”的出现标志着中国白话章回小说的成熟和繁荣，与之相应的是对“四大奇书”的评点也代表了明代小说评点最高艺术水准。关于明清章回小说的传承问题，“五四”以后，鲁迅、胡适、郑振铎等提出“通俗文学”说，认为它是从宋、元、明、清的说书艺人处脱胎而来。这一观点在近一个世纪以来渐成学术界对明清章回小说的主流阐释。但美国学者浦安迪对此提出不同看法，他认为：“明清长篇章回小说的六大名著与其说是在口传文学基础上的平民体创作，不如说是当时的一种特殊的文人创作，其中的巅峰之作更是出自于当时某些怀才不遇的高才文人——所谓‘才子’——的手笔。”[②] 浦安迪的“文人小说”观与李贽的“宇宙五大部文章”、金圣叹的“才子书”、冯梦龙的“四大奇书”的提法一脉相承。他认为，“古典小说”或“章回小说”无法真正概括这些文人小说的美学原则，应把《儒林外史》《红楼梦》与前四部书称为“奇书文体”。这种文体“反映了明清读书人的文学修养和趣味。……比之于由市井里巷的说书艺人所创造的口传文学传统，其高深奥妙的程度，相去实在不可以道里计。”[③] 当然，浦安迪提出的“文人小说”和“奇书文体”说并不是完全否认这些小说曾经从民间通俗文化汲取营养，浦氏所论实是强调这些小说的精致化、文人化和艺术成就。

① 黄霖：《近百年来的金圣叹研究——以〈水浒〉评点为中心》，载《明清小说研究》，2003年第2期。
② 浦安迪：《中国叙事学》，北京大学出版社1996年版，第21页。
③ 浦安迪：《中国叙事学》，北京大学出版社1996年版，第24页。

浦氏的观点为我们理解金圣叹的文法论打开了另一条思路，我们不妨关注这些被称为“文人”的小说作者的经历和身份。统计表明，在数量庞大的明清小说作者群体中，有明确科举身份的小说作者几乎占了总数的一半，余者从具体的小说作品和序、跋、题词中亦隐约可知，相当一部分人与科举是存在联系的。[①] 再看“四大奇书”作者的经历。施耐庵，先后中秀才、举人、进士；罗贯中，因与朱元璋的恩怨，明立后被迫放弃经科举入仕的机会；吴承恩，科举不利，中年补“岁贡生”，与嘉靖状元沈坤往来密切；《金瓶梅》成书于隆庆至万历年间，虽然本书的作者具体为何人难以确定，但据沈德符推测作者应为嘉靖年间某大名士，生活在明代科举最兴盛的年代，推测其有科举经历应不违常理。这些作者自幼所受的严格的八股文训练已经在他们的心灵深处烙下了深深的印记，当他们进行小说创作时，他们可能会受到文法的潜在影响，甚而有意在作品中炫耀一下自己的文章技法。

其次，《水浒传》的文本结构考察。中国古典章回小说与时文或八股文具有相互影响的关系，二者有许多相似和相通之处。从小说的角度看，八股文的结构观念对小说的影响最明显。虽然施耐庵在创作《水浒传》时，八股文并没有真正成形，但后世八股文与宋元时期的科举应试之文在整体观念上应是一脉相承。就《水浒传》而言，我们可以从多方面寻得八股结构的痕迹。八股文理论首讲“尊题”，“文莫贵于尊题”“时文之意根于题”。题目是八股文的灵魂，所有材料的组织都要围绕题意定下的主线，一意到底。《水浒传》表现了同样的尊题意识，如金圣叹所言，“题目是作书第一件事，只要题目好，便书也作得好。”《水浒传》叙写的一百零八位好汉，经历不同，面目各异，最后归聚梁山，体现了“乱自上作、官逼民反”之主旨。韩邦庆（花也怜浓）在《海上花列传例言》中对小说的尊题作了明确阐述：“小说作法与制义同，连章题要包括，如《三国》演说汉、魏间事，兴亡掌故了如指掌，而不嫌其简略枯窘；题要生发，如《水浒》之强盗，《儒林》之文士，《红楼》之闺娃，一意到底，颠倒敷陈，而不嫌其琐碎。”[②] 八股文有破题、承题、起讲、

① 王玉超、刘明坤：《论明清小说作者与科举的关系》，载《河南社会科学》，2010 年第 1 期。

② 黄霖：《中国历代小说批评史料汇编校释》，百花洲文艺出版社 2009 年版，第 672 页。

正文、收结几个主要部分，各部分之间讲究起承转合。《水浒传》作为长篇小说，与八股文具有文体上的差异，但八股文的结构在小说中仍有迹可寻。如在金批的贯华堂七十回本中，“楔子”《张天师祈禳瘟疫洪太尉误走妖魔》与第七十回《忠义堂石碣受天文梁山泊英雄惊恶梦》，以“石碣”起，以“石碣”结，开场与结穴的照应，确是八股之法。另外，在《水浒传》中还可以看到八股文正文对股布局的影子，如大多数的每一回目内的情节安排显示了对比的两个部分，将两个相近或相反的人物、事件并铺叙写；在回目上，每一回目都是由对句构成。

在现代长篇小说理论中，结构是长篇小说文体的一个重要特点。关于中国古代章回体小说的结构问题，西方的汉学家往往依据西方叙事文学中完整的“首、身、尾”的结构标准，批评中国章回小说缺乏艺术的整体感，即缺乏结构的意识。认为中国明清章回小说的致命弱点在于它的“缀段性”，一段一段的故事，形如散沙。这种“以西例律中国小说”的现象在现当代中国的小说理论研究中产生了广泛的影响。20 世纪 90 年代以后，在反思西方中心主义思潮中，中国的学者开始结合中国章回小说的文本特征探索它独特的结构。如陈辽的论文《论中国古代长篇小说结构的嬗变》从长篇小说所反映的生活与小说所选择的结构之间的关系入手，总结了中国古代长篇小说先后出现的五种结构形式:“单线顺序式”“板块式”“递进式”“网络式”“链条式”。“《水浒传》的结构，则是递进式的。由鲁十回递进至林十回，再由林十回递进至武十回，又由武十回递进至宋十回，再由宋十回递进至石十回，又由石十回递进至卢十回，以梁山泊英雄排座次结束了英雄上梁山的喜剧。”[①]

对西方的“缀段性”观点进行系统反思的是美国的汉学家浦安迪。他认为，中国古典小说（即“奇书文体”）有自己独特的结构。在《〈红楼梦〉的原型与寓意》中，浦氏根据中国文化中的阴阳、五行学说和四季循环现象，提出了“二元补衬”和“多项周旋”的概念，认为它们是“奇书文体”的内在逻辑结构。在《中国叙事学》中，认为“奇书文体”

① 陈辽：《论中国古代长篇小说结构的嬗变》，载《江海学刊》，1995 年第 1 期。

具有百回主结构、十回次结构的外形特征。[①] 浦氏坦承他对奇书文体结构的细读得益于金圣叹的《水浒传》评点，尤其是金的《读法》。[②]

金圣叹的小说评点理论是建立在文本细读的基础上的，正是金圣叹的文法批评完成了中国古代小说理论由外部的社会批评向小说文本批评、内部批评的转向。但是，金圣叹的文法批评在清代并不被主流学术所认可，从清初三大思想家王夫之、顾炎武、黄宗羲到以纪昀为代表的四库馆臣分别从各自的立场对明代包括古文、时文、小说戏曲的评点基本持否定的态度。近代以来，随着国家、民族救亡使命的迫切，以梁启超为代表的维新派给小说赋予了更多的社会政治使命，他的产生广泛影响的《译印政治小说序》《论小说与群治之关系》使小说理论的关注点重新回到外部研究。“五四”时期，一方面是对西方小说的模仿和西方小说理论的介绍，另一方面是白话文运动对八股文甚至古文等所谓“选学妖孽”的彻底批判，在这样的语境中，金圣叹的文法评点自然就显得相当不合时宜了。

客观地看，金圣叹的文法评点，特别是部分字法、句法的评点可能有细碎、繁琐之嫌，如对第二十回宋江怒杀阎婆惜情节“春云三十展”的夹批、第二十二回武松景阳冈打虎“十八次哨棒”的夹批、第二十三回潘金莲与武松初见“三十九次叔叔”的夹批等。但从另一个角度看，又可以说是评点特有的文本特征，是有别于以建立完整体系为旨归的西方批评理论的独特批评形式。当然，源自于古文之法、又经八股之法强化的文法理论是否完全适用于古典章回小说的批评尚需细致、具体地分析，但如果率然斥之为“八股流毒”，则堵塞了研究、甄别的路径。因此，只有结合金圣叹的文法理论产生的历史语境的研究，才可能对它作出客观的评价，也才有可能确定它对当代的小说理论建设乃至小说创作是否有可资借鉴之处。

① 浦安迪：《中国叙事学》，北京大学出版社 1996 年版，第 55-97 页。
② 浦安迪：《中国叙事学》，北京大学出版社 1996 年版，第 94 页。

六

古代小说理论的现代转化

中国现当代小说与中国古代小说之间的关系并不是一个不言自明的话题，对它们的关系的梳理，或者说，现当代小说是否继承、为何继承中国古代小说资源，以及古代小说资源是否有利于现当代小说的发展等问题，都与20世纪中西方文化、中西方文学的关系牵扯在一起。这种中西方文化和文学之间的关系构成中国现代文学发生、发展的世纪背景。

近代以来，中国社会几乎是突然面对一个空前严峻的世界格局，并且是带着沉重的负担和屈辱进入20世纪。在经过了鸦片战争、洋务运动、甲午战争、戊戌变法等一系列的政治、军事、经济等方面的努力和挫折之后，思想、文化的引进与革新成为知识界拯救中华的又一选择，由此开启了文化意义上的“西学东渐”的大潮。19、20世纪之交，黄遵宪、梁启超等倡导的“文界革命”“诗界革命”“小说界革命”等经由文学改造国民的思路正是“西学东渐”在文学上的体现。梁启超的《译印政治小说序》《论小说与群治之关系》强调小说对于社会改革和社会进步的积极作用。此后的“五四”新文化运动在处理中国传统文化和西方文化方面是一场更激进的运动——为了向西方文化学习而切断与传统文化的联系。在文学领域，以白话文为手段的文学革命也是要彻底断绝与中国古代文学的联系，推倒雕琢的、阿谀的贵族文学，建设平易的、抒情的国民文学；推倒陈腐的、铺张的古典文学，建设新鲜的、立诚的写实文学；推倒迂晦的、艰涩的山林文学，建设明了的、通俗的社会文学。[①]还有更激进的观点，认为《水浒传》和《红楼梦》叙事技巧太幼稚，不值得现代人模仿。[②]

对一个世纪前激进的反传统主义的这场运动，我们既不应以当代的某种文化立场有所指责，也不必为之辩护，而应给予理解和甄别。“五四”文学革命倡导者们接受外来影响，提倡文学革命主张，是对中国社会现实、文化现状进行冷静思考后的理智选择。同时，早期的文学革命倡导者们又都是在旧学熏陶下成长的，大部分都接受了传统文化、古代文学的启蒙教育，在文学革命倡导期，他们对旧学无论表现出何种激进的否定姿态，都可能是文学革命倡导期的一种策略、一种文化姿态。从文化、文学的传承角度看，新文化的诞生不可能完全切断与传统的联系，正如余英时所说：“文化虽然永远在不断变动之中，但是事实上却没有任何一个民族可以一旦尽弃其文化传统而重新开始……离开文化传统的基础而求变求新，其结果必然招致悲剧。”[③] 从另一角度看，在“五四”一代小说家的具体作品中，我们既可以看到他们受现代西方小说观念和技巧的影响，也可以找到中国古代文学、古代小说传统的影子。当然，有的是对古代文学的自觉借鉴，有的可能没有理论的自觉。

审视20世纪的中国文学，在“五四”新文学诞生、发展的过程中，始终伴随着面向本土资源、可以统称文化保守主义的各种思潮，如以黄侃、刘师培为代表的“国故派”，以吴宓、胡先骕、梅光迪为代表的“国粹派”，以梁启超、张君劢为代表的“研究系”，现代新儒学等。文化保守主义的代表大都有中西学术背景，他们并不是新文化、新文学的真正反对者，而是在新文化、新文学的发展路径上更侧重于中国传统文学资源。[④]

---

① 陈独秀：《文学革命论》，载《新青年》，第2卷第6号。

② 茅盾：《话匣子》，上海良友图书公司1934年版。转引自夏志清：《中国古典小说史论》，江西人民出版社2001年版，第4页。

③ 余英时：《试论中国文化的重建问题》，见《中国思想传统的现代诠释》，江苏人民出版社1995年版。

④ 对文化保守主义的详细讨论见李怡的《论“学衡派”与五四新文学运动》（载《中国社会科学》，1998年第6期）、郑大华的《文化保守主义与“五四”新文化运动》（载《北京师范大学学报》，1989年第3期）。

20 世纪 80 年代，现代文学研究界开始从学科的角度关注中国现代文学与中国古典文学的联系。现代文学学科开拓者之一的王瑶教授曾对自己的学生说：“过去讲新文学源流的人，有各种不同的说法，最有代表性的是周作人。他不承认‘五四’以来的中国现代文学主要是受外国文学影响产生的。他认为新文学是从明朝末年的公安派、竟陵派发展而来的。胡风的看法和他相反，他认为中国现代文学是西方文艺复兴运动在中国产生的一个支流。”[①] 王瑶先生认为：“现代文学史是几千年的中国文学史的新的发展部分，它与古典文学应该是继承与革新的关系，它们之间有着不可分割的历史联系。”“现代文学中的外来影响是自觉追求的，而民族传统则是自然形成的，它的发展方向就是使外来的因素取得民族化的特点，并使民族传统与现代化的要求相适应。”[②] 王瑶先生的弟子陈平原教授在《中国小说叙事模式的转变》中将王瑶先生的学术理念具体化为中国现代小说的研究。在这本产生广泛影响的学术著作中，陈平原讨论了从 1898 年到 1927 年间中国小说如何完成从古代小说到现代小说的嬗变。陈平原教授用丰富的资料和严密的逻辑，论证了四种作用于 20 世纪初中国小说演进的“力”：中国古典小说表现技巧的继承；西洋小说表现技巧的移植；传统文体之渗入小说；西洋诗文的熏陶。[③] 陈平原的专著对学术界关于新文学与中国古代文学关系的学科研究产生了很大的影响。

20 世纪 90 年代，由于外部社会环境的变化，思想界出现了对中国百年西化的反思，文学研究界也反思百年中国文学的发展路径，重提现当代文学与古代文学的联系。在这一背景中，创作领域以另一种形式检视中国文学传统。在如饥似渴地学习、模仿现代以来西方文学的各种创作方法之后，新时期作家进入一个相对冷静的状态。即使当初以先锋姿态进入文坛的作家如莫言、余华、苏童、格非、王安忆等，也先后将传统文化、中国古代文学作为汲取创作营养的资源之一。

讨论中国古代小说传统在现当代文学中的转化这一问题，不应人为

① 王瑶：《现代文学讲演集》，北京师范大学出版社 1984 年版，第 26 页。
② 王瑶：《中国现代文学与古典文学的历史联系》，载《北京大学学报》（哲学社会科学版），1986 年第 5 期。
③ 陈平原：《中国小说叙事模式的转变》，北京大学出版社 2003 年版，第 146 页。

地贴上“保守主义”或者“后殖民主义”之类的标签。如果现当代小说与中国古代小说之间的联系是一种客观的存在，那么这一话题就是现当代文学研究的应有之义。检视现当代小说对古代小说资源借鉴的得失成败，并探究其原因或规律，对当代的文学创作未尝没有益处。

在具体讨论这一话题时，我们首先要涉及“中国古代小说”这一概念的范围和内涵的界定。从学科研究的角度看，如果从鲁迅的《中国小说史略》（1923 年）的出版算起，中国古代小说理论学科研究至今有近百年的历史，但对“中国古代小说”概念的界定却众说纷纭，其中最主要的原因是在中国古代，“小说”一词的复杂内涵和广泛的指涉。清代刘廷玑曾感叹“小说之名虽同，而古今之别，则相去天壤。”为了后文讨论的方便，在此借鉴近年学术界的最新研究成果，对“小说”的概念、“中国古代小说”的类型作一简单的确认。

谭帆在《“小说学”论纲》[①] 中梳理了中国古代“小说”这一概念的四种内涵。一是由先秦两汉奠定的有关“小说”的认识。主要的文献包括：《庄子》“饰小说以干县令。”张衡《西京赋》“匪为玩好，乃有秘术。小说九百，本自虞初。”桓谭《新论》“若其小说家，合丛残小语，近取譬论，以作短书，治身理家，有可观之辞。”班固《汉书·艺文志》“小说家者流，盖出于稗官，街谈巷语，道听途说者之所造也。”这些文献确立了对“小说”的最初界定并对后世产生重要影响，即首先“小说”是无关于道术的琐屑之言；“小说”是一种源于民间、道听途说的“街谈巷语”；“小说”是篇幅短小的“残丛小语”，但对“治身理家”有“可观之辞”。二是指小说是有别于正史的野史、传说。南朝梁《殷芸小说》的出现是这一观念确立的标志。中经唐宋，至明代演化为“小说者，正史之余也”的观念。三是指小说是由民间发展起来的“说话”艺术。最早见于南朝宋裴松之注《三国志》；至宋代，说话艺术勃兴，“小说”一词又专指说话艺术的一个门类。四是指小说是虚构的有关人物故事的特殊文体。这一内涵与明清小说的发展实际最相吻合，体现了小说观念的演化。

① 谭帆：《“小说学”论纲——兼谈 20 世纪中国古代小说理论批评研究》，载《中国社会科学》，2001 年第 4 期。

在“小说”的文体分类上，谭文从语言角度将小说约分为两类，即文言小说和白话小说，再综合篇幅、结构、语言、表达方式等因素可细分为笔记体、传奇体、话本体、章回体四种文体。高小康在《重新认识中国传统“小说”概念的演变》一文中，持基本相似的观点，他把从桓谭到纪昀所说的“小说”概念因排斥平话、演义等通俗叙事文学，姑称之为“古义小说”；反之，罗烨以来称呼说话艺术的“小说”概念则称之为“通俗叙事小说”。[①] 前者的特征是“杂”，所包含的内容直到清代仍然是各种笔记杂谈的大杂烩，却不包括通俗白话叙事文学；后者的特点一是以“俚语著书”，二是“叙述故事”，专指通俗叙事文学而不及笔记杂谈。况且，这两个不同的“小说”概念，在宋代以后其实是在不同的语境中并行使用的。“古义小说”包含笔记小说、传奇；“通俗叙事小说”包括话本（平话）和长篇章回小说。

谭帆和高小康的对小说的历史梳理基本代表了目前学界的主流观点，即把古代小说分为笔记小说、传奇、话本（拟话本）、长篇章回小说四种文体，而且每种文体又具有不同的艺术和文化特征。下文将分别结合中国古代小说这四种类型的特点，分析现当代小说对它们的继承、借鉴和创造性的转化。

1. 笔记小说的“散”与“淡”

“笔记小说”作为一个词汇最早出现在北宋史绳祖《学斋占毕》卷二：“前辈笔记小说固有字误或刊本之误，因而后生末学不稽考本出处，承袭谬误甚多”。“笔记小说”作为指称一种文体的概念出现在20世纪初。1903年9月，梁启超在《新小说》杂志第八号上开始设立“札记小说”专栏。20世纪20年代，上海进步书局出版了《笔记小说大观》，“笔记小说”这个词组很快就被人们所接受并普遍应用开来。梁启超提出的“札记小说”本是“笔记体小说”的意思；作为一种实际存在的文字，笔记小说于魏晋时期开始出现，学界一般均依鲁迅的观点概分为“志人

① 高小康：《重新认识中国传统“小说”概念的演变》，载《南京师大学报》（社会科学版），2005年第2期。

小说”和“志怪小说”两种主要类型。魏晋之后，一切用文言写的志怪、传奇、杂录、琐闻、传记、随笔之类的著作，都可在最宽泛的意义上称为“笔记小说”。

从20世纪初“笔记小说”作为一个概念诞生以来，学术界对这一概念的外延和内涵并未完全取得过一致的意见，可谓见仁见智，歧见纷出。大致有三类观点：第一种观点认为笔记小说即文言小说，包括笔记，不包括传奇。第二种观点认为笔记小说为一切笔记及文言小说之总称，既包括笔记，也包括传奇。第三种观点认为笔记小说是笔记的一类，指笔记中“铺写故事，以人物为中心而较有结构的”。[①] 本文采用第一种观点，即不包括传奇的文言小说。

从古今影响的角度，学术界对“笔记小说”概念的众说纷纭并不影响作家对这一古代小说文体的借鉴，他们继承的是这一文体的特性。作为一种独特的文学样式，笔记小说兼有笔记和小说两者的特征。以笔记而论，它取材广泛，记叙随意，不拘一格，仅从笑林、博物志、杂记、拾遗、灵鬼、玄怪、闲话、琐言、集异、随录、阅微等历代集名中，就足能见斑窥豹；以小说而论，它叙事记人，生动逼真，有故事性。20世纪80年代以来，当代文坛的一部分作家借鉴古代的笔记小说的文体特征，创作出大量类似传统笔记小说的小说。当代批评界把这一批具有相似特点的小说统称为“新笔记小说”。

20世纪80年代初，汪曾祺就开始了新笔记小说的创作，1985年结集的《晚饭花集》共收集31篇此类作品，在文坛产生很大影响。《晚饭花集》所收全部作品最为鲜明地体现出内容博杂、笔法客观自由、情节淡化、主题模糊化、远离现代小说而近于传统笔记的特点，尤其是《故里杂记》《故乡人》《晚饭花》《钓人的孩子》《小说三篇》《故里三陈》等均由三则作品组合而成的小说组合，有的有点外部的或内部的联系，有的则没有联系，有的写人物，有的写风俗，写人则都是平凡的市井小民，写事则是柴米油盐的日常琐事，淡淡写来，近乎白描，没有起伏跌

① 有关“笔记小说”概念的不同含义以及学术界的研究概况可参见陶敏、刘再华的《“笔记小说”与笔记研究》（载《文学遗产》，2003年第2期）和袁文春的《百年来笔记小说概念研究综述》（载《学术界》，2012年第12期）。

宕，完全波澜不惊，看不出任何刻意为之的情节与结构上的巧妙构思，却又流露出人物与生活的神韵，令人回味不尽，跟古代笔记小说颇为相似而又有过之。他在《读一本新笔记体小说》中谈到过他对古代笔记小说艺术特色的理解：随笔写去，不太注意技巧，笔下清新活泼，自饶风致，诚恳、亲切、平易、朴实。而在《谈谈风俗画》一文中他又提到他爱看讲风俗的古代笔记，比如《荆楚岁时记》《东京梦华录》《都城纪胜》等书[①]， 这些都明白道出他的小说艺术渊源之所在。他又提到他在吸收旧小说的叙述方法时也会吸收西方现代派的一些手法，比如意象、比喻的设置，在追求平淡、流畅、自然的语言风格时也会融入一些古句、奇句、拗句，从而希望做到溶奇崛于平淡，纳外来于传统。或者按照他在《早茶笔记》的“解题”中的更明确的表述：现代笔记小说既要接续古代笔记小说的传统，又要包含现代的思想与语言形式——这就是他的新笔记小说在传统与现代之间所获得的一种平衡了。

孙犁在 20 世纪 80 年代初也开始了新笔记小说的创作，以“芸斋小说”命名，包括近 30 篇作品。这些作品大都采用了大体相似的写法：大抵取材于作者自己亲身经历的人与事，很多事都发生于“文革”期间，大部分篇目中都有既是小说人物又是叙述者的“我”出现，其叙事笔法极为客观、冷峻、简练、随意，不事雕琢，也不刻意安排情节，是已经臻于极致状态的白描，绝不流露任何主观情感，给人以近于原始的实录感与真实感。小说结尾部分一律有一段用文言撰写的“芸斋主人曰”，笔法极似《聊斋》，用旁观者的口吻对小说中所写人事发表同样尽量客观的评论。这种冷峻客观的叙事笔法则显然取法于中国古代的笔记小说。孙犁曾在《谈笔记小说》一文中提到他藏书的近三分之一都是历代笔记小说，收藏之丰与其想从中学习小说写作有关。他对魏晋至唐宋的一些重要笔记都很熟悉，尤其欣赏《世说新语》《阅微草堂笔记》这一类笔记小说，对唐宋笔记的评价也颇高。他认为“笔记以内容真实客观，作者态度端正为主。文胜于质，不如质胜于文”。[②] 这种态度很明显地在他

① 汪曾祺：《谈谈风俗画》，载《钟山》，1984 年第 3 期，收入《汪曾祺全集》第三卷。
② 孙犁：《陋巷集》，百花文艺出版社 2012 年版，第 108-113 页。

的“芸斋小说”中反映出来，使这些小说的叙事风格跟笔记小说极为相似。

新笔记小说代表作品还有李庆西的《人间笔记》，阿城的《遍地风流》，赵长天的《苍穹下》《深山里》，刘震云的《农村变奏》，高晓声的《新“世说”》，阿成的《人间俗话》，林斤澜的《矮凳桥风情》，贾平凹的《商州初录》《太白山记》，何立伟的《小城无故事》《风流慷慨过流年》，等等。就风格而言，有的更近于笔记，题材驳杂，记人记事，不拘一格，而情节淡化，不尚虚构；有的更近于古代的志怪小说，专记异人异事；有的则兼具笔记与志怪、传奇小说的特征，类似《聊斋志异》；还有的兼具笔记与散文诗的特点；总之都在某一侧面上跟古代笔记小说趋近。

对于作家们进行新笔记小说创作的原因，钟本康在《关于新笔记小说》中认为：新笔记小说作为文体之一，有自身的特点和优点，是其他文体无法替代的。一是它取材于“琐”“小”“杂”，而这些往往是“正规”小说的“漏网之鱼”；二是它以民族文化和心理的容量为旨归，并追求质朴的美和诗意的美，几乎都具有较高的审美档次；三是它为作家提供了一块用武之地，为读者提供了一种“精神点心”。[①] 而更早涉足新笔记小说创作和研究的李庆西更是认为，“笔记体”作品对人情世态的记录，实则包含着文人的修养与自我确认，那般悠然、淡泊的体貌，在递相延续之中凝聚着深刻的人生体验。[②] 因此，“新笔记小说”作家对中国笔记传统的认同，意味着主体精神的复活。在古典的自由境界的映照下，现代人的个性意识被升华了。作家们借助这股随意的文体，揭示了世界的另一副格局，也完成着自己的心灵构造。无论是阿城在《遍地风流》中表现的那种调侃人生的大幽默，还是陈村的《一个人死了》包含的个体悲剧意味，都隐伏着现代哲学的思辨轨迹。

2. 传奇的“神”与“奇”

作为中国古代小说的一种形式，“传奇”成熟于唐代，是中国古代

① 钟本康：《关于新笔记小说》，载《小说评论》，1992 年第 6 期。

② 李庆西：《新笔记小说：寻根派也是先锋派》，载《上海文学》，1987 年第 1 期。

叙事文学发展、演进链条中重要的一环。“传奇”一词最早出现在晚唐作家裴铏的《传奇》一书中，宋代以后，人们便以“传奇”概称唐人小说。鲁迅对“唐之传奇文”有精彩的论述：“小说亦如诗，至唐代而一变，虽尚不离于搜奇记逸，然叙述婉转，文辞华艳，与六朝之粗陈梗概者较，演进之迹甚明，而尤显者乃在是时则始有意为小说。……传奇者流，源盖出于志怪，然施之藻绘，扩其波澜，故所成就乃特异，其间虽亦或托讽喻以纾牢愁，谈祸福以寓惩劝，而大归则究在文采与意想，与昔之传鬼神明因果而外无他意者，甚异其趣矣。”[①] 鲁迅的论述主要说明了几点：第一，唐传奇是在传统文学、特别是志怪小说的基础上发展演进而成的，“源盖出于志怪”；第二，唐传奇是文人有意识地创作，乃“有意为小说”；第三，唐传奇在艺术形式上体现了很高的要求，不仅“叙述婉转，文辞华艳”，而且“篇幅曼长”，“意想”丰富。这些既是唐传奇之所以“特绝”而成就“特异”的原因，同时也体现了唐传奇特殊的“特绝”而“特异”的叙事要素。因此，就唐人传奇及其所形成的叙事传统而言，所谓“作意好奇，假小说以寄笔端”，以及“纪述多虚，而藻绘可观”等，从一开始就呈现出了重视情节的“新异”并以想象性描写为主的叙事特点。

唐传奇在成熟以后，对后世的中国叙事文学产生了巨大的影响。黄仁生先生在《论唐传奇在中国文学史上的演进与贡献》一文中通过对唐传奇的演进的分析，总结了唐传奇对中国文学的贡献和影响。他认为，唐传奇对中国文学的贡献主要体现在三个方面：一是通过几代作家的努力，唐传奇融汇了以往各种文体的特长并使之辞章化，在叙事方式、细节描写、人物对话、心理描写等多方面都取得了长足的进展，从而形成一种新的文学体裁而跻身于文章之林，终于使中国小说在进入中唐以后从理论到创作都走向了自觉；二是唐传奇在思想和艺术上取得了辉煌的成就，它作为新崛起的叙事文学样式与以抒情为主的唐诗一起成为一代文学的标志；三是一大批优秀传奇作家以其独创性的实践，不仅塑造了一系列具有永久魅力的艺术典型，为古代文言小说树立了各种新的范式，

① 鲁迅：《中国小说史略》，江苏文艺出版社 2007 年版，第 49-50 页。

而且为中国叙事文学的发展确立了正确的方向和原则——无论是描写非现实性的题材，还是以一定的历史真实和现实生活真实为依据，都需要运用想象和虚构来处理情节和描写人物，旨在塑造出生动的人物形象并借以表达作者的思想感情。①

作为最早走向成熟的小说样式，唐传奇的演进在中国文学史上具有极重要的链环作用，它不仅在继承传统叙事成就的基础上，形成了自己独特的审美特征，取得了上述进展和成就，而且初步改变了古典文学的传统格局和走向，尤其是对于后世叙事文学的发展和繁荣曾产生过积极而深远的影响。就小说而言，首先，它直接推动了后世文言小说的发展，并且在形式上呈现出一方面继续以短篇为主、一方面向中篇拓展的趋势。其次，它对于白话小说的发展也曾产生过积极的影响。白话小说在虚构与想象、行文方式与题材范型、叙事技巧与人物塑造等方面都或多或少地继承了唐传奇的特点，尤其是文采明显加强、艺术水准不断提高的元明清白话小说在这几个方面都有所发扬光大。

现代作家中，沈从文最早以自觉的意识借鉴古代小说的“传奇”传统，以强化或者形成某种“传奇情结”“传奇思维”和眼光。他“从小又读过《聊斋志异》和《今古奇观》”，评价他人作品时也称道“不只努力制造文字，还想制造人事，因此作品近于传奇(作品以都市男女为主题，可说是海上传奇)”。在自己写作的由四个短篇构成的现代传奇体小说《雪晴》中，沈从文不仅把其中的一篇有意称作《传奇不奇》，还在《雪晴》《巧秀和冬生》中直接地写叙述者(作者自己)尽管“一生到过许多稀奇古怪的去处”，可是对眼前发生的事情，他马上意识到这是一个“传奇”，或者说，他的传奇意识使他用传奇的眼光看周围发生的一切，感到“我又呼吸于这个现代传奇中了”。有意识地借鉴传奇传统所形成的传奇思维和眼光，表现对象和领域自身的特异性和传奇性，使沈从文在创作“湘西小说”的时候，有意规避了“五四”后占主流地位的所谓现实主义文学强调的“日常性”“平凡性”的要求，在现在的“常”与过去的“奇”中避“常”而取“奇”，注重和瞩目湘西那片神

① 黄仁生：《论唐传奇在中国文学史上的演进与贡献》，载《复旦学报》（社会科学版），2011年第1期。

奇的土地的神秘性和特异性，从而使他的很多小说充满了非常、奇异和怪谲的传奇色彩。

张爱玲将自己的第一本小说集命名为《传奇》，显示了她对古代小说传统自觉的继承和对普通大众阅读习惯的亲近。如果说沈从文以“传奇”的眼光观察他的湘西世界，创作出更符合唐传奇意义上的传奇小说的话，那么张爱玲的小说则更接近走向世俗化、生活化、言情化，以普通人、小人物为描写对象的“世情传奇”的传统，即以“三言二拍”、《金瓶梅》、《红楼梦》为代表的“人情小说”传统。但张爱玲眼中的“传奇”又是她基于对世事和人生的思考而创造的一种独特的“文体”，是经过她改造的“传奇”。在《传奇》的扉页上印有两句题词：“此书叫传奇，目的是在传奇里寻找普通人，在普通人里寻找传奇。”张爱玲将“传奇”中的人物定位在普通人，要在日常平凡生活的描写中达到“奇”的效果，即“常中见奇”。收入《传奇》的 15 篇小说是“为上海人写了一本香港传奇”，是“试着用上海人的观点来察看香港”，“用意”是写出“上海人心目中的浪漫气息的香港”。在她的眼里，“上海人是传统的中国人加上近代高压生活的磨炼”，与香港人的差异到处可见，甚至仅从日常生活中对于汉字的“理解”就可以看到不同的“历史感”和“文化感”。因此，张爱玲带着所谓“传统的中国人”的自我认同，所力求发现和表现的，是一种相对于上海文化“经验常识系统之外”的新异的领域和人物，讲述的是一个个对于沪上读者来说带有异国情调的“陌生化”的故事。此为“奇”，与传统的“好意作奇”相通。

莫言对传奇可谓情有独钟，莫言叙述的故事，在取材立意和情节设计上都体现出较为明显的以“奇异”为标榜的民间传奇的流风余韵，《奇死》《蝗虫奇谈》《奇遇》等小说在篇目上甚至直接标以“奇”字。故事的传奇性和文体语言中渗透出的强烈的传奇色彩，是持续于莫言小说中的一个显著的美学特征。作为首部长篇，《红高粱家族》奠定了莫言长篇小说创作的传奇基调。被莫言称为“民间传奇”“用最旧的方式讲述的故事”的《红高粱家族》，糅合了历史传奇、英雄传奇和爱情传奇三种传奇创作型模并独出机杼。莫言的特殊之处在于，他将历史、宗教、英雄及爱情诸种型模熔铸为一体，通过创造性重组，突破旧有知觉模式的束缚，点铁成金。

3. 话本的“入话”和“拟书场”模式

“话本”是中国古代白话小说发展的源头之一，它产生于宋元，明清时期模拟话本而写的白话小说又称“拟话本”。但“话本”这一文体概念是20世纪二三十年代中国小说史学科创立之初，由一批学者提出并在长期使用的过程中逐渐成为约定俗成的概念术语。目前学界对“话本”的定义普遍采用鲁迅先生在《中国小说史略》里所说：“说话之事，虽在说话人各运匠心，随时生发，而仍有底本以作凭依，是为‘话本’。”[①]简单来说，“话本”即说话人的底本。它既可以理解为简本、故事梗概；又可以理解为写定的说话本，即文字话本。话本原来只是说话人的底本，并非供一般人阅读的，经过加工整理出来主要供阅读的本子，可称为“话本小说”，明清时期模仿宋元小说家话本文体而创作的短篇白话小说称为“拟话本”。[②] 在话本的发展过程中，逐渐形成了由题目、篇首、入话、头回、正话和篇尾六个部分组成的结构体制，也逐渐发展出一些相对固定的叙事方式。在古代小说的发展中，话本直接孕育了明清时期中国古典小说的典范形式——长篇白话章回体。不仅如此，话本的结构模式、建立在“说—听”基础上的“拟书场”模式、话本对故事性的重视，都对后世的小说产生深远的影响。而现当代小说家也基于不同的诉求，从古代话本中汲取各自的创作资源。

沈从文借鉴了话本的“入话”的结构形式。他的一些作品具有一个序幕，或者在故事叙事之前先对整个故事的主要内容进行预叙，这正如话本的“入话”一样。入话就是在正文之前，先讲一段与正话内容相近或者相反的小故事，然后引入正话；或者是在正文之前，先用与正文相

① 鲁迅：《中国小说史略》，江苏文艺出版社2007年版，第82页。

② 近年有人认为“‘话本’一词出自宋代，原指替傀儡和皮影发声的文本，词义不指‘小说’，不是‘说话人底本’。”（见胡莲玉：《再辨“话本”非“说话人之底本”》，载《南京师大学报》（社会科学版），2003年第5期）；也有人认为“话本”是“口述表演的记录本”，或是书会才人取材于前代小说所改编的说书底本。（见徐志平：《叙事者干预在早期话本中的表现》，载《明清小说研究》，2011年第3期）。本文综合采用说书底本和说书口述表演记录本的说法。

关的诗、词开头，加以解释。沈从文早期创作不少作品都有序幕（或者称为楔子）。譬如《猎野猪的故事》在正式讲猎野猪的故事之前，小说用了很长的一个楔子，然后才慢慢进入正文，“于是宋妈说这故事给大家听”。《松子君》《岚生同岚生太太》与《晨》等小说开篇也都有长长的序幕。中国话本小说常常在故事开头预先告诉听众故事的大致经过，包括结果，以引起他们的兴趣，然后再从容地展开故事讲述。沈从文的一些小说也对后面主要内容进行预叙，这与话本的预叙方式相似。譬如《丈夫》《顾问官》等作品中都有预叙，让读者对丈夫出让夫权和顾问官的“夺弄”有一个初步的了解，以对故事的发展进行交代和铺垫。《黄昏》中的预叙放在了小说的中部，作者先叙述一般情况下犯人被处决时的情形，叙述完成之后，作者笔锋一转，具体写“今天”的杀人经过。

张爱玲的一些小说开头同样借用了古代说书人讲故事一类的方式导入。最典型的是其初登文坛时发表的小说《沉香屑·第一炉香》《沉香屑·第二炉香》及后来的《茉莉香片》。《沉香屑·第一炉香》的开头写道:“请您寻出家传的霉绿斑斓的铜香炉,听我说一支战前香港的故事,您这一炉沉香屑点完了，我的故事也该完了。”接下来才写：“故事的开端……”在故事讲完之后，作者又写道：“这一段香港故事，就在这里结束……薇龙的第一炉香也就快烧完了。”《沉香屑·第二炉香》整体结构大致相似，只不过讲故事的人变成了克荔门婷这个“我的朋友”，“我”则是个转述者。在《茉莉香片》中，张爱玲稍作变化，不再请您(类似于故事听众的读者)点上香听故事，而是为您泡上一壶茉莉香片来听她讲香港传奇，只是结尾不再照应喝茶。在这些作品中，小说的开头和结尾虽细节之处稍有不同，但总体的格局却始终是一致的，就是在引入故事之前先做一个预设，使读小说的人与作者的思路相合，进入小说情节,而在小说结尾之处再做照应,形式有如古代小说的一回。

话本的“拟书场”模式是赵树理的“大众化”文学追求中最青睐的叙述形式。话本与古代的说书有天然的联系，即使后世文人模仿话本的小说和明清时期高度文人化、书面化的白话小说依然大量保留了“拟书场”的叙述格局，赵树理的小说延续了中国古代白话小说的这一传统。

赵树理在小说中会设置一个特殊的叙述者——说书人的角色，以此营造书场的“说—听”的传播效果。在中国早期的话本（如《清平山堂话本》）中，说书人（叙述者）在故事中基本不参与情节，大多处于不出场（隐身）的状态，叙述视角采用第三人称全知叙述，即说书人不出场、不参与的第三人称全知叙述。[①] 赵树理的绝大多数作品都采用了早期话本的这种叙述方式。君临于故事之上的说书人的消失，使得叙述者不再把自己的思想、情感、价值判断直接说出来，而是尽量把它融入人物的塑造和情节的叙述中。但赵树理在消灭显在的说书人的同时，仍然保留了说书的口吻，说书人的“声音”并没有消失，娓娓道来，亲切自然。这种独特的叙述格局，一方面摆脱了传统白话小说陈腐的叙述套路和僵化的模式，另一方面仍能适应广大农民群众的欣赏习惯。

“故事性”被认为是中国古代小说的一个主要特征，起源于瓦舍勾栏的话本可以说是古代小说追求“故事性”的一个关键节点，它也影响了后来的拟话本和明清章回长篇小说的结构。在新时期以来的文学中，特别是20世纪80年代，随着西方现代主义文学的传入，故事似乎不再是小说家关注的重点，而更多地热衷于文体实验，在小说中设置叙事圈套。然而，随着文体实验热情的减退，许多作家、包括一些来自先锋文学阵营的作家开始关注小说的故事性，苏童、莫言、王安忆、贾平凹等都把目光投向包括话本在内的古代小说资源。苏童这样回忆自己的转型：“从《妻妾成群》开始，我突然有一种讲故事的欲望。……我对小说形式上的探索失去热情，也意味着我对前卫先锋失去了热情。……因此在写作《一九三四年的逃亡》《罂粟之家》以后，我是有意识地撤退了。重新拾起故事，重新塑造人物。”[②] 苏童的《妻妾成群》《红粉》《妇女生活》等作品之所以被改编成电影，小说的故事性是其中一个重要原因。莫言也认为：“小说最重要的，我想实际上有两点：一个就是要有好的语言，然后还要有好的故事。”他进而指出：“一个好的作家，他肯定有好的语言，他有一种强烈的、非常自觉的文体意识”“文体语言非常

① 徐志平：《叙事者干预在早期话本中的表现》，载《明清小说研究》，2011年第3期。
② 周新民、苏童：《打开人性的皱折——苏童访谈录》，载《小说评论》，2004年第2期。

重要。当然，故事也很重要，如果没有一个好故事，语言也无处附丽。”[①] 实际上，莫言从《红高粱》开始，就有意识地将“故事的讲述方式”与“讲述的故事”放在同等重要的地位。

4. 章回小说的外在结构与世情叙事

章回体是中国古典长篇小说的主要形式，明清章回小说如《三国演义》《水浒传》《西游记》《金瓶梅》《儒林外史》《红楼梦》等，都有“回目”。所谓“回目”，就是每回书的题目，有的单句，有的偶句，有的较长，有的较短，有的对仗工整，有的则不太工整。“回目”的直接来源可追溯到宋元话本。在宋元话本的几大类中，有一类被称为讲史话本，其基本特点之一是篇幅蔓长，说话艺人在讲这些故事时，并非一两个单位时间可以讲完，只好逐日分段演讲，这就无形中将这些长篇故事分成了几十乃至几百个段落。为了便于说话艺人讲述和听书人的记忆，也为了使某些精彩的片断更为引人注目，这些话本在出版的时候往往根据故事内容分节立目。这种分节立目的方式，就是回目的雏形。总之，这是一种在小说创造过程中具有中国特色的艺术表现形式。

中国现代小说诞生于 20 世纪初，按照陈平原的说法，中国小说在 20 世纪前期的短短几十年（1898—1927）完成了从古代小说向现代小说的嬗变。[②] 由于特殊的外部世界的影响，中国现代小说更多地受到现代西方小说的启迪，在外在的形式上抛弃了中国明清小说传统的章回形式，章回形式只在一些通俗文学或鸳鸯蝴蝶派的小说中保留。但是，也正如陈平原所言，中国的传统文学依然是影响现代小说叙事模式转变的重要因素。同样，虽然古代章回小说不再是现代小说使用的外在形式，但依然可以在现当代小说中找出古代章回小说的或明显或潜在的影响。现当代小说对明清章回小说的借鉴主要表现在两个方面。

一是对章回体的外在结构形式的借用。在现代作家中，赵树理是自

① 莫言：《小说的气味》，春风文艺出版社 2003 年版，第 172 页。
② 陈平原：《中国小说叙事模式的转变》，北京大学出版社 2003 年版，第 1–5 页。

觉借鉴章回体的第一人。在20世纪40年代的解放区文艺中，赵树理以文艺大众化为目标，他期待的自己小说的传播方式是“写给农村中的识字人读，并且想通过他们介绍给不识字人听的”。代表作《小二黑结婚》使用了中国传统的章回体的结构形式，小说在解放区获得了巨大的成功。而赵树理也因为这些使用传统章回形式的作品被认为是具有“中国作风和中国气派”，是解放区文艺的方向。赵树理在20世纪40年代获得的巨大声誉固然有多种因素，其中重要的一点就是他借用章回体的民族形式，使这一传统的小说形式进入文学的主流话语之中。60多年后，莫言在他的一部重要的作品《生死疲劳》中同样使用了传统的章回体形式。《生死疲劳》是莫言小说创作向中国古代小说传统借鉴的一部重要的长篇小说，“是一部向我们伟大的古典小说传统致敬的作品”“以古典小说伟大的叙事结构捍卫长篇小说的尊严”。[①] 对于《生死疲劳》借用章回体的叙述方式，莫言认为，这部小说“应该说它不完全是一部章回体小说，我想恢复古典小说中‘说书人’的传统，也希望读者通过阅读它怀念中国古典小说。”[②] 虽然章回形式在现代小说中很少使用，但莫言不仅仅是对这一外在形式的借用，还应该是一种叙事的态度，即借用“说书人”的传统以重建古典小说与读者之间的密切关联。

二是对明清小说特别是《红楼梦》的世情叙事的继承。这一点是现当代小说继承借鉴章回小说更内在的方面，特别是古代小说的巅峰《红楼梦》创造的悲剧精神和世情叙事对现当代作家以巨大的影响。

张爱玲在《传奇》中继承、发扬了《红楼梦》中的悲剧传统。她眼中笔下的人生，永远是万盏灯火的晚上，胡琴“拉过来又拉过去，说不尽的苍凉的故事”。这是悲剧精神的一脉相承，也是文化人格的相同建构。悲剧观念成为《红楼梦》与张爱玲创作的共同精神内核。张爱玲与曹雪芹都有显赫家族走向破败的经历，同有“末世”之感。而张爱玲更多了一个生于“乱世”、幼年几乎被弃的痛苦回忆，这也使她在创作《传奇》的年轻时期就相当完整地领会了《红楼梦》的深沉的悲剧意蕴，时刻感受到“惘惘的威胁”。因此，张爱玲小说的情节，

①②莫言、李敬泽：《向中国古代小说致敬》，见《新京报》2005年12月29日。

永远是发生于败落之家或者是颓败人生当中的无可挽回的失望与失败。人物则永远是那些挣扎于金钱、情欲、世态之中“比例不对”的、过了时的现代人。主题则总是普通人无力主宰自我、主宰命运的生存的悲哀。一场又一场不折不扣的梦魇，只仿佛是张爱玲用现时代人的故事在“翻译”曹雪芹的“到头一梦”的悲剧故事，印证着人生永恒的悲剧意味。

在王安忆的小说中，描写上海女性的凡俗生活的《长恨歌》可以看到《红楼梦》的笔法。自《金瓶梅》始，中国古典小说的题材重心开始从历史演义、英雄传奇转向市井俗情，至《红楼梦》达到世情小说的巅峰，其中之为后人称道的是它把生活写得逼真而有味道，在日常生活的叙写中透出高雅。《红楼梦》主要描述的是家庭闺阁的日常生活，这种日常生活不是单调无聊、枯燥乏味的，而是富有雅趣的，有一种蕴涵了丰富文化内涵的“雅化”倾向。而王安忆的小说给人的总体感觉是都市中渗透着雅致，乡村中散发着美感，也是比较“雅化”的文本，并且这种“雅化”的追求也是通过执着于日常生活来体现的。在《长恨歌》中，王安忆对王琦瑶为代表的上海弄堂里的女子的衣食住行、声色气味、柴米油盐的描写透露出一种上海普通市民所追求的雅致特色。比如王安忆通过人物的穿戴衣着来展示人物的性格和趣味。她揭示女人在服饰上的用心与较量，从而塑造了一个新神话——女人的生活贯穿在对服饰的孜孜追求上，城市的历史写在女人风水流变的服饰上。

《红楼梦》没有描写惊心动魄的情节，有的只是对迎来送往、衣食住行、婚丧嫁娶等日常生活的细微的展示。有论者认为，以《金瓶梅》《红楼梦》为代表的“闲聊式”说话体小说开创了密实繁复地客观呈现日常生活的原生态、以细节为主体的说话结构模式。它与《三国演义》《水浒传》为代表的以情节为中心的“情节流”小说不同，是一种“反情节”的小说。[①] 贾平凹在《秦腔》中构建的就是细节流的小说形态。在《秦腔》“后记”中，贾平凹将这种生活细节流的小说形态表述为“密实的流年式的叙写”，它写的是清风街人的“生老病离死，吃喝拉撒睡”，

① 李遇春：《“说话”与贾平凹的长篇小说文体美学——从〈废都〉到〈带灯〉》，载《小说评论》，2013年第4期。

总之是“一堆鸡零狗碎的泼烦日子”。[1] 在《秦腔》中，细节取代情节成为小说的基本结构方式，即使小说中有基本的情节，如清风街两代支书之间为农村发展道路而产生的冲突，但这种基本情节完全被淹没在夏家三代人的日常生活冲突的漩涡之中，主要是夏家的天字辈和庆字辈以及两代妯娌之间的日常生活流年中，这也就意味着小说中情节流被细节流所淹没。

① 贾平凹：《秦腔》（后记），作家出版社 2005 年版，第 565 页。

下编

现当代小说与古代小说传统个案研究

一

沈从文的“湘西世界”

在中国现代文学传统中，沈从文是一个独特的存在。

首先，作为一个小说家，沈从文与“五四”主流的文学传统“若离若即”。

中国古典文学从来就有一个教化的传统，但这种传统也只是文学的众多功能之一，有时甚而是某一文类为提高自己的地位的一个托辞而已，正如正统的四库馆臣也认为难登大雅之堂的“小说”仍然有“寓劝诫、广见闻、资考证”之功效。“五四”以来的中国现代文学始终被民族国家的命运所挟裹，“启蒙”与“救亡”成为现代文学挥之不去的主题，或如夏志清所言，现代中国文学充满了“感时忧国”的精神。其实，在古代的教化与“五四”的民族叙事之间，还有一个更加激进的梁启超的“小说界革命”理论。“故今日欲改良群治，必自小说界革命始；欲新民，必自新小说始。”按照梁启超的推理，既然小说有开启民智的功效，那么中国近代以来的民族耻辱与民智未开密切相关，传统文学/传统小说自然难辞其咎。以其卓越的个人声望和极具煽动性的修辞，梁启超的“三界革命”理论在晚清的文学界产生了巨大的影响，即使到了“五四”之后，这种影响依然可见。“启蒙”是和平时期的开启民智，“救亡”

则是直接投身于现实。反观沈从文，从20世纪20年代步入文坛，到30年代写出代表作《边城》《长河》等，再到40年代的小说和散文创作，沈从文似乎远离“五四”以来现代文学的大潮，专心致志地给世人精心构建了一个独特的“湘西世界”，但这个远离都市文明别样的世界又是真切地思考人类的命运、反思现代文明、呼唤充满神性的世界。其实，这正是现代中国文学内在的精神向度之一。在文学的最终追求上，沈从文与中国现代文学可谓是“殊途同归”。

其次，在文学资源的占有上，沈从文与现代文学的许多作家相比可谓是“中西皆无”“一穷二白”。许多中国现代作家在投身于文学之前，或有中国传统文化、中国古典文学的深厚积累，或有到日本、欧洲、美国留学的经历，大多数是中西文学兼而有之。沈从文的家庭虽然在湘西还算是书香门第，但沈从文在少年时期实在没有接受多少旧式教育。为了表示他与其他作家的不同，沈从文很喜欢强调自己的农村背景。在《习题》里他这样写道：“我实在是个乡下人，说乡下人我毫无骄傲，也不在自贬。”或许正是沈从文的这一出身和经历，影响了沈从文选择一条与学贯中西的同时期小说家截然不同的文学道路，一条中国现代文学的“逆向式书写”。在中国现代文学建立之初，基于对中国固有之文学的“五四”式共识，小说家的主要工作是翻译、引进域外之先进小说，以改造中国旧小说。他们急于与中国的小说传统进行切割，如茅盾始终对旧小说不满，并宣称旧小说对他个人来说毫无用处。他甚至认为《水浒传》和《红楼梦》的叙事技巧太幼稚，不值得现代人模仿。[①] 但中国传统的文学资源并未真像作家所宣示的那样可以一刀两断，并弃之如敝屣。正如陈平原的分析：“只是由于‘五四’作家更多接受外国文学的影响，自觉除旧布新，因而对传统的继承显得更加隐晦，甚至很难找到时人的直接证据。”[②] 沈从文可能清晰地意识到自己的外国文学短处，他转而自觉地从中国文化传统、中国文学传统、中国小说传统中汲取营养。“他开始写作时，全凭自己摸索。对西方的小说传统可说是全无认识。……

① 茅盾：《话匣子》，上海良友图书公司，1934年版。转引自夏志清：《中国古典小说史论》，江西人民出版社2001年版，第4页。

② 陈平原：《中国小说叙事模式的转变》，北京大学出版社2003年版，第153页。

由于他对现代短篇小说结构没有什么认识，所以沈从文的叙述方法，都是传统性的。”[①] 沈从文对中国古代小说的借鉴、学习和应用是全方位的，涉及传奇、话本和白话小说等古代小说种类，其中与沈从文创造的“湘西”叙事关系最密切的是对中国古代传奇的借鉴和吸收。沈从文与中国传统文学的密切关联正是沈从文成为现代作家具有世界影响的因素之一。

1. 沈从文与古代“传奇”

作为中国古代小说的一种形式，“传奇”成熟于唐代，对后世的中国叙事文学产生了巨大的影响。[②] 宋元时期作为表演伎艺的“说话”中,“传奇”仍是小说之一类，后来分别发展起来的文言和白话小说两支，都与唐人传奇有一脉相承的联系。浦安迪认为，中国古代小说经唐传奇之后，“发展到宋元之际开始分岔，其中一支沿着文言小说的路线发展，另一支则演化为白话小说。”[③] 前者如明代瞿佑等人仿唐传奇的《剪灯新话》《剪灯余话》诸作以及清代的《阅微草堂笔记》《聊斋志异》等，后者如冯梦龙的“三言”、凌蒙初的“二拍”，以及《儒林外史》《红楼梦》。

沈从文以自觉的意识借鉴古代小说的“传奇”传统，以强化或者形成某种“传奇情结”“传奇思维”和眼光。他“从小又读过《聊斋志异》和《今古奇观》”，评价他人作品时也称道“不只努力制造文字，还想制造人事，因此作品近于传奇(作品以都市男女为主题,可说是海上传奇)”。[④] 在自己写作的由四个短篇构成的现代传奇体小说《雪晴》中，沈从文不仅把其中的一篇有意称作《传奇不奇》，还在《雪晴》《巧秀和冬生》中直接地写叙述者(作者自己)尽管“一生到过许多稀奇古怪的去处”，可是对眼前发生的事情，他马上意识到这是一个“传奇”，或者说，他的传奇意识使他用传奇的眼光看周围发生的一切，感到“我

① 夏志清:《中国现代小说史》，复旦大学出版社 2005 年版，第 138 页。
② 有关“传奇”的特征见本书上编第六节的相关介绍。
③ 浦安迪:《中国叙事学》，北京大学出版社 1996 年版，第 11 页。
④ 沈从文:《沈从文文集》(11)，花城出版社 1984 年版，第 204 页。

又呼吸于这个现代传奇中了”。有意识地借鉴传奇传统所形成的传奇思维和眼光，表现对象和领域自身的特异性和传奇性，使沈从文在创作“湘西小说”的时候，有意规避了“五四”后占主流地位的所谓现实主义文学强调的“日常性”“平凡性”的要求，在现在的“常”与过去的“奇”中避“常”而取“奇”，注重和瞩目湘西那片神奇的土地的神秘性和特异性，从而使他的很多小说充满了非常、奇异和怪谲的传奇色彩。

沈从文从三个方面构建他笔下的“湘西传奇”。

一是写湘西少数民族的具有原始神话色彩的传奇故事。这类作品有《龙朱》《神巫之爱》《媚金、豹子与那羊》等，这些作品描写湘西边民具有“氏族神话”色彩的人生与爱情，充满着强烈浓厚的奇异色彩和极度夸张的浪漫想象，可谓是原始人生传奇。在这些故事中，作者按照“神性”的标准净化人物性格，并对人物的形体、相貌进行极度夸张地处理，龙朱、神巫、豹子、傩佑等都被作者“神化”地置于原始的人生舞台上，上演着一幕幕具有“神话”意味的生命传奇。其“爱”和“死”的主题与诠释也许会因为传奇而扑朔迷离、亦真亦幻，但也正因为传奇而至纯至美、至情至性。如《媚金、豹子与那羊》讲述的爱情故事，虽是一对爱人因“偶然”及“误会”而导致双双徇情的悲剧，但悲剧中爱与死的方式，却超越了悲剧以及悲剧的传说本身，有了一种对原始人性中“神性”的特殊铸造，在现代人的眼中永远并只能是个传奇。

二是描写湘西世界日常中的“异常”、普通人中的“异人异事”。这类作品如《三个男人和一个女人》写作者早年湘西军旅生涯中闻见的奇异“尸恋”，《山道中》写三个返乡军人在云贵湘神秘山道的神秘旅行和遭遇，《说故事人的故事》述说了一个军人和一个被捕入狱的年轻妖艳的女匪首的奇异的恋情，此外如《黔小景》《山鬼》《阿黑小史》《在别一个国度里》《雨后》《旅店》等，这些作品中的故事都发生在湘西或川湘云贵的崇山峻岭，其背景和作品中的自然环境本身就具有蛮荒险峻、怪异奇特乃至阴森骇人的特点，幽暗的山洞、险峻的山道、多雨多雾而又郁热的山林、冰凉刺骨的山泉等，成为作品中自然环境的基本构成意象，而时间又都是清末民初西南边地尚未开化的年代。虽然这些作品中故事不是取材于人神混沌的神话，但却近于神话或类神话，都是浪漫传奇或具有浓郁的巫术文化遗风。而作者似乎为了强化和突出这种巫楚遗风和传奇色彩，又在这些本来怪戾神奇的自然环境和人事中挖掘奇中之奇、怪中之怪，如《山鬼》和《阿黑小史》将笔触伸向了奇特的湘西人生中更为奇特的疯子、花痴的疯恋与奇遇。同时，为了追求传奇的效果，作者不对作品中故事的来龙去脉、前因后果作繁冗的描写和说明，而是强调突然性、偶然性和奇特性。

三是取材于宗教故事及"佛经演义"的传奇。这类作品如《月下小景》集中的15篇小说，除《月下小景》是根据西南少数民族风俗虚构而成外，其余均据《法苑珠林》中的佛经故事引申、铺陈而成。但它们并不是简单的佛法演说或通常的佛理阐释，而是继承了志怪、传奇中的故事传统，"把佛经中小故事加以放大翻新，注入我生命中属于情绪散步的种种纤细感觉和荒唐想象"[①]，"假小说以寄笔端"地演绎出"再造"佛国的人间传奇。其中人物亦仙亦人，都在"神秘化"的人间与自然中遭遇着人鬼难分、仙人莫辨的"奇遇"与"奇迹"，既有如在"金狼旅店"中以"故事"中的"故事"虚构出的现代"聊斋志异"，也有如在朱笛国、白玉丹渊国中以浪漫"寻觅"想象出的新"天方夜谭"。种种奇情异事总是以夸张、极端化的传奇形式呈现出来，不仅使这些故事摆脱了冰冷呆板的道德说教，同时还充分显示出人性所能达到的"神性"程度。

传奇本身的文体特征与沈从文笔下的湘西世界有内在的同构性，借助于对古代"传奇"这一文体的借鉴，沈从文给现代文学贡献了一个充满神奇色彩和哲学意味的独特世界。

2. 沈从文对其他古典小说的借鉴

如前所述，沈从文与"五四"以来的现代文学的主流叙事始终保持一定的距离，这也使沈从文可以专心致力于他的文体探索。沈从文提及他的小说创作，"故事"一词使用的频率相当高，他不仅用"故事"指

① 沈从文《沈从文文集》（10），花城出版社1984年版，第275页。

称《边城》《长河》《月下小景》等代表作，而且林林总总二百来篇小说皆是在“故事”名目下出现的。“我只写了些故事”“中国人会写‘小说’的仿佛已经有了很多人，但很少有人来写‘故事’。”[①] 在多种场合，沈从文对文坛流行的“小说”与自己的“故事”有所甄别，他强调的是自己小说在文体上的独创性。夏志清认为：“在三十多年间，他绰约多姿的文体，已自成一家”。[②] 作为一个风格独特的文体作家，沈从文对中文各种文体苦心钻研、不断探索，其中也包括对中国古代章回小说、话本等文体的叙事结构、叙事技巧的吸收和借鉴。

（1）沈从文曾对章回小说做过较深入的研究，对《金瓶梅》《儒林外史》《红楼梦》等明清章回小说给予很高的评价。明清章回小说对沈从文小说创作的影响主要体现在叙事结构和叙事方法两个方面。

①在叙事结构上，一是章回小说将故事的高潮往往放在章回末尾，这一叙事结构方式给了沈从文小说创作以艺术的借鉴和启示。沈从文认为明清章回小说“是在章回之末尾，每每故意把故事放在一个极高点上。”[③] 这种处理故事高潮的结构方式对沈从文的小说创作具有重要影响，沈从文的不少小说也是在其末尾出现故事的“高点”。譬如《初八那日》，小说最后木头坍塌下来，将两个锯木工活活压死在下面。故事叙事在结尾处达到一个“极高点”，给人以震惊和错愕，突出了命运的无常和人的渺小。又如《牛》故事的结尾，好不容易才治愈脚伤的牛却被衙门征发到一个不可知的地方去了，这一结尾的“高点”显示了官府对百姓的欺压与剥削，提升了小说的主题内涵。再如《媚金、豹子与那羊》中本来是媚金与豹子甜蜜幽会去的，故事的结尾却是两人殉情而亡；《三三》中三三和她的娘怀着进城的梦想去堡子给到这里来养病的城里白脸男子送鸡蛋，故事结尾却是她俩看到白脸男子的丧事。此外，《黔小景》《夜》《生》《静》《草绳》《山道中》《丈夫》《如蕤》《贵生》《八骏图》等小说的结尾处都是故事的“高点”。这显示了沈从文对这种叙事结构的偏爱，从中也可以看出他对中国传统章回小说将故事的“高点”放在

① 沈从文：《月下小景》（题记）。
② 夏志清：《中国现代小说史》，复旦大学出版社 2007 年版，第 140 页。
③ 沈从文：《沈从文全集》（16），北岳文艺出版社 2002 年版，第 30 页。

章回末尾的这种结构处理方式的艺术借鉴和吸收。二是章回小说的末尾往往进行悬念的设置，这也给沈从文小说创作以艺术的借鉴和启示。有时，章回小说的章回末尾并不是故事的“高点”，而仅仅是作者叙述有意留下的一个悬念，以引起读者继续阅读的兴趣。对于这种叙述结构方式，沈从文也进行了借鉴和吸收。譬如《长河·枫木坳》的末尾写道：“坳前有马项下串铃声响，繁密而快乐，越响越近，推测得出正有人骑马上坳。当地歌谣中有‘郎骑白马来’一首四句头歌，夭夭心中狐疑：‘什么人骑了马来’？莫非是……”[①] 小说到此戛然而止，留下一个大大的悬念，紧接着后面的章节才交代是保安队长带了几个士兵上了坳。这种结构方式显然是吸收了章回小说的章回末尾设置悬念的叙述方式。

②在叙事方法上，章回小说客观、细致、写实的叙事态度给沈从文小说创作以积极的影响。沈从文特别推崇客观、细致、写实的章回小说，他对于属于这类叙事方法的《金瓶梅》《儒林外史》等作品极为称道。沈从文说：“《金瓶梅》的长处并不在它的猥亵，而在它的人情的透彻与技术的完全。它是并不加以少许夸张写成的一本书。”[②] 他认为《儒林外史》比《三国演义》等几个长篇小说更近于艺术的原因在于：“它在文字上处处加以相当的节制，不同此外几个长篇的空阔夸张，但在最经济的文字上他已经把要写的种种人格写到纸上。在文字组织上他是有一个不朽的地位的，也许比《三国志》一类书更为近于艺术。”[③] 沈从文对都市上流社会的腐朽与虚伪的讽刺和批判也是如此，譬如《八骏图》对八位教授人格分裂的描写，作者只是客观、如实、细致地描写他们房子里的陈设和人物的动作、神态、语言等方面的内容，却将其内在的情欲生动地展示出来，让人哑然失笑。《绅士的太太》也同样是以一支细腻而客观的笔致“为你们的高等人造一面镜子”。这些作品都达到了“无一贬词，而情伪毕露”的艺术效果。沈从文对人物描写很少作大段的心理分析，极为欣赏《金瓶梅》《儒林外史》《红楼梦》等章回小说常常通过客观、细致、如实地描写人物外部的语言、行动、神态来表现人物

① 沈从文：《沈从文全集》（10），北岳文艺出版社 2002 年版，第 148 页。
② 沈从文：《沈从文全集》（16），北岳文艺出版社 2002 年版，第 25 页。
③ 沈从文：《沈从文全集》（16），北岳文艺出版社 2002 年版，第 28 页。

性格和思想，反映出沈从文民族化的审美倾向和艺术追求。

（2）“话本”是中国古代白话小说发展的源头之一，它产生于宋元，明清时期模拟话本而写的白话小说又称“拟话本”。[①] 沈从文的早期小说创作留下了较为明显的话本形式，主要表现在两个方面。

首先是话本的“入话”结构及预叙形式对沈从文创作具有启示作用。沈从文的小说不少作品具有一个序幕，或者在故事叙事之前先对整个故事的主要内容进行预叙，这正如话本的“入话”一样。入话就是在正文之前，先讲一段与正话内容相近或者相反的小故事，然后引入正话，或者是在正文之前，先用与正文相关的诗、词开头，加以解释。沈从文早期创作不少作品都有序幕（或者称为楔子）。譬如《猎野猪的故事》在正式讲猎野猪的故事之前，小说用了很长的一个楔子，然后才慢慢进入正文，“于是宋妈说这故事给大家听”。《松子君》《岚生同岚生太太》《晨》等小说开篇也都有长长的序幕。中国话本小说常常在故事开头预先告诉听众故事的大致经过，包括结果，以引起他们的兴趣，然后再从容地展开故事讲述。沈从文的一些小说也对后面主要内容进行预叙，这与话本的预叙方式相似。譬如《丈夫》《顾问官》等作品中都有预叙，让读者对丈夫出让夫权和顾问官的“夺弄”有一个初步的了解，以对故事的发展进行交代和铺垫。《黄昏》中的预叙放在了小说的中部，作者先叙述一般情况下犯人被处决时的情形，叙述完成之后，作者笔锋一转，具体写“今天”的杀人经过。

其次是沈从文借鉴了话本对故事的“讲述”形式、或者说话本的“讲—听”的形式。沈从文的一些小说是通过故事“讲述”的方式进行的，留下了较为明显的话本说书人的叙述的方式。譬如《第四》《医生》《都市一妇人》《厨子》《灯》这些小说都形成一种“讲—听”的模式。《月下小景》故事的“讲述”形式要复杂一些。一般人都将《月下小景》故事集的结构形式与薄伽丘的《十日谈》相联系，这的确是有道理的，因为作者也曾坦诚地说道：“这些故事照当时估计，应当写一百个，因此写它时前后都留下一个关节，预备到后来把它连缀起

① 有关“话本”的特征见本书上编第六节的相关介绍。

来，如《天方夜谭》或《十日谈》形式。”[①] 但是，《月下小景》的故事的讲述也受到话本的影响，这一点常常被人们所忽视。沈从文在《〈月下小景〉题记》里的开篇就写道：“我因为在一个学校里教小说史，对于六朝志怪、唐人传奇、宋人白话小说，在形体方面，如何发生长成，加以注意。”[②] 其实，《月下小景》不仅在讲故事方面具有话本的形式，而且沈从文对佛经故事的改编与冯梦龙对“三言”中部分原作的改编的策略也相类似。譬如两者都将文言的原作改为白话文，或是将几篇文言作品综合连缀成一篇白话小说，或是将其他书籍中简短的作品在改编成白话小说时进行大幅度的加工、充实。

① 沈从文：《沈从文全集》（9），北岳文艺出版社 2002 年版，第 216 页。
② 沈从文：《沈从文全集》（9），北岳文艺出版社 2002 年版，第 215 页。

二

张爱玲的通俗"传奇"

如果说沈从文是中国新文学传统中一个"独特"的存在，那么，张爱玲之于新文学或许可以说是一个"另类"。从与新文学的关系看，沈从文与当时文坛的一些重要人物如胡适、徐志摩、闻一多、丁玲等有诸多交往，沈从文20世纪20年代中期步入文坛之后，曾是"京派文学"的主要作家。只是因为40年代后期，他的文学观念和取向与取得支配地位的左翼文化话语格格不入而被边缘化，以致被宣布为"反动"作家，[①] 但总体看，在新中国成立前，沈从文受到新文学界的基本肯定，被认为是新文学实绩的一个组成部分。张爱玲40年代于"孤岛"上海步入文坛，对于大陆读者而言，张爱玲文学创作的主要时间集中于40年代的不到10年间。在涉及对张爱玲的文学成就的评价方面，大陆、港台和海外学界可能只有一个基本的共识，就是对1943—1945三年间发表的小说《传奇》给予高度评价，[②] 但也仅此而已。张爱玲与新文学阵营几乎没有交往，40年代傅雷、吴小如（少若）等曾评价过张爱玲的小说，而两位批评家在"五四"后新文学界的影响有限。新中国成立后，张

① 郭沫若：《斥反动文艺》，载《大众文艺丛刊》，1948年3月。

② 海外学者如夏志清等认为张爱玲50年代的《秧歌》在中国小说史上是不朽之作（参见夏志清：《中国现代小说史》，复旦大学出版社2005年版，第254页）。但这一论断被大陆学者认为有明显的意识形态因素。海内外学者对张爱玲文学地位的争论可参考许子东的《从呐喊到流言》（载《读书》，2001年第4期）。

爱玲几乎消失在大陆读者和现代文学研究界的视野中。即使20世纪90年代出现“张爱玲热”之后，大陆的现代文学史依然对张爱玲保持总体的沉默，正如许子东总结的：“在讨论张爱玲的文学史地位等基本学术问题时，海外和中国大陆学界其实有很大分歧。……但是，如果将张爱玲放到周作人、郁达夫、茅盾、老舍、沈从文、钱锺书、闻一多、丁玲等人构成的文学史语境中去，她是文学史上的一个例外，一个异数，还是一个被时代逐渐放大的支流，甚至是鲁迅之后的又一个神话？按黄子平的说法，张爱玲‘是一个在“五四”主流文学史中无法安放的作家’。”[①] 如果说沈从文是新中国成立前被左翼话语排挤出新文学的阵营，那么张爱玲是自觉地与新文学保持距离。张爱玲对“五四”以来的新文学并无认同感，相反，在她看来新文学是一种“不真实”的文学，强烈的激情和不成熟的文学形式之间极其不平衡。对于感伤滥情和功利倾向的理想主义这种“新文艺滥调”，她选择了反驳和偏离，专心建构一个个人化的、独语的传奇世界。总之，在20世纪40年代的市民阶层读者与新文学、左翼文化阵营之间，在20世纪50年代之前与50年代之后，在90年代的大陆普通读者与大陆现代文学史学者之间，在大陆学术界与港台、海外学者之间，存在着不止一个的张爱玲。本节无意于70多年来海内外有关张爱玲的纷争，如前所述，既然张爱玲的《传奇》在海内外获得共识，本节只以张爱玲的《传奇》为主，分析她对中国古代小说、古代“传奇”文体和《红楼梦》等世情小说的继承、借鉴和创新。

1. 对白话小说的继承

张爱玲自幼大量阅读中国古典小说，她的创作明显受到中国古代小说传统的影响。夏志清认为：“她诚然一点也没有受到中国左派小说的影响，当代西洋小说家所流行的一些写作技巧，她也无意模仿。……给她影响最大的，还是中国旧小说。她对于中国的人情风俗，观察如此深

① 许子东：《张爱玲的文学史意义》，载《读书》，2011年第12期。

刻，若不熟读中国旧小说，绝对办不到。”[①] 张爱玲曾说：“中国人向来喜欢引经据典。美丽的，精警的断句，两千年前的老笑话，混在日常谈吐里自由使用着。这些看不见的纤维，组成了我们活生生的过去。传统的本身增强了力量，因为它不停地被引用到新的人，新的事物与局面上。”[②] 这段话用以形容她自己的文学观念与创作极为恰切。张爱玲的小说在结构形式、叙事技巧、人物塑造、语言运用、情节安排等方面都显示出对中国古代白话小说的继承和创新。

我国古代白话小说是在说话艺术的基础上发展起来的，说话艺术注重故事情节的传统给小说创作艺术以深远的影响，直到明清时期的作品对情节的重视程度丝毫未减。另外，中国古代长篇小说的章回体结构的形成，也与古代说书艺术讲完一段再开始一段的特点有很大关系。在古代读小说的人和听故事的人有着相似的心理，他们习惯于先了解一些故事的大致内容，然后再听故事的具体发展过程，最后再了解故事的结局。这样的心理习惯是文化长期积淀的结果，已经成为一种心理定势。而且，能吸引听众的说话艺术的内容往往是曲折离奇的故事，这对小说的影响便是“以奇为美”的艺术传统的形成。新文学发生后，传统的小说创作模式改变，使小说在很长时间内很难走向大众。20世纪40年代，初登文坛的张爱玲对传统的白话通俗小说有自觉的借鉴意识，她曾说自己对于通俗小说一直有一种难言的爱好，而《传奇》的大部分小说也都是连载于当时上海的通俗刊物和鸳鸯蝴蝶派的杂志上。[③]

首先，张爱玲的小说在外在结构形式上表现出了对传统小说形式的借鉴和创造性运用。张爱玲的小说开头，往往并不直接进入主体情节的描写，而惯用古代说书人讲故事一类的方式导入。最典型的是其初登文坛时发表的小说《沉香屑·第一炉香》《沉香屑·第二炉香》及后来的《茉莉香片》。《沉香屑·第一炉香》的开头写道：“请您寻出家传的霉绿斑斓的铜香炉，听我说一支战前香港的故事，您这一炉沉香屑点完

① 夏志清：《中国现代小说史》，复旦大学出版社2005年版，第259-260页。
② 张爱玲：《洋人看京戏及其他》，见《张爱玲散文全编》，浙江文艺出版社1992年版，第9-10页。
③《传奇》中的小说大部分发表于上海沦陷时期的《紫罗兰》《万象》《杂志》等刊物。这些刊物都是通俗类型的杂志，《紫罗兰》是由鸳鸯蝴蝶派作家周瘦鹃主编的都市时尚类通俗文学期刊，《万象》也是一份面向都市大众的文学月刊，先后由陈蝶衣、柯灵主编。

了，我的故事也该完了。”接下来才写：“故事的开端……”在故事讲完之后，作者又写道：“这一段香港故事，就在这里结束……薇龙的第一炉香也就快烧完了。”《沉香屑·第二炉香》整体结构大致相似，只不过讲故事的人变成了克荔门婷这个“我的朋友”，“我”则是个转述者。在《茉莉香片》中，张爱玲稍作变化，不再请您(类似于故事听众的读者)点上香听故事，而是为您泡上一壶茉莉香片来听她讲香港传奇，只是结尾不再照应喝茶。在这些作品中，小说的开头和结尾虽细节之处稍有不同，但总体的格局却始终是一律的，就是在引入故事之前先做一个预设，使读小说的人与作者的思路相合，进入小说情节，而在小说结尾之处再做照应，形式有如古代小说的一回。但张爱玲的这种小说开头和结尾与古代小说回首、回末文字有着很大的区别。在叙事角度上，张爱玲的第一人称叙事，仅限开头部分出现“我”，叙事开始后，自然地转换到第三人称的全知叙事。这里承续的显然为说书体小说大多采用第三人称全知视角叙事，以便自由地交代人物、事件的来龙去脉，随时指点品评的叙事策略。

其次，在人物形象塑造方面，中国古典小说更多地使用人物语言、行为、表情及环境等外在的描写来侧面衬托或暗示人物的内在心理现实。如果要直接写人物的心理，总要用标志性话语如“某人思曰”“某人暗思”“某某心里盘算”等来提示，这种表述方式使小说心理描写痕迹明显，无法与其他文字浑然一体、自然转换。在张爱玲的笔下，心理描写异彩纷呈、变化多端，既有古典小说中间接含蓄地暗示人物内在心理感受的典型传统形式，也有直接的心理独白与意识流描写，显示出张爱玲对西洋小说细腻的心理描写的借鉴。同时，张爱玲的小说创作，使用一些特殊的意象以传达人物的心理，如张爱玲对“镜像”的系列描写与感情的“易碎”“凄凉”及女性的顾影自怜心理之间内在的联系；对“风雨”等外界自然环境的不同描写暗示人物的处境和心理等，这种含蓄地揭示人物心理的方法正是古典描写手法与精神的内在延续。至于通过对人物的语言、行动描写来刻画心理，更是屡见不鲜。

第三，张爱玲还继承了中国古代小说对情节完整性的重视。张爱玲即使使用西方的心理描写手法也要进行巧妙的变通应用，以适应中国读者的阅读习惯。一般来说，直接心理描写的层次由内心独白、自由联想到意识流，其对心理现实的提示逐层深入，西方的心理描写手法正是沿着这样的顺序逐步发展起来的。在20世纪的西方现代主义作品中，心理分析往往过分忽略对外界客观事实的描写，只剩人物飘忽不定的意识活动，有时使读者摸不着头脑，难以理解。张爱玲的小说在使用心理独白与自由联想方式时运用自如，做到了既关注内在心理，又提示外在处境。即使是在使用意识流手法时，她也力图使意识的流动与外在故事情节相协调，使心理描写成为情节的组成部分，而不会因为描写心理而中断情节。这样的例子在张爱玲的小说中非常多。如在《茉莉香片》中，开头写聂传庆坐在公共汽车上，碰到了言丹朱，而他们坐的车上正好有人带着一大盆火似的杜鹃花。当他回到自己难以逃离的、没有生机、充满了腐败气息的家中时，欲读书而难以专注，情节的发展自然地由客观情境转入心理现实的描绘。“……他在正中的红木方桌旁边坐下，伏在大理石桌面上，像公共汽车上的玻璃窗。”“窗外的杜鹃花，窗里的言丹朱……丹朱的父亲是言子夜，那名字，他小时候，还不太识字，就见到了。在一本破旧的‘早潮’杂志封里的空页上，他曾经一个字一个字地吃力地认着：‘碧落女史清玩。言子夜赠。’他的母亲的名字叫冯碧落。”后来写到聂传庆随手拖过一本教科书看了几页又陷入了胡思乱想，而家中刘妈的到来则打断了他的思绪，故事又进入了情节的发展。从以上例子来看，张爱玲处理心理描写与情节描写的转换十分自然，使人物描写得到深化而又不打断故事情节。传统与现代的特色在此浑然一体，值得称道。

第四，在语言方面，张爱玲受到古典小说的影响，形成了有别于新文学作家的独特的语言风格。新文学是在西方文学的影响下产生的，语言风格上具有明显的欧化现象。虽然新文学使用的是白话文，但许多作家的语言与中国古典白话小说的语言、与中国普通读者习惯的语言有相当的距离，这也是新文学直到延安的大众化时期力图要解决而并未完全克服的一个问题。新文学语言的欧化倾向主要表现在三个方面：一是句式较长，多为散文句法；二是句子中修饰语层次较多；三是口语受西方表达习惯的影响较大，而较少中国古代文言的痕迹。张爱玲的小说语言则表现出许多与此不同的特征。首先张爱玲的小说语言以短句居多，而句中各分句亦错落有致，既显示出语言中骈文的规整，又体现了语言表达的灵活自如，使得句式变化多端，读来有舒有缓，颇有美感。其次，张爱玲小说中的句子简洁凝练，修饰语相对较少。最后，在她的小说中，中国古典小说的影响较明显，她能很自然地化用古语古意，使这些具有生命力的语言在自己的小说中复活，成为小说有机的组成部分，使小说具有一种独特的韵味，表现出一种典雅、含蓄、雍容的气质。如在《红玫瑰与白玫瑰》这篇小说的开头部分的语言就明显具有这种特点。“振保的生命里有两个女人，他说的一个是他的白玫瑰，一个是他的红玫瑰。一个是圣洁的妻，一个是热烈的情妇——普通人向来是这样把节烈两个字分开来讲的。”在这段文字中，多处表现了富有古代散文特点的骈散结合的特点。在散句中加入了“一个是他的白玫瑰，一个是他的红玫瑰”“一个是圣洁的妻，一个是热烈的情妇”这样不太严格对仗却十分整齐的句子。这种骈散结合的语言表述，使张爱玲的小说读起来别有韵味。对于古语古意的化用，在张爱玲的文字中也有突出的表现。如《红玫瑰与白玫瑰》中“节烈”一词被作者巧妙地作了拆分化用。“节”“烈”一般都是用来指封建时代对妇女的道德操守提出的要求，而在这里却用来指女性的性格“圣洁”与“热烈”。读着这样的文字，其背后所隐含的传统文化的意义跃然纸上，使人回味无穷。

2. 对“传奇”的改造

张爱玲将自己的第一本小说集命名为《传奇》，显示了她对古代小说传统自觉的继承和对普通大众阅读习惯的亲近。

如果说沈从文以“传奇”的眼光观察他的湘西世界，创作出更贴近唐传奇的传奇小说的话，那么张爱玲的小说则更接近走向世俗化、生活化、言情化，以普通人、小人物为描写对象的“世情传奇”的传统，即以“三言二拍”、《金瓶梅》、《红楼梦》为代表的“人情小说”传统。但张爱玲眼中的“传奇”又是她基于对世事和人生的思考而创造的一种独特的“文体”，是经过她改造的“传奇”。在《传奇》的扉页上印有两句题词：“此书叫传奇，目的是在传奇里寻找普通人，在普通人里寻找传奇。”张爱玲将《传奇》中的人物定位在普通人，要在日常平凡生活的描写中达到“奇”的效果，即“常中见奇”。收入《传奇》的15篇小说是“为上海人写了一本香港传奇”，是“试着用上海人的观点来察看香港”，“用意”是写出“上海人心目中的浪漫气息的香港”。在她的眼里，“上海人是传统的中国人加上近代高压生活的磨炼”，与香港人的差异到处可见，甚至仅从日常生活中对于汉字的“理解”就可以看到不同的“历史感”和“文化感”。因此，张爱玲带着所谓“传统的中国人”的自我认同，所力求发现和表现的，是一种相对于上海文化“经验常识系统之外”的新异的领域和人物，讲述的是一个个对于沪上读者来说带有异国情调的“陌生化”的故事。此为“奇”，与传统的“好意作奇”相通。

在《倾城之恋》中，生存受到威胁的白流苏渴求的是婚姻、是安稳的生活和经济依靠，而范柳原只想把流苏当作自己的情人。正是令人震惊恐惧的偶发战争成全了流苏，两个人终成眷属。战争的到来是出人意料的，也是不合逻辑理性的，作者这样处理正说明了她对人生的某种态度，即世事难测之感。而在《沉香屑·第一炉香》中葛薇龙的命运则在不知不觉中滑向了自我追求的反面。葛薇龙的堕落是从华丽衣服对她的诱惑开始的。虽然她看着那些华美而齐全的衣服想到了“这跟长三堂子里买进一个人，有什么分别”，敏感地意识到自己的地位与妓女极为相似，但她还是经不住女人的虚荣天性和潜意识的作祟，在梦中一件件地试穿衣服，自我欣赏。终于，她一步步陷入了“整天忙着，不是替乔琪乔弄钱，就是替梁太太弄人”的不是妓女胜似妓女的境地，完全堕落了。葛薇龙的理智无法战胜自己人性的弱点，虚荣与贪婪吞噬了这个原本积极向上的青春少女。在张爱玲的笔下，这种生存状态的传奇性是一种普遍的存在，她笔下许多人物的命运都受到它的影响。如《沉香屑·第二炉香》中的罗杰，带着美好的渴望走进了婚姻的殿堂，这本是再平常不过的人生事件，而他却因遇到“性无知”的愫细，最终以自杀来摆脱纠缠不清的人生痛苦。这些人物都失控一般被种种看不见的力量所支配，经历着人生的悲欢离合、酸甜苦辣。这正是西方现代哲学中非理性的思想在人物命运上的折射，也是作者从普通人身上寻觅到的“传奇”。

张爱玲笔下制造出这“怪怪奇奇”之效果的既非神魔鬼怪，也非英雄侠客，而是普通人，生活在光怪陆离的现代都市中的普通人依然可以上演一幕幕“新传奇”，张爱玲的《传奇》关注的就是现代都市的普通人。在回应傅雷（迅雨）对她小说题材的批评的文章中，她说：“我发现弄文学的人向来是注重人生飞扬的一面，而忽视人生安稳的一面。其实，后者正是前者的底子……而人生安稳的一面则有着永恒的意味……文学史上素朴地歌咏人生的安稳的作品很少，倒是强调人生飞扬的作品多，但好的作品，还是在于它是以人生的安稳做底子来描写人生的飞扬的。”[①] 注重“人生飞扬的一面”的文学，属于时代历史的“宏大”叙事，这在“五四”以来差不多可以算是一种主流叙事。但这并不为张爱玲所注重，她所注重的是人生“有着永恒的意味”的“安稳的一面”，即人生的“底子”，注重表现与“飞扬”对立的“和谐”、“素朴地歌咏人生的安稳”的文学。“实际的人生”对于张爱玲而言，不仅仅是一种生活的状态，而且是一种生命的“警示”，是她要“设法除去一般知书识字的人咬文嚼字的积习，从柴米油盐、肥皂、水与太阳之中去找寻实际的人生”。[②] 正是因为这种对现实人生的真切关注，张爱玲才有意识地选择了“英雄”的对面——“不彻底的人物”，他们在一个“影子似的沉没”的时代里，在“回忆与现实之间”的“尴尬的不和谐”中，感受着被抛弃的恐怖和人生“郑重而轻微的骚动，认真而未有名目的斗争”，而人生的本质便成为种种甚至“荒唐”的“奇异的感觉”。这不是一个时代的伟大的“悲壮”的完成，而是承载了这时代的“广大的负荷者”的日常生活中所体现出的“苍凉的启示”——于是，因在物质细节上的

① 张爱玲：《自己的文章》，见《张爱玲散文全编》，浙江文艺出版社 1992 年版，第 112-113 页。
② 张爱玲：《必也正名乎》，见《张爱玲散文全编》，浙江文艺出版社 1992 年版，第 46-47 页。

更加“真实”，对所谓时代、文明、前途的虚无与绝望，反倒成为一种“主题永远悲观”的“常”中之“奇”。

作家对一种文体的选择、偏爱和改造，表面上看似乎纯粹是形式问题，其实与作家的生活经历、阅读兴趣、人生感悟相关。正如格非对小说的“复调结构”的理解：它“不仅仅是一个单纯的叙事学上的方式技巧，它还涉及作家对待生活的基本态度，对生活的理解和形而上的把握。”① “传奇”的文体形式正是张爱玲寻找的叙述生活的最合适方式，这种生活以特有的面貌展现在张爱玲的眼前。西方“现代文明”的涌入，颠覆着东方古老的腐败的封建生活方式与封建文化，这就是20世纪40年代沪港“洋场社会”生活的最基本的真实。社会心理处于大转型中，原有的文化体系在瓦解更新的同时呈现出一派怪异荒诞的面目——现代性和封建性、西方观念和东方伦常、都市精神和乡村情调并存。一切固有的价值观念和伦理准则都失去了应有的合法性，人们不得不用冷静的眼光重新寻找在生活中的位置及其之间的关系。张爱玲生长在这样的环境氛围中，自觉不自觉地把历史转型期特定的文化没落与文化新生的冲突和消长，经由自己的文学感悟，最终凝炼成艺术化的人生体验。

3.《红楼梦》——痴迷与继承

前文提及，夏志清认为，张爱玲受中国旧小说的影响，她的文章里有不少中国旧小说的痕迹。② 在中国旧小说中，张爱玲最喜欢、对她影响最大的当属《红楼梦》。张爱玲的一生，对《红楼梦》的喜爱可以说到了痴迷的程度。她八岁时就开始读《红楼梦》《西游记》《七侠五义》等古典小说。十四岁就创作了章回小说《摩登红楼梦》。定居美国后，张爱玲的大部分时间用来研究《红楼梦》和翻译《海上花列传》两本书，并写、译有《红楼梦魇》《海上花开》《海上花落》等著作。她在《红楼梦魇》一书的序中写道：“这两部书在我是一切的源泉，尤其是《红

① 格非：《小说叙事研究》，清华大学出版社 2002 年版，第 77 页。
② 夏志清：《中国现代小说史》，复旦大学出版社 2005 年版，第 260 页。

楼梦》。《红楼梦》遗稿有‘五六稿’被借阅者遗失，我一直恨不得坐时间机器飞了去，到那家人家去找出来抢回来。”[①] 从这话中，足见她对《红楼梦》的喜欢。可以说，张爱玲在思想与创作方面，都和《红楼梦》有着血脉相连的内在渊源。没有哪一部著作能像《红楼梦》这样，给她以如此全面、深刻而又微妙的影响；也很少有作家能像她一样，简直就把《红楼梦》的精神融化进了自己的灵魂和笔墨中。从《传奇》中，我们可以清晰地感受到张爱玲的“苍凉”人生感悟、对世情生活的精细摹写以及具体的艺术方法等方面与《红楼梦》的传承关系。

曹雪芹以一种中国文学史上少有的彻底的深刻的悲剧精神创作出《红楼梦》，在书中营造了“千红一窟（哭），万艳同杯（悲）”“落了片白茫茫大地真干净”这样浓厚的悲剧气氛。曹雪芹不曾给习惯于大团圆的中国人一点点“由困而亨”的安慰和满足。他以人生的严酷、历史的无情、人间美的被毁灭，强烈地震荡着读者怜悯、惋惜、惊异、激愤种种复杂的情感，让读者体验到悲剧的审美感受。张爱玲发扬了自曹雪芹创新的悲剧传统。她眼中笔下的人生，永远是万盏灯火的晚上，胡琴“拉过来又拉过去，说不尽的苍凉的故事”，这是悲剧精神的一脉相承，也是文化人格的相同建构。悲剧观念成为《红楼梦》与张爱玲创作的共同精神内核。张爱玲与曹雪芹都有显赫家族走向破败的经历，同有“末世”之感。而张爱玲更多了一个生于“乱世”、幼年几乎被弃的痛苦回忆，这也使她在创作《传奇》的年轻时期就相当完整地领会了《红楼梦》的深沉的悲剧意蕴，时刻感受到“惘惘的威胁”。因此，张爱玲小说的情节，永远是发生于败落之家或者是颓败人生当中的无可挽回的失望与失败。人物则永远是那些挣扎于金钱、情欲、世态之中“比例不对”的、过了时的现代人。主题则总是普通人无力主宰自我、主宰命运的生存的悲哀。一场又一场不折不扣的梦魇，只仿佛是张爱玲用现时代人的故事在“翻译”曹雪芹的“到头一梦”的悲剧故事，印证着人生永恒的悲剧意味。

作为一部世情与言情小说，《红楼梦》摹写“家庭闺阁中一饮一食”

① 张爱玲：《红楼梦魇》，哈尔滨出版社 2003 年版，第 4 页。

和普通人的喜怒哀乐，充满极其逼真细腻的生活临场感。这样一部取材于日常生活的小说，被认为是代表了中国小说最高创作水准的旷世经典。鲁迅对《红楼梦》的世情书写有很准确的评价："至于说到《红楼梦》的价值，可是在中国底小说中实在是不可多得的。其要点在敢于如实描写，并无讳饰，和从前的小说叙好人完全是好的，坏人完全是坏的，大不相同，所以其中所叙的人物，都是真的人物。总之自有《红楼梦》出来以后，传统的思想和写法都打破了。"[①] 张爱玲真正继承和发扬了《红楼梦》的言情传统。她认为，《红楼梦》的好处之一，就在于"它是第一部以爱情为主题的长篇小说，而我们是一个爱情荒芜的国家，它空前绝后的成功不会完全与这无关。"[②] 她自己也"甚至只是写些男女间的小事情"。婚姻恋爱，几乎是她全部小说的内容之所在。小说集《传奇》里的故事，都紧紧扣在男女之间发展：白流苏与范柳原的试探、回旋、斗法，终于在战争的强力挤压之下，有了点相依为命的真情（《倾城之恋》）；葛薇龙在和乔棋乔的交往之中，一步步地沦陷，无奈又堕落地搅在了一起（《沉香屑·第一炉香》）；小寒和她的父亲，竟几乎快走入了乱伦的泥淖（《心经》）。张爱玲对人生有独特的理解：男女之情乃人之大欲，作为生命过程的重大现象，其本身就负载着深刻的人性内涵，揭示着人生真谛，因此，无须任何附加的理念就已经具备了充当小说主体的资格。张爱玲的小说着力表现的，正是这普通生活中的平常男女之情。男女主人公之间的感应、摩擦、摸索、闪躲，无一不得到细致入微的刻画，并成为故事的主干。对男女之情的正面铺陈和对爱情本质的探究，是张爱玲对《红楼梦》开创的"言情"传统的直接继承。

在具体的艺术方法上，张爱玲也从《红楼梦》继承借鉴了诸多技巧。在情节安排与人物性格的塑造方面，《红楼梦》的主要艺术成就之一是情节的曲折多变、摇曳多姿，但情节又不仅仅停留在故事层面，而是与人物性格命运经纬交织地扭结在一起：人物思想性格的冲突构成情节的动因，而情节的发展变化又展现出人物性格的多面性，画出命运的轨迹，

① 鲁迅：《中国的小说的历史的变迁》。

② 张爱玲：《国语本〈海上花〉译后记》，见《张爱玲散文全编》，浙江文艺出版社 1992 年版，第 471 页。

共同阐发小说的主题意蕴。张爱玲的小说承接了《红楼梦》的技法，与刻意淡化情节、削弱情节性因素的大多数“五四”以来的小说家不同，她特别喜欢编织情节以显示她的人生态度，有些情节极为离奇神秘，浮现出人物心理的变态——这是张爱玲最擅长写的一类小说。如《金锁记》《沉香屑·第一炉香》《沉香屑·第二炉香》《茉莉香片》《心经》等；有些情节则是“近乎无事的悲哀”，如《封锁》《桂花蒸阿小悲秋》《年青的时候》等。性格与情节交融在一起，步步紧逼着人物命运朝着无可更移的方向细致而硬性地移进，拧成一股“只能如此”的扣人心弦的力量。在细节方面，张爱玲小说继承了《红楼梦》对封建贵族大家庭日常生活的精细描绘：自老太太、儿孙到仆人组成的金字塔般的家庭结构，声势浩大威严有序的习俗，众人举手投足顾盼笑骂的情态，尤其是那色彩斑斓、款式别致、花样翻新的服饰以及华贵铺张、琳琅满目的饮食。《沉香屑·第一炉香》的故事虽然发生在20世纪40年代的香港，然而富孀梁太太却“留住了满清末年的淫逸空气”，她手下的丫环“还是《红楼梦》时代的丫环的打扮”。夏志清这样评价张爱玲的细节描写：“至少她的女角所穿的衣服，差不多每个人都经她详细描写。自从《红楼梦》以来，中国小说恐怕还没有一部对闺阁下过这样一番写实的功夫。”[①]

如本文开头所言，现代文学史上的张爱玲是一个“另类”，她与新文学传统保持距离，自觉承续中国古代小说传统。比较张爱玲与一般新文学作家对待旧小说传统的态度，会发现她对这份遗产的反应最为自觉、最为积极，与这一传统最为“不隔”。例如，鲁迅先生精研中国小说史，但他却很少在精神层面接受旧小说的影响，更多在艺术层面（如白描手法）接受它们的影响。由于古代小说的精神与现代的启蒙、救亡主旨相去甚远，一般的新文化人常视它为落后的东西，并与之保持距离。张爱玲则承接了传统小说的精神，并在一定程度上激活了这一传统，这是她对现代小说的最大贡献。但是，张爱玲也受到这一传统的制约，她有意识地与新文化传统保持距离，虽然，这使她与实际人生更加贴切，却限制了她的视野。终其一生，张爱玲没有写出巨作，仅留下《传奇》一集

① 夏志清：《中国现代小说史》，复旦大学出版社2005年版，第259页。

中几篇优秀作品，后续之作明显地呈现出下滑之势，不仅再也没有超过《传奇》的水平，而且大多难免俗艳煽情之弊，甚至不无堕入低俗者，如《连环套》《殷宝瀚送花楼会》之类，张爱玲的背向时代、反观传统的态度就是一个很重要的原因。同时，传统小说精神也影响了她的发展，使之止于世情虚无的发现，不能更深一步，像鲁迅那样反抗虚无，反抗绝望，不断走向精神的升华。对世情的虚无发现，既是她的起点，也是她的终点。世情小说起于《金瓶梅》，《红楼梦》达到了世情小说的巅峰。从世情小说发展的线索看，后世的同类型小说既培养了中国古代读者的阅读习惯，也使这一类型的小说落入才子佳人、大团圆的俗套。张爱玲发现了这类小说的种种缺憾，所以她特别欣赏《红楼梦》那样既通俗又高雅的艺术，企图以《红楼梦》为典范，既努力"通俗"到"完全贴近大众的心，甚至于就像从他们心里生长出来"[①] 一样表现大众的趣味，同时又努力使之成为"高等的艺术"。但是，比较地看，《传奇》中的《金锁记》等篇虽然达到了化小俗为小雅的境界，但离大俗大雅的《红楼梦》还远得很。张爱玲留给后人遗产的同时，也留下了缺憾，其中的原委，值得思索。

① 张爱玲：《我看苏青》，见《张爱玲散文全编》，浙江文艺出版社 1992 年版，第 257 页。

三

萧红的《呼兰河传》

一个作家在文学史上的地位最终必须靠作品在那个时期的创新和突破的程度、靠作品的可阐释性来决定。对于萧红来说，经过七八十年的风雨洗礼，其成名作品《生死场》，特别是长篇小说《呼兰河传》依然具有巨大的艺术魅力。海外最早研究萧红的学者葛浩文在20世纪70年代出版的《萧红评传》的结尾曾这样评价萧红：现在还难于对萧红的文学历史地位下一个“放之于四海而皆准的断语”，但至少可以说，她留下了传世佳作，并且因其“历久常新的内容及文采，终究会使她跻身于中国文坛巨匠之林。”[①] 夏志清在他的《〈中国现代小说史〉大陆版新序》中承认“系统地读了萧红的作品，真认为我书里未把《生死场》《呼兰河传》加以评论，实在是最不可宽恕的疏忽”。[②] 在现代作家中，萧红卓尔不群，她属于那种很有特色的个性作家。在不到十年的文学历程中，萧红创作了近百万字作品，她深邃的思想，穿透了漫长的世纪，连接着人类的未来；她的创作个性鲜明、艺术风格独特，尤其是为中国现代文学史贡献了《生死场》和《呼兰河传》这样不可重复的珍贵文本。

当然，讨论萧红与中国传统小说的关系这一话题似乎给人以牵强之

① 葛浩文：《萧红评传》，复旦大学出版社2011年版。
② 夏志清：《中国现代小说史》（中译本序），复旦大学出版社2005年版，第16页。

感。确实，与张爱玲、沈从文不同，萧红几乎可以说是由“五四”文学传统抚养长大。先不论萧红在现代文学史上到底处于什么地位，以下两个事实，即可说明萧红与“五四”新文学的密切关系。一是 20 世纪 30 年代萧红与萧军、端木蕻良、舒群、骆宾基、罗烽、白朗等从东北流亡到关内的文学青年一同被称为“东北作家群”。他们在作品中反映了处于日寇铁蹄下的东北人民的悲惨遭遇，表达了对侵略者的仇恨、对父老乡亲的怀念及早日收回国土的强烈愿望。他们的作品首开抗日文学的先河，在各种版本的现代文学史中屡被提及。二是萧红的成名作《生死场》是 30 年代鲁迅主编的三本“奴隶丛书”之一，鲁迅亲自为《生死场》作序，当时著名的左翼文学理论家胡风为其写下《读后记》。鲁迅充分肯定了小说的艺术成就，从《生死场》中，“看见了抗日前期的哈尔滨。这自然还不过是略图，叙事和写景，胜于人物的描写，然而北方人民的对于生的坚强，对于死的挣扎，却往往已经力透纸背；女性作者的细致的观察和越轨的笔致，又增加了不少明丽和新鲜。”小说所描写的北方农村农民的生与死，某种意义上延续了鲁迅开创的对中国农民命运的关注。胡风则从左翼文学的“救亡”主题出发，认为《生死场》既写出了中国农民“蚁子似地生活着，糊糊涂涂的生殖，乱七八糟的死亡，用自己的血汗自己的生命肥沃了大地，种出食粮，养出畜类，勤勤苦苦地蠕动在自然的暴君和两只脚的暴君的威力下面。”也写出了东北沦陷之后，奴隶的反抗：“这写的只是哈尔滨附近的一个偏僻的村庄，而且是觉醒的最初的阶段，然而这里面是真实的受难的中国农民，是真实的野生的奋起。它‘显示着中国的一份和全部，现在和未来，死路与活路’(鲁迅序《八月的乡村》语)。”可以说，正是有新文学主将鲁迅的提携，萧红才得以被 30 年代的文坛和新文学界所认可，而萧红也一直视鲁迅为精神导师，自觉地继承鲁迅的文学遗产。[①]

《呼兰河传》一直以来被看作是萧红的代表作品。1938 年萧红在武汉开始小说的写作，1940 年在香港完成并在香港《星岛日报》连载。

① 萧红纪念鲁迅的散文《回忆鲁迅先生》，真实记录了作者与鲁迅先生交往的点点滴滴，展示了生活中的鲁迅、平易近人的鲁迅。此文也是现代文学中回忆性散文的名作。

1941 年由上海杂志图书公司出版，1942 年桂林松竹社再版，1947 年上海寰星书店出版，该版收有骆宾基的《萧红小传》和茅盾的《〈呼兰河传〉序》。而《呼兰河传》的初版时间正值抗战之际，由于小说的特定题材远离抗战，所以小说并未引起重视。1946 年，茅盾为《呼兰河传》写下一篇著名的序言。在序言中，茅盾肯定了小说的艺术创新，小说“还有些别的东西——一些比‘像’一部小说更为‘诱人’的东西：它是一篇叙事诗，一幅多彩的风土画，一串凄婉的歌谣。”同时，茅盾指出了作品远离 1940 年前后的大时代，在思想性方面存在的“弱点”：“作者写这些人物的梦魇似的生活时给人们以这样一个印象：除了因为愚昧保守而自食其果，这些人物的生活原也悠然自得其乐，在这里，我们看不见封建的剥削和压迫，也看不见日本帝国主义那种血腥的侵略。而这两重的铁枷，在呼兰河人民生活的比重上，该也不会轻于他们自身的愚昧保守罢？”茅盾认为小说是寂寞的萧红的寂寞的作品。[①]此后，茅盾的“寂寞”论成为流行多年的“经典”。20 世纪 80 年代以来，学术界对既有的结论进行大胆的突破，研究视野涉及《呼兰河传》的多重寓意、《呼兰河传》中萧红对鲁迅精神的继承和突破、小说中的女性视域等。[②]

同时，我们也注意到，在这些研究中，对于萧红与中国古代文学、中国传统文化的关系，对《呼兰河传》与古代小说传统的关系少有涉及，部分涉及这些关系的研究也多把萧红置于“五四”新文学传统之中，强调的是萧红对中国古代小说传统的突破。但是，正如中国现代文学史的学科开创者之一王瑶先生所说：“中国现代文学是在学习和借鉴外国进步文学中发展成熟起来的。但是它同民族文化传统之间有着深刻的联系。现代文学中的外来影响是自觉追求的，而民族传统则是自然形成的。它的发展方向是使外来因素取得民族化的特点，并使民族传统与现代化相适应。历史说明，凡是在创作上取得显著成就并受到人民广泛欢迎的作家，他们的作品都不同程度地浸润着民族文化传统的滋养。”中国现代文学在内在的精神、文学的各种体裁上都与古典文学存在着深刻的联

① 茅盾：《论萧红的〈呼兰河传〉》，载《文艺生活》，1946 年第 12 期。

② 相关的研究进展和研究成果概述可参考陈思广的《〈呼兰河传〉接受 70 年：四种视阈与三个问题》，载《南京师范大学文学院学报》，2012 年第 2 期。

系。[①] 陈平原在《中国小说叙事模式的转变》中，分析了四种作用于20世纪初中国小说叙事模式转变的"力"，其中包括中国古典小说表现技巧的继承和传统文体之渗入小说。[②] 沿着王瑶和陈平原两位学者的思路，本节将从三个层次讨论《呼兰河传》与古典文学和古代小说传统的关系：《呼兰河传》对话本的借鉴；《呼兰河传》对古代小说"文备众体"的特征的创造性应用；对中国古典文学精神的吸收。

1. 对话本的借鉴

《呼兰河传》借鉴使用了中国古代话本[③] 的一些表现手法。

（1）变换叙事视角。大部分的宋元话本中，采用较多的是全知视角的叙事方式，叙述者作为故事与听众间的媒介，在这一视角下，能比较轻松、顺利地把人物与事件交代清楚，对叙事有极大的支配和控制权，为叙事者提供了非常自由的空间。有时，宋元话本常常能够根据不同故事的类型采用不同的视角和情节安排，从而取得强烈的故事性、传奇性效果。如《西山一窟鬼》，采用主人公视角，以人物亲身经历叙述灵怪故事，可大大增强阅读的刺激效果。如《简帖和尚》在故事开始的时候先是讲述王氏收到简帖，但对简帖的来由并不说明，在结局出现之前叙述者暂时采用了限知视角，将淫僧捏造匿名情书的缘由隐藏起来，使听众心中留有悬疑，吸引其继续跟随叙述者探究。《呼兰河传》前两章基本采用全知全能的第三人称叙述视角，与叙述对象拉开了距离，使叙事者站在旁观者的立场看待叙述对象，这种"外聚焦"的旁观者眼光便于展开复杂的场景和自由地刻画、描写人物。第三章至尾声以第一人称代替第三人称，以限知视角代替全知视角。从第三章开始，萧红所写的是与她的童年经历相关的故事，其中融入了更多的萧红本人的情感体验。第一人称叙事更有利于萧红表达渗透着记忆与情感的内容及主观的情感本身。第一人称叙事者所具有的限知视角包含两种眼光，一种是经历者

① 王瑶：《中国现代文学与古典文学的历史联系》，载《北京大学学报》（哲学社会科学版），1986年第5期。
② 陈平原：《中国小说叙事模式的转变》，北京大学出版社2003年版，第146页。
③ 关于"话本"的特征见本书上编第六节的相关介绍。

的眼光，在小说中表现为孩童“我”的视角；另一种是追忆者的眼光，在小说中表现为成人“我”的视角。在第一人称叙事者叙述与“我”有关的故事时，可根据表达的需要自由地在这两种视角中进行转换，运用这两种视角来折射不同的内容，表达不同的情感。

（2）时空交替的结构。话本一般使用单一的线性叙述，按照时间的先后顺序组织安排情节。但是“入话”则体现出话本小说的空间关联。“入话”是指话本小说“在篇首的诗（或者词）或连用几首诗词之后，加以解释，然后引入正话的，叫做‘入话’”。[①] 入话是话本的重要组成部分，它凭借和正话（即正文）有着某一点的联系，比如故事发生的地理空间一致性，来导入本事，起到穿针引线的作用。例如，说话人在正话开始之前，先从正话故事发生地点，比如从临安讲起，讲了几个在临安发生的故事，然后才进入正话，这时临安便成为连接入话与正话的“桥梁”。因此，地理空间的一致性组织了话本小说的材料，这一文体特点为后来小说所效仿。《呼兰河传》全书七章可分为三部分，包括描写呼兰河城的风俗习惯和人文观念、童年时光的回忆、小城人的生活。这三部分表面看来没有贯穿始终的情节或者时间来串联，而实际上作者摒弃了线性时间的顺序，以空间的方式组织安排情节。小说虽然表面上看来分散，但都是围绕在“呼兰河城”这一特定的空间横向或纵向地发展。全篇从呼兰河“就是这样的小城”开始，从空间方位的布局描写到将观察和思考的触角深入到精神生活空间。作者将看似孤立的一个个空间单元结构在一起，比如前两章的东二道街的大泥坑、王寡妇、大染坊、扎彩铺，到小城人的精神生活跳大神、放河灯、野台子戏、娘娘庙大会这一场景的转换，让读者在萧红冷漠叙事的同时，感受到呼兰河城的生命存在形态和方式。

（3）使用套语。话本小说作为“说话”这一民间伎艺的底本，是以说话人口头的讲述与听众来交流沟通的，话本小说的一大特色是套语的使用，主要起引导读者阅读的作用。例如有转换情节的套语“话说”“却说”“再说”“话分两头”，引入韵文的套语“正是”“便是”“但见”“有

① 胡士莹：《话本小说概论》，中华书局 1980 年版，第 136 页。

诗为证”“怎见得”“正所谓”等。这一类套语的使用明显带有口语化的色彩，是自唐代以来说唱类艺术逐渐程式化的标志。说话艺术形式上以说为主，再加上唱或者诵，它的传播者和接受者主要都是市民，因此在“说—听”的传播过程当中，诸如“再说”一类的词有利于引导听众的思维并唤起记忆。在说的过程当中，说话者或因故事情节的发展或受听众的影响，容易形成话语流，当听者表示出极浓烈的兴趣时，说话人往往会按照听者所希望的继续讲下去，即使有时候偏离主题或是内容明显夸张，说话者也会一吐为快。而话语流过去之后，说话人不得不使用“再说”一类的词重新引导听众进入故事发展的进程，因此这一类套语的使用几乎出现在每一篇话本小说里，成为其显著特征。《呼兰河传》明显带有话本小说的这一特色，据统计，《呼兰河传》里出现的套语大致有“据说”“再说”“先说”“后来又听说”“有一回”等。其中使用“再说”一词的频率有十多次，主要集中在前一至五章，而其他词语的使用也遍布于各个不同的章节。这样的套语体现出了作者写作的自由性、随意性，使小说呈现出浓厚的口语化以及话本小说话语流的特色。

2.“文备众体”的特征

《呼兰河传》是萧红在短暂的文学生涯中留给世人的一部杰作，在现代文学史和现代小说史上都占有一席之地。但是从问世之初至今70多年，小说始终伴随着争论，小说的文体特征是最早引起人们关注的问题之一。

《呼兰河传》刚出版，谷虹就认为：“与其说这是一部长篇的小说，倒不如说是连载的散文更来得恰当些，因为它是由七篇可以各自独立的，而又是有连贯性的散文所组成的，末后再由作者加上一个‘尾声’，作为总结。”[①] 麦青也愿将其看作是诗化散文。[②] 影响最大的当然还是茅盾1946年为《呼兰河传》写的“序言”中对小说的文体特征的评价：“也

① 谷虹：《呼兰河传》，载《现代文艺》，1941年第1期。
② 麦青：《萧红的〈呼兰河传〉》，载《青年文艺》，1942年第2期。

许有人会觉得《呼兰河传》不是一部小说。他们也许会这样说：没有贯穿全书的线索，故事和人物都是零零碎碎，都是片段的，不是整个的有机体。也许又有人觉得《呼兰河传》好像自传，却又不完全像自传。但是我觉得正因其不完全像自传，所以更好，更有意义。”[①] 循着茅盾的思路，现代的研究者大体确立了《呼兰河传》的“诗化小说”或“抒情小说”文体特征。如葛浩文视其为萧红“回忆式”文体的“巅峰之作”；德国汉学家顾彬认为，从西方的观点来看，40年代中国文坛对萧红《呼兰河传》不是小说的指责并不成立；杨义称萧红是“诗之小说作家”。时至今日，在《呼兰河传》的研究中，小说的文体风格、形式探索一直是关注的焦点之一。如杨迎平认为，萧红的《呼兰河传》不像小说，它吸收诗、戏剧、散文的一些长处，甚至还具有电影化特征，可谓融汇各种文体艺术。《呼兰河传》综合运用了戏剧艺术的讽刺批判、散文艺术的怀念倾诉、诗歌艺术的吟唱咏叹和电影艺术的影像书写。[②]吴玉杰则从20世纪西方的跨文体写作角度研究《呼兰河传》，认为萧红的跨文体写作打破了传统小说学的限制，融合多种文体与非文学因素，注重场景的象征性铆接、风俗的审美性表现和氛围的艺术性营造，开创了现代小说诗学的新路向，创造了小说的新形式，促进了小说的现代化进程。[③]

独特的文体风格是《呼兰河传》的诸多艺术成就之组成部分，但在论及《呼兰河传》的文体独特性的原因时，论者大都把萧红归入鲁迅之后新文学中郁达夫、废名、艾芜、沈从文、孙犁等一批抒情体小说作者的行列[④]，认为他们是沿着“五四”开创的新文学传统，是对“传统小说”的突破。[⑤] 其实，将萧红在《呼兰河传》中创造的艺术成就归结于对“传统小说”的突破并不准确。有的论者在使用“传统小说”概念时不够严密，似乎指的是中国古代小说传统，但又以人物、情节、环境三要素概

---

① 茅盾：《论萧红的〈呼兰河传〉》，载《文艺生活》，1946年第12期。

② 杨迎平：《〈呼兰河传〉：融汇各种文体艺术的奇文》，载《山东师范大学学报》（人文社会科学版），2016年第1期。

③ 吴玉杰：《现代小说诗学的开创：萧红的跨文体写作》，载《辽宁大学学报》（哲学社会科学版），2011年第5期。

④ 王瑶：《中国现代文学与古典文学的历史联系》，载《北京大学学报》（哲学社会科学版），1986年第5期。

⑤ 相关的研究见吴玉杰的《现代小说诗学的开创：萧红的跨文体写作》，载《辽宁大学学报》（哲学社会科学版），2011年第5期，余玲玲的《萧红对传统的突围——试析〈呼兰河传〉的艺术性》，载《零陵师范高等专科学校学报》，2002年第3期。

括传统小说的特征，实际上，小说的这些特征是“五四”之后新文学借鉴学习西方小说理论的结果，这一小说理论就是恩格斯所推崇的巴尔扎克、福楼拜等建立的19世纪现实主义小说传统：人物是小说的中心，要求小说有相对完整的情节和典型环境描写，为塑造典型人物服务。萧红是一位具有创新意识和自觉的文体意识的作家，她在不止一个场合表达过对小说独特文体的追求。她说：“有一种小说学，小说有一定的写法，一定要具备某几种东西，一定写得像巴尔扎克或契诃夫的作品那样。我不相信这一套，有各式各样的作者，有各式各样的小说。”①因此，我们可以说，萧红的《呼兰河传》既有对以情节为结构中心的某一类中国古代小说传统的突破，也有对“五四”新文学通过学习西方近代小说观念而形成的以人物为中心的小说传统的突破。同时，萧红《呼兰河传》的独特文体又可归入中国现代文学史上的一个支流——抒情小说传统。抒情小说“明显地融入诗歌、散文因素，具有鲜明的艺术意境，偏重于表现人的情感美、道德美，弥漫着较浓郁的浪漫主义氛围。”② 中国抒情小说发轫于“五四”时期，是中国古代抒情传统和西方现代小说观念合力孕育的小说风格，有着多元的美学价值。可以说，《呼兰河传》具有多种文体综合的特征。有鉴于此，我们不妨从“文备众体”的角度探究《呼兰河传》中对古代小说文体的创造性应用。

“文备众体”一说由南宋赵彦卫在《云麓漫钞》中论及唐人小说时提出：“唐之举人，先藉当世显人，以姓名达之，然后以所业投献，逾数日又投，谓之温卷，如《幽怪录》《传奇》等皆是也。盖此等文备众体，可见史才、诗笔、议论。”③ 他认为唐人小说乃是因唐世举人“温卷”之用而产生，不免偏颇，但认为唐人小说“文备众体”，则又相当精辟地概括出了唐人小说在艺术上的基本特征，并认为由此可以窥见作者的“史才、诗笔、议论”才华。“文备众体”的艺术体制是古代小说发展到一定阶段的产物，它不仅成为传奇作为小说类型之一的重要标志，同时也成为此后小说艺术发展过程中的一条重要规律。文言小说如此，白

① 聂绀弩：《回忆我和萧红的一次谈话——序〈萧红选集〉》，载《新文学史料》，1981年第1期。
② 凌宇：《中国现代抒情小说的发展轨迹及其人生内容的审美选择》，载《中国现代文学研究丛刊》，1983年第2期。
③ 赵彦卫：《云麓漫钞》，中华书局1996年版，第138页。

话小说亦是如此。明清时期的文人小说莫不在小说中穿插使用诗、词、曲、赋等其他各体文字。即使是“五四”小说在外在形态上虽然与旧文学相去甚远，但传统的影响实在是不容忽视的。[①] 在萧红的颇具独创性的《呼兰河传》中，我们依稀可以看到中国传统小说“文备众体”的特征，当然是改造后的“史才、诗笔、议论”。

史才。“史才”主要指叙事能力，司马迁在《史记》中用多种笔法记载了历史上各个阶层的、性格各异的形象，不但表现了作者的高度概括力和卓越的见识，也开创了纪传体史学与文学，为小说中的人物塑造提供了良好的借鉴。史传在塑造人物性格方面积累了丰富的经验，形成了多种技法，也为小说家所吸收。因此，古人谈小说，没有不宗《史记》的。对此，陈平原有如下总结：“‘史传’之影响中国小说，大体上表现为补正史之阙的写作目的，实录的春秋笔法，以及纪传体的叙事技巧。”[②] 再者，从文体的地位看，“史传”在中国古代仅次于“经”，而小说的地位则低得多，在“四库”的目录编撰中，也只有文言小说才可编入“集部”，被称为“稗史”“史余”。按照中国古代文体互渗的规律，地位低的小说分享地位高的史传的某些要素，可以提高小说的地位。

萧红在《呼兰河传》中借用了“传体”的外在形式，只不过小说的“传主”不是某一个人，而是一个叫作“呼兰河”的小城。早在1976年，美国学者葛浩文在他的《萧红评传》中就精辟指出：“我们仔细分析的结果，这小说是整个呼兰县城的写照，呼兰县城才是全书的主角。”杨义也指出，《呼兰河传》“是作家为自己生于斯、长于斯的呼兰河畔的乡镇作传的。”它不是为某个人作传，“而是为整个小城的人性风俗作传。”小说虽然没有一个贯穿始终的人物，却以“呼兰河”小城串起了生活在小城的团圆媳妇、冯歪嘴子、有二伯、祖父、童年的“我”等芸芸众生以及几乎超越时间而存在的民风民俗。恰恰是通过对传主的置换，为我们更好地展示了“沉寂”的中国北方农村全貌。

① 林荣松：《论五四小说“文备众体”的文体特色》，载《中州学刊》，1995年第4期。
② 陈平原：《中国小说叙事模式的转变》，北京大学出版社2003年版，第212页。

诗笔。宋陈师道在其《后山诗话》中言及范仲淹的《岳阳楼记》，说它“用对语说时景”的方法，是“传奇体”。当然，诗笔自然包括以骈体描写景物，但显然很不全面，更主要的还是指唐传奇的抒情性，用诗的手法写小说，从而形成了诗化小说。唐人小说诗意的产生，最为重要的方式就是叙事行文中诗歌的插入。有相当多的唐人小说插入了诗歌，而这些诗歌有许多具有很高的艺术水准，这与许多传奇的作者本人就是当时著名的诗人有关，如《莺莺传》作者元稹。唐传奇的这一诗笔特征在后世小说中得到充分的发挥，最典型的就是小说中穿插了诗词曲赋等各类文体，形成了中国古代小说独特的抒情传统，成为中国古代小说艺术形式上的一个鲜明特点，也是区别于西方小说的重要标志之一。“‘诗骚’之影响于中国小说，则主要体现在突出作家的主观情绪，于叙事中着重言志抒情；‘摛词布景，有翻空造微之趣’（《唐人小说序》）；结构上引大量诗词入小说。”[①]《呼兰河传》的抒情特征不是沿用传统小说诗词曲赋的穿插，而是通过小说的散文化达到抒情化效果。

萧红的小说散文化主要表现在结构章法上。在中国传统小说中，结构形式通常是以线性的时间关系和因果关系为线索来组织完整的故事情节。而萧红的《呼兰河传》没有完整的情节和贯穿始终的突出的人物形象，它主要是通过对某些生活片断的细腻描绘，来揭示事件的社会意义，表达作家的思想感情。这样，就使她的小说结构挥洒自如，呈现出非情节化、非戏剧化的散文特征。这种叙事作品散文化现象标志着萧红小说在结构方式上对时间性因果关系的忽略。一般的小说讲究故事情节，而萧红却有意淡化情节，不要故事性。即使有故事，但也很简单，甚至不要情节的完整性。情节有时并不具备独立的意义，它只是触发人物心理情绪，或是人物情绪抒发的凭借。《呼兰河传》被认为“不像小说”的一个主要特征是人物的塑造，这几乎是“五四”之后新文学学习西方小说理论而形成的小说“经典”。萧红却不大注重人物形象的塑造，她的小说里没有贯穿始终的突出的人物形象，也没有令人信服或惊讶的角色。萧红是一个注重情感体验的作家，她感知生活的方式是比较独特的。她

① 陈平原：《中国小说叙事模式的转变》，北京大学出版社 2003 年版，第 212 页。

往往被生活中一个场景、一个片断、一个瞬间所感动而体悟出生活的哲理，因此她常抓住生活中一个特定的点作横向的开掘。由于她这种独特的呈放射性的感觉思维方式，使她的小说没有紧紧围绕一个“中心”铺展开来，而采取了合乎自己情感意向和心理偏好的创作形式，淡化情节，淡化人物，体现出散文化、抒情诗化的特征。《呼兰河传》是这种文体最出色的体现，萧红充分运用了自己善于捕捉细节的特长，以女作家细腻、清新的笔调，把主观感情与书中的角色和景况有机地结合在一起，在小说的园地中最大限度地展示了一个才华横溢的散文家的才能，从而形成了抒情风格。

议论。在唐传奇中，“议论”是作者在故事讲述过程中的主观评论部分，一般处于故事的结尾，也有少数在故事的开头或情节的中间。议论的作用是对已叙的故事加以评述，对故事人物或褒或贬，力图从具体的形象描写中抽象出哲理来，明确表达作者的创作意旨。扬善抑恶是古代作家视作己任的崇高追求，小说形象的塑造和全文主旨的设计，无不以传统道德作标准。在古代小说中，第三人称全知叙述是最常见的一种叙述方式，这种叙述方式没有固定的视角，可以从任何角度进行叙事，更主要的是它可以介入人物的内心并掌握故事发生的全部过程，同时也赋予叙述者随时走出故事的进程对人物和事件进行说明或评论。这种议论有时可以获得一定的功能和意义，如升华事件的意义、将具体行为与社会道德规范相联系、控制情绪、概括意义，等等。然而，这种评论有时会沦于千篇一律的简单的道德说教，同时也会形成对叙述的干扰，使作品或显得生硬造作，或破坏了作品的逼真感。

萧红在《呼兰河传》里也使用了一部分议论，但是以隐性的议论出现。所谓隐性议论是叙述者以旁观者的身份通过其叙述眼光或表达方式对人物或事件暗暗地进行评论。小说中有一些评论是以叙述的方式表现的。如“总共这泥坑子施给当地居民的福利有两条：第一条……可使居民说长道短，得以消遣。第二条……可以使瘟猪变成淹猪，居民们买起肉来，第一经济，第二也不算什么不卫生”。又如“呼兰河的人们就是这样冬天来了就穿冬衣裳，夏天来了就穿单衣裳”。再如“这些盛举，都是为鬼而做的，并非为人而做的。跳大神有鬼，唱大戏是唱给龙王爷看的，七月十五放河灯，是把灯放给鬼……四月十八也是烧香磕头的祭鬼”等。叙述者对所描述的事件的评论表明了叙述者的立场，这与作家对笔下的生活的思考密切相关，但萧红在议论中表现了一定的“克制”，即表达了不得不说的态度，又尽量不干扰叙述的连贯性、剥夺读者对文本意义的解读权利。

3.《呼兰河传》中的古典文学精神

“五四”新文学的大多数作家从小受过系统的旧式教育，国学功底深厚，在他们投身文学事业时，他们其实没有真正离开民族文化传统，只是为了反封建主义，与旧文学划清界线，许多人不愿提及或没有明确意识到自己与传统文化的联系。正如陈平原的判断，“传统文学更多作为一种修养，一种趣味，一种眼光，化在（‘五四’一代）作家的整个文学活动中”。[①] 萧红虽没有接受过系统的旧式教育，但依然受传统文化的滋养。萧红的小说创作除了对古代小说传统的具体的借鉴之外，还从整个中国古典文学传统中汲取营养。

语言风格。与“五四”新文学语言风格的欧化现象形成明显的对比，萧红作品的语言别具一格，新颖清纯，自然简洁，深受中国古典散文的影响。中国古典散文的外在的形式表现是参差错落。萧红作品中语言最突出的一个表现也是参差错落：“清雪好像菲薄菲薄的玻璃似的，把人的脸，把人的衣服都给闪着光，人在清雪里边，就象在一张大的纱帐子里似的。而这纱帐子又都是些个玻璃末似的小东西组成的，它们会飞，会跑，会纷纷的下坠。”（《北中国》）这样自然又疏密有致的优美文字，在萧红的小说当中比比皆是，它们为萧红的作品增添了许多的诗情画意。语言的组织与诗意的情绪相对应，追求情致和情味，具有中国传统散文的美感。存在于萧红文字中的与传统文学的联系是化入文字中、不着形迹地透进整个艺术世界的。

① 陈平原：《中国小说叙事模式的转变》，北京大学出版社 2003 年版，第 142 页。

作品意蕴。萧红作品的诗情意蕴还经由轻快的节奏传达，尤其像《呼兰河传》《小城三月》这样散文似的小说，散漫地写来，如风行水上，一派自然。内在的韵律并不是什么平上去入、高下抑扬、强弱长短、宫商徵羽，也并不是什么双声迭韵、什么押在句子中的韵文，这些都是外在的韵律。内在的韵律便是情绪的自然消涨，这种节奏和内在的韵律在萧红的作品中随处可见，它往往表现为抒情主调的回旋和抒情意象的反复出现，不以任何有形的控制，追求消泯了外在形式痕迹的形式，以氛围情调为内在制约，具有传统文学特有的节奏与韵律感，体现出了与传统散文相似的审美理想。

意境创造。意境是中国古典美学中的一个重要范畴，萧红非常重视对意境的创造，其特定情感的抒发常常与适当的景、境相联系，使二者达到了完美融合的境界。在《生死场》中描写到王婆送老马上屠场的情景时："深秋秃叶的树，为了惨厉的风变，脱去了灵魂一般吹啸着。马行在前面，王婆随在后面，一步一步屠场近了；一步一步风声送着老马归去。"这里写出了在秋风瑟瑟、枯叶飘零的深秋时节，一个老妇为了生计，不得不将为她辛劳了一生的老马送往屠场，其间她对老马的那份依依不舍的情感和无可奈何的悲哀，在两个"一步一步"中表现得格外沉重与凄婉。这样的意境，是从萧红那双泛灵的眼光中折射出来的，引人伤怀的秋色，既体现了老妇的心境，又隐含了作者自身的人生体验——对生命中"老"与"病"的无可奈何。

诗意看世界。中国传统文化中有一种诗意的审美方式，萧红在她所生存的充满丑陋、苦难和罪恶世界中，"看"到了诗意的境界。诚然，萧红在对民间生存状态的描写中保持了她冷峻的观照态度，但是她仍是用古典审美的眼光看待这个世界，从苦难中看到了幸福、坚韧、宁静以至生命的真谛。作者表面上都是在写日常生活中的人和物，其实是在写作者个人的人生境界，写自己在纷繁尘世中的感悟。如《呼兰河传》中的磨倌冯歪嘴子，即是萧红塑造的一个渴望生命的形象。他勤劳质朴，性格单纯，而他的外貌则体现了美好愿望和丑恶现实之间的冲突。他希望能与王大姑娘过上平凡简单的生活，却因为违背了传统的婚姻道德，受尽邻人的揶揄和嘲弄，但他全不在意，直至在穷困潦倒中失去了妻子，他仍然没有改变对生活的执着态度。“当所有的人都认为冯歪嘴子没有理由，也没有能力活下去的时候，他自己好像活的还很有把握似的。”在这个人物身上，作者有意识地让他的语言、外貌、神态的可笑以及那不太美的名字与他质朴的心灵、善良的性格、执着的追求形成鲜明的对比，来表达对“生的坚强”者的肯定和赞许。也许他并不具有自觉的生命意识，但是，生命的尊严、顽强、坚韧与美丽却着实体现在他的身上。

四

赵树理的“大众化”小说

在中国的现代文学史上，“大众化”是赵树理的区别性标签。实际上，赵树理正是以文学“大众化”的探索汇入“五四”之后中国新文学的主流之中。作为一名农村出身的“农民作家”，赵树理的关注目光始终没有离开农村（确切地说是华北农村、晋东南的农村），而且也一直以农村基层工作者的身份在“表述”农村。中国现当代文学史中赵树理这一类型的作家有很多,但当历史在频繁地变换剧情之后,许多类似题材、类似写法的作品可能偶尔会成为文学史的一个例证，而赵树理却可以时常成为现当代文学研究的一个“话题”,一个具有学术研究价值的“范本”。

从 1943 年赵树理发表他的成名作《小二黑结婚》开始，赵树理在有生之年见证了来自主流意识形态对自己作品大起大落的评价；在他的身后，赵树理研究依然时常会作为某种新方法、新视野的试验场，或成为学术反思对象。[①] “因为赵树理曾经是一个时代。这个时代的鼎盛时期，是 40 年代的解放区，一直延续到全国解放的 50 年代前期，此后表面似乎式微，其实影响还牢固存在。甚至文革时期，乃至新时期也仍然有赵

① 赵树理研究的现状可参考王辉的《五十年来赵树理研究述评》（载《聊城师范学院学报》（哲学社会科学版），1999 年第 2 期）、胡艳琳的《六十年来赵树理研究综述》（载《天中学刊》，2004 年第 6 期）；近几年来，《中国社会科学》《文学评论》《文艺研究》等权威刊物时有关于赵树理的研究成果刊出。

树理文学思想模式的影响。”[①]

在研究者的关注中，赵树理的文学实践常常被赋予大众化、民族化、通俗化、民间性等特征，这些特征从不同的角度描述了赵树理的创作特点。但我们认为，赵树理最核心的特征是“大众化”。[②] 赵树理小说的“大众化”涉及彼此相关的两个问题：一是赵树理与“五四”新文学传统的关系；二是赵树理的“大众化”小说与中国古代小说传统的关系。

1. 赵树理与“五四”新文学传统

“五四”新文学传统是一个相当宽泛的概念，也是一个历史的话题。实际上，从 20 世纪 30 年代左联时期就有人提出，以后在 40 年代的解放区、新中国成立后，特别是 80 年代之后，“五四”新文学传统在现代文学界的不同话题中出现。详细梳理这一概念不是本节的重点，本节只从大众化的角度，分析赵树理与“五四”新文学传统的关系。

在自觉地以大众化为目标进行文学创作之前，赵树理明显地受到“五四”文学的影响，这一时间大约在 1934 年以前。赵树理的个人回忆文章和传记都显示赵树理受“五四”文学的影响。赵树理在长治四师读书时开始了解“五四”新文化运动，在这里他接触到了民主、自由、科学这些新鲜的概念，读到了鲁迅、郭沫若、郁达夫、蒋光慈的书，翻阅文学研究会、创造社、语丝社乃至狂飙社的刊物、作品。赵树理特别喜欢鲁迅的《阿 Q 正传》，并且还模仿“五四”新小说，写过《悔》与《白马的故事》两个短篇。赵树理自己在“文革”之初回忆道：“我在学生时代也曾学过‘五四’时期的语体文（书报语，不能做口头语用）和新诗（语言上属翻译诗），而且有一度深感兴趣，后来厌其做作太大，放弃了。”“我有意识地使通俗化为革命服务萌芽于 1934 年，其后一

① 郑波光：《赵树理文学时代的反思》，载《晋东南师范专科学校学报》，2001 年第 4 期。

② 文学的大众化是“五四”新文学乃至中国文学由传统向现代的转化过程中一个挥之不去的话题。从不同时期、不同历史境遇来看，文学大众化的动力应该是复杂的、多种多样的。但是文学大众化在现代中国存在、延续和发展的最根本的演化动力是现代性焦虑。将现代性作为一种一以贯之的视角来考量中国现代文学中各个历史阶段的大众化问题，就会发现，文学大众化伴随着中国社会现代性诉求的整个历程，是中国现代历史进程中政治运动、文化思想在文学中的投射，它几乎配合着每个历史时期社会变革的中心任务。

直坚持下来。”[①]因此，我们可以确定地说，赵树理受到“五四”新文学的影响，但是这种影响与我们讨论的文学大众化的赵树理与“五四”新文学传统问题并无实质的意义，因为20世纪30年代受“五四”新文化洗礼、热爱“五四”新文学的知识青年实在是不计其数，在这个意义上，赵树理也就是一个普通的“文学青年”而已。

乡村文化生活的深切感受、现实的工作经历促使赵树理“偏离”了他最先接触的“五四”新文学的高雅形式，选择了文学大众化的探索之路，直到1943年《小二黑结婚》的发表。小说获得的热烈反响可能是赵树理始料未及的，因为这个原因，赵树理随后的《李有才板话》（1943）、《李家庄的变迁》（1946）等作品在解放区迅速获得巨大的声誉。在解放区的周扬，在国统区的茅盾、郭沫若几乎同时对赵树理给予高度的评价。周扬在《论赵树理的小说创作》中“最为推荐和高度评价了具有中国作风和气派的赵树理的创作”，认为赵树理是“一位具有新颖独特的大众风格的人民艺术家”“赵树理同志的作品……是毛泽东文艺思想在创作上实战的一个胜利。”[②] 郭沫若在《读了〈李家庄的变迁〉》中指出：“这是一株在原野里成长起来的大树……表现了‘实事求是’的精神”，“平明简洁”的语言，“脱尽了‘五四’以来欧化体的新文言臭味”“创出了新的通俗文体”。[③]茅盾则认为作者爱憎极为强烈而分明，他站在人民的立场，不讳饰农民的落后性，肯定了农民之坚强的民族意识及其恩仇分明的斗争精神。[④]陈荒煤在《向赵树理方向迈进》中总结出赵树理创作的“政治性很强”“民族新形式”“革命功利主义”三个特点，首先提出了“赵树理方向”，“号召边区文艺工作者向他学习”。[⑤]至此，赵树理作为现代文学解放区旗帜作家的地位已确定，并影响到新中国成立后相当长一段时间当代文学的整体面貌。赵树理主动地选择了文学大众化的道路，却无法控制被时代和主流话语选择而成为文学的一个“方向”。

20世纪三四十年代，郭沫若、茅盾、周扬等被看作是鲁迅之后左

① 赵树理：《回忆历史，认识自己》，《赵树理文集》第4卷，第2117页。
② 周扬：《论赵树理的小说创作》，载《解放日报》（延安），1946年8月25日。
③ 郭沫若：《读了〈李家庄的变迁〉》，载《北方杂志》，1946年9月。
④ 茅盾：《论赵树理的小说》，载《文萃》，1945年第11期。
⑤ 陈荒煤：《向赵树理方向迈进》，载《人民日报》（延安），1947年8月10日。

翼文坛的领袖、“五四”新文学传统的嫡系传人，他们对赵树理的权威评价无疑为赵树理在新文学界的地位奠定了难以撼动的基础。如果把这一时期的赵树理、张爱玲和萧红做一比较，我们可以更清晰看到赵树理与“五四”文学传统的关系。赵树理与张爱玲的文学创作都把通俗性作为连接作者与读者的桥梁，但张爱玲基本远离“五四”文学传统，其通俗性不是为了“启蒙”思想的传达，更多地是文本形式的探索和商业策略；萧红曾得到鲁迅的提携和指导，其创作被认为是继承了鲁迅的传统，但她的代表作《呼兰河传》其实并未得到在国统区和解放区都有很高声望和地位的茅盾的佳评，不是因为小说的艺术价值，而是在小说里“看不见封建的剥削和压迫，也看不见日本帝国主义那种血腥的侵略。”[①]。因此，赵树理获得茅盾等人的赞扬主要来自他小说的时代内容和大众化的形式，也正是在这一点上，赵树理——一个远离“五四”新文学中心的乡村知识分子用一种特殊的方式对“五四”新文学传统的大众化探索做出了回应。

“五四”新文学传统当然不能简化为“大众化”，我们耳熟能详的“启蒙与救亡”、科学与民主、人文主义等都是对“五四”文化传统的权威概括。作为“五四”文化传统的重要组成部分，“五四”新文学传统是对“五四”文化传统的文学的阐释。但是，“五四”新文学传统不是抽象的，它的内涵也在随新文学的发展而处于不断的丰富之中，构成新的传统。仅从文学的大众化而言，“五四”新文学始终有一个隐性的大众化维度：既然新文学的使命是启蒙，就绕不过文学的大众化。只不过新文学在奠基之初更多关注的是与旧文学阵营的斗争，无暇他顾。而最初的新文学作品的读者主要限于城市小资产阶级和资产阶级知识分子，并没有普及到工农群众中去，文学与人民大众之间仍然存在明显的隔阂和距离。到了30年代，随着时局的变化，“革命文学”逐渐在新文学阵营中凸显出来。“革命文学”口号的提出就是要新文学确立更明确具体的“启蒙”任务，文学直接面向最低层的工农大众，引导他们走向明确的革命目标。为了实现这一目标，新文学必须克服原有的局限，文艺必须大众化。虽然由

① 茅盾：《〈呼兰河传〉序》，见《呼兰河传》，华中科技大学出版社 2015 年版，第 146 页。

左联主导的文艺大众化的讨论由于种种主客观原因，只有原则性的意见，没有具体的实践，更没有取得文学大众化的实绩，但持续十年的新文学阵营几乎全部参与的这场文艺大众化的讨论丰富了“五四”新文学传统的内涵，而20世纪40年代解放区的文艺大众化运动可以看作是30年代左翼文艺大众化的具体实践。就是在这样的背景中，赵树理的小说创作大众化追求被时代推到了前台，也把他置入“五四”新文学的潮流之中。

2. 赵树理与古代小说传统

在现代作家中，赵树理小说的大众化、民族形式、民间性等特征显示了他与中国古代小说传统的关系更为密切。但赵树理对中国古代小说传统有特殊性的理解。他认为：“中国现有的文学艺术有三个传统：一是中国古代士大夫阶级的传统，旧诗赋、文言文、国画、古琴等是。二是‘五四’以来的文化界传统，新诗、新小说、话剧、油画、钢琴等是。三是民间传统，民歌、鼓词、评书、地方戏曲等是。要说批判的继承，都有可取之处，争论之点在于以何者为主，文艺界、文化界多数人主张以第二种为主，理由是那些东西虽然来自资产阶级，可是较封建的进了一步，而较民间的高级，且已被无产阶级所接受。无形中已把它定为正统。”但赵树理本人却对此并不以为然，他认为应“以民间传统为主”①。那么，中国古代小说属于赵树理所说的哪一类传统？从语言的角度看，古代的文言小说系列属于第一类即士大夫阶级的传统，而话本、拟话本和白话小说大致属于赵树理所说的民间传统。只不过，这一类型的小说中只有那些更贴近民间传统中的口头文学性质的小说才会被赵树理重视。正是在大众化这一标准的过滤下，赵树理在中国古代小说类型中特别钟情于由“说话”艺术中发展而来的话本传统。赵树理小说创作的“期待读者”是广大的农村读者，农村读者/听众最熟悉的艺术形式就是保留古代书场特征的“说—听”模式，这就是赵树理对古代话本形式进行取舍的最根本的依据。

① 《赵树理全集》，北岳文艺出版社2000年版，第390页。

“话本”是中国古代小说发展链条的重要一环，它直接孕育了明清时期中国古典小说的典范形式——长篇白话章回体。从北宋时期作为说话人的“底本”或说话人口述表演的“记录本”的话本，到宋元、明末文人模仿话本写成的“话本小说”或“拟话本”，再到明清长篇章回小说，在叙事视角、结构体制、叙事方法等方面差异甚大。基于自己的创作目的，赵树理借鉴、改造的主要是早期话本，继承了书场叙事格局下话本的叙事视角、叙事时间、叙事结构以及通俗易懂口头语言风格，扬弃了话本体制中不利于农村读者理解、接受的程式套语和后期话本中的文人炫技成分，创作出现代文学史中风格独特的“农民小说”。

叙事视角。话本与古代的说书有天然的联系，即使后世文人模仿话本的话本小说和明清时期高度文人化、书面化的白话小说，依然大量保留了“拟书场”的叙述格局，赵树理的小说延续了中国古代白话小说的这一传统。赵树理在小说中会设置一个特殊的叙述者——说书人的角色，以此营造书场的“说—听”的传播效果。在早期的话本中，说书人（叙述者）在故事中基本不参与情节，大多处于不出场（隐身）的状态，叙述视角采用第三人称全知叙述，即说书人不出场不参与的第三人称全知叙述。在赵树理的小说中，绝大多数作品采取了叙述者不出场不参与的全知叙述方式。君临于故事之上的说书人的消失，使得叙述者不再把自己的思想、情感、价值判断直接说出来，而是尽量把它融入人物的塑造和情节的叙述中。但赵树理在消灭显在的说书人的同时，仍然保留了说书的口吻，说书人的“声音”并没有消失，娓娓道来，亲切自然。这种独特的叙述格局，一方面摆脱了传统白话小说陈腐的叙述套路和僵化的模式，另一方面仍能适应广大农民群众的欣赏习惯。

叙事时间与叙事结构。话本的叙事时间以客观时间线索为基础，以顺叙为基本的叙事手段，按照底本时间（故事时间）循序渐进地讲述事件。在叙事结构方面，与唐传奇中优秀的“传类”小说以人物为结构中心形成对照，宋元话本的叙事焦点则在故事情节方面，而讲述完整故事的后世白话小说一定程度上塑造了中国传统的小说审美心理。赵树理为了“照顾”农民群众对小说的欣赏习惯，较为严格地采用了传统小说讲述故事的方法。故事往往“从头说起，接上去说”，故事的进程呈时间顺序单线发展，在结构上做到有头有尾。小说一开始就让读者明白大致要讲一个什么故事，所以小说的开头往往从某地某人某事说起，交代人物和事件的来龙去脉。而且，在故事的展开过程中讲究故事的连续性，不跳跃、不断裂，免得读者摸不着头脑。正如他所说：“农村读者的习惯则是要求故事连贯到底，中间不要跳得接不上气。我在布局上虽然也爱用大家通常惯用的办法，但是为了照顾农村读者，总想设法在这种办法上再加上点衔接。”[①] 所以，我们在赵树理的小说里会看到“以前的事已经交代清楚，再回头来接着说今年正月十五夜里的事吧”“这里我们再回头来谈谈金虎和小兰”“闲话少说，咱们还是接着听老李洪的话吧”等故事场景过渡中一些衔接的话。农村的读者喜欢刨根问底，赵树理的小说也就保持了有头有尾的结构，在故事终了时总是对主要人物的结局有个交代。为了迎合农村读者的审美趣味，赵树理的小说没有大篇幅的心理和景物描写，即便有也是将心理描写和景物描写穿插到人物的行动当中，采用“领路人”的写法，将景物在人物的眼睛里表现出来。“《小二黑结婚》《李有才板话》《李家庄的变迁》等里面，不仅没有单独的心理描写，连单独的一般描写也没有。这也是为了照顾农民读者，因为农民读者不习惯读单独的描写文字，你要是写几页风景，他们怕你在写什么地理书哩。”[②] 这种讲故事的方法，使赵树理的小说获得了广大农民读者的喜爱，他的作品在当时的解放区被广为传阅。

简洁、通俗的语言。话本产生于勾栏瓦舍之间，诉诸听觉的传播特征和主要来自底层的听众，决定了话本语言接近口语，叙述语言明快、流畅、粗犷，人物语言充满个性，评论语言扼要简炼、幽默诙谐。后世的话本小说，始终保持着诉诸听觉的特点，一般会预设一个符合“说话”需要的假想场面，即与“看官”交流的“书场”，并把自己设定成“说话人”。在开口吐字间时时关顾着“看官”的欣赏习惯、认知水准，以清楚、明白、易解为宗旨，巨细不遗，全面表白。赵树理的小说多以平

①《赵树理文集》（第 4 卷），人民文学出版社 2005 年版，第 119 页。
②《赵树理文集》（第 4 卷），人民文学出版社 2005 年版，第 295 页。

常的“说话风”敷衍故事、演绎人物，这是中国话本小说的传统，也是乡村口头文学的传播特征。因此，以诉诸听觉为主的口头表白方式也就成了赵树理小说语言的基本形态。赵树理的部分小说不仅在形制上脱胎于传统话本小说，而且在语言形态上也如出一辙。如《登记》一开篇，赵树理就预设了一个“书场”和一群隐含的“听众”，同时把自己设定为“说话人”，以“说”与“听”的单向交流方式进入故事的演绎过程。赵树理关注的始终是语言的实用性和工具性：如何以最简明、准确、通俗和便捷的方式传递信息，表情达意，而且要紧贴接受者的文化素养和理解能力。为此，赵树理的小说大量使用名词和动词，很节俭地使用形容词和色彩词，尽可能地减少使用修辞手法，句法结构简单，很少使用长句和复句。

摒弃程式化套语。话本的结构体制包括题目、篇首、入话、头回、正话和结尾六部分。不论是早期的来自书场的说话记录还是文人的仿制，话本中包含了众多的诗词曲赋。它一方面可以看作是唐传奇的“文备众体”的延续，另一方面也是说书人或创作者炫耀才学、提高小说地位的策略。由于长期的代代相传，话本中在篇首、入话、结尾引入的一些诗词变得程式化、陈腐旧套，内容多陈词而不避雷同，大多游离于故事情节之外，事实上完全是作品的累赘，其实是妨碍了话本的艺术完美。它与其他因素一起，最终使话本趋于平庸，造成了话本和拟话本的衰落。[①] 赵树理将自己的服务对象明确界定为农民群众，就必须省去俗套，将开篇和行文大大简化。郭沫若曾盛赞，在赵树理的小说中“章回体小说的旧形式是被扬弃了。好些写通俗故事的朋友，爱袭用章回体的旧形式，这是值得考虑的。‘却说’一起和‘且听下回分解’一收，那种平话式的口调已经完全失去意义固不用说，章回的节目要用两句对仗的文句，更完全是旧式文人的搔首弄姿，那和老百姓的嗜好是不相干的……作者破除了这种习气，创出了新的通俗文体，是值得颂扬的事。”[②]

① 王昕：《论拟话本平庸风格的成型——从“二拍”看文人叙事方式对拟话本的影响》，载《文艺研究》，2002年第6期。

② 郭沫若：《读了〈李家庄的变迁〉》，载《北方》，1946年第1期。

3. 对赵树理“大众化”追求和借鉴话本传统的反思

（1）关于大众化问题。对赵树理大众化的反思，要结合赵树理的文学观念。赵树理是在文学实践中，逐步建立了自己的文学观念或小说观念。那么，赵树理的小说观念是什么？或者对于赵树理来说，“小说何为？”赵树理多次从不同的角度表达自己小说创作的目的。“我们搞创作的目的，是为了叫它能够起点作用。”①“写一篇小说，还不定受不受农民欢迎；做一天农村工作，就准有一天的效果，这不是更有意义么？可惜我这个人没有组织才能，不会做行政工作，组织上又非叫我搞创作；要不然，我还真想搞一辈子农村工作呢！只怕那样我能起的作用，至少，也不会比搞写作小！”② 赵树理称自己的小说为“问题小说”，“为什么叫这个名字，就是因为我写的小说，都是我下乡工作时在工作中所碰到的问题，感到那个问题不解决会妨碍我们工作的进展，应该把它提出来”。③ 从赵树理这些谈创作的文章中，可以这样概括赵树理的小说观念：用农村中“初通文墨者”能读懂和“完全不通文墨者”能听懂的形式（结构、语言等），艺术地传达、宣传党的农村政策、解放区“土改运动”和新中国社会主义建设取得的成就以及存在的问题、解决的办法、前进的方向。④

对照赵树理的小说观念，我们就可以说，民族化、通俗化、民间性这些概念并不能成为赵树理小说观念的核心。在小说的民族化方面，赵树理的小说借鉴了传统的白话章回小说的形式，这一形式是“五四”现代小说诞生之前中国古代小说最主要的外在形式，至今有七百多年的历史，已成为中国读者（不限于文化层次不高的农民读者）最熟悉的小说外部结构形式。而赵树理自己早年在乡村传播“五四”小说的经验使他深知新文学、新小说与中国底层民众的巨大鸿沟。⑤ 因此，通过对传统

① 《赵树理文集》（第 4 卷），人民文学出版社 2005 年版，第 31 页。

② 陈荒煤等：《赵树理研究文集》（上卷），中国文联出版公司 1998 年版，第 147 页。

③ 《赵树理文集》（第 4 卷），人民文学出版社 2005 年版，第 25 页。

④ 赵树理这一小说观念的形成有一个过程：赵树理 1937 年投身抗日工作并加入中国共产党，后在山西从事各种抗日文化活动，至少从这一时候起，赵树理基本确立了“实用”的小说观念，而且直到新中国成立之后，几乎没有动摇。

⑤ 戴光中的《赵树理传》中曾描述了这样一个细节：赵树理被鲁迅的小说《阿 Q 正传》所震动，他兴高采烈地将这篇小说读给自己的父亲听，可是还没读到一半，父亲就起身走开了。见戴光中的《赵树理传》，北京十月文艺出版社 1987 年版，第 44 页。

文学形式的借鉴而形成的“民族性”无非是为了达到“大众化”的传播效果。

通俗性与赵树理追求的大众化最接近。中国古代小说到了宋元时期，其中一支演化为白话小说，即话本小说和拟话本以及明清的白话章回小说。白话小说从勾栏瓦舍中说书人的底本到后世经过文人润色的拟话本，始终伴随着“通俗性”。通俗小说肯定是要尊重读者的阅读口味，迎合读者的兴趣，这其中也难免包含一些低级、庸俗的成分，如民国时期以言情小说为大宗的鸳鸯蝴蝶派等旧派通俗文学。赵树理小说追求的通俗性除了要迎合农村读者读/听小说的文化水平和理解能力之外，更主要的是通过他的小说对农民进行新启蒙——破除封建迷信、宣传党的解放区政策。因此，通俗性也可视为赵树理“大众化”的一个途径而已。

民间性。赵树理对民间文艺有特殊的爱好，按照赵树理的理解，中国文学有三个传统，即中国古代士大夫阶级的传统、“五四”以来的文化界传统和民间传统。中国古代士大夫阶级的传统也即中国古典文学的传统；“五四”以来的文化界传统也即所谓新文学传统，是外国的传统、欧化的传统。他认为，“五四”新文学传统在当时无形中被定为正统，但这并不符合毛泽东“在普及基础上提高，在提高指导下普及”的讲话精神，而“以民间传统为主则无上述之弊，至于认为它低级那也不公平。民间传统有很多使他们相形见绌的部分”。[①] 具体到小说创作，赵树理认为“评话硬是我们传统的小说，如果把它作为正统来发展，也一点不吃亏”。[②] 正因为如此，古代评书、说唱艺术、曲艺成为赵树理小说形式借鉴的最大资源，但也仅仅是形式的借鉴、工具性的使用，目的依然是“大众化”的传播效果，以此实现他的小说创作的最终目的。

总之，赵树理通过对文学的民族形式和民间曲艺形式的借鉴，以达到作品的通俗性，在文学的大众化途径的探索上取得了一定的效果，也丰富了“五四”新文学传统的内涵。特别是在语言上有着自己独特的追求，也形成了自己独特的风格。叙事简洁、明快、干净利落，能用很省

① 《赵树理文集》（第4卷），人民文学出版社2005年版，第357页。
② 《赵树理文集》（第4卷），人民文学出版社2005年版，第37页。

俭的语言把很复杂的事情说清楚。在对现代汉语之可能性的探索上，赵树理自有一分贡献。但是，老妪能解的追求，也使赵树理的语言蕴藉不足，他放弃了文学语言的诸多审美品格，比如精致、典雅、深邃、珠圆玉润、刻意求工等，所以，虽然他在与农民“看官”交流沟通中做到了游刃有余、畅通无阻，但从艺术本身看，这种去修饰、吝色彩、少感性的语言，显得单调、干硬，缺少弹性，缺少文学艺术必需的柔韧圆活与含蓄蕴藉，缺少从经典书香里孕育出来的格调和韵致。赵树理作品的真正欣赏者，其实始终是文化程度较高、审美经验较丰富的人。赵树理的拟想读者与真实读者，始终是并不一致的。

（2）关于赵树理对话本的借鉴。按照通行的解释，话本是说书人的底本或是说唱表演的记录本，它与说书场这一特定的空间联系在一起，是以“说—听”的面对面的方式传播。现存最早的话本小说集《清平山堂话本》收录了宋元明三代 29 篇话本小说，按照石昌渝先生所说：“洪楩编辑时没有任意修改，其中误文夺字之处固然不少，但基本上保留了嘉靖时代话本的面貌。……现存的二十九篇作品亦保留着早期话本的文体特征。……这本集子的作品基本上还是民间的创作，只有少数出于文人之手……”[①] 这本保存早期宋元话本的小说集中，我们依然可以看出它并不是完全的说书现场记录，也就是说它与口头文学的本来面貌仍有较大的不同，说书人的临场发挥、口语的重复和啰嗦并未在话本中出现。话本对中国小说的发展影响很大，鲁迅对宋元话本在中国小说史上的地位和影响给予高度评价。他在《中国小说的历史的变迁》中称宋元话本的出现为“中国小说史上的一大变迁”，视为与唐传奇的出现同等重要的大事。他还认为“后来的小说，十分之九是本于话本的。”[②] 在后世文人创作的拟话本和白话短篇、长篇小说中，我们可以清晰地看出宋元话本的影子，其中就有对话本中的说书人腔调和书场叙述格局的模仿，但是这种“书场”是虚拟的，所以被称为“拟书场”，这种模仿可能是借用话本的一种叙述技巧，也可能就是流行性和商业性的策略而已。从总

① 石昌渝：《清平山堂话本》（前言），《中国话本大系》，江苏古籍出版社 1990 年版。
② 鲁迅：《中国小说史略》附录“中国小说的历史的变迁”，人民文学出版社 1973 年版，第 289 页。

体上看，古代小说是按照由口头文学向书面文字、由“说—听”向“写—读”模式转变的趋势发展。

赵树理对话本的借鉴是要回到话本的早期形态，他看重的依然是“说—听”模式，追求的不是“拟书场”而是“真实书场”的现场感。他期待自己小说的传播方式是“写给农村中的识字人读，并且想通过他们介绍给不识字人听的”。[①]不可否认，赵树理的小说在特定时间某一特定的场所会以他所期待的形式被消费：众人围坐一起，听一个识字的农民读他的《小二黑结婚》等。但笔者始终怀疑这种记录的可靠性，我们似乎在政治运动的某个期间见过类似的场景，但那是政治强力制造的“学习神话”。20世纪40年代华北、晋西南的农民如果要娱乐或许更愿意去看大戏、扭秧歌、听讲史之类的评书。退一步说，即使真的出现如赵树理所期望的传播场景，他的小说仍受时间和地域所限。他的小说最主要的传播方式依然是“阅读”，不仅是知识分子读者，也包括赵树理期待的农民读者。赵树理以农民作为“隐含的读者”的期待客观上顾及到中国广大农村农民的娱乐需求，也填补了“五四”新文学传统与农民之间的空隙。但是，这种面向初通文墨或不识字的读者、以“说—听”为传播方式的选择在20世纪的作家中尚无第二人。美国学者瓦特在《小说的兴起》中对18世纪英国小说的社会学研究也许会给我们一点启示。瓦特认为，18世纪英国中产阶级的崛起（体现在教育程度的提高、拥有闲暇的时间和独处的空间）形成了一个大众的读者队伍，报纸、杂志等现代出版业的发展和公共图书馆的普及使得读者可以廉价地获得阅读的机会，这些因素共同促进18世纪作为一种崭新文体——小说（novel）的出现和繁荣。在中国，相比魏晋笔记小说和唐传奇，话本是中国古代小说走向大众的一个转折性的文体，它的源头与汴京、临安等大都市中一个具有闲暇时间的市民阶层有关，从勾栏瓦舍走出的话本小说逐渐成为受过一定教育的市民和知识阶层的案头读物。到了19—20世纪之交，中国近代的出版业促成了报纸、杂志在都市的普及，这一时期的小说大都先在报纸、杂志连载之后出版，成为城市市民消遣的必备食粮。而处

① 见《赵树理文集》（第4卷），人民文学出版社2005年版，第117页。

于20世纪40年代的赵树理依然过度迷恋话本起源时期书场里的“说—听”模式，这就可能使他的小说处于“书场”与“书桌”之间的尴尬地带——既不可能真正回到书场，也难以摆上书桌。

与中国古典文学中其他文体一样，中国传统小说是中国现当代文学发展的重要资源，有许多现当代作家都自觉或不自觉地从传统小说中汲取营养，从另一种角度延续了中国小说的悠久传统。同时，不论作家出于何种目的，对传统小说的借鉴从来都不是可以保证必定成功的途径：既可能创作出中国读者熟悉的文本形式，也可能缺少必要的改造而落入古代小说长期形成的程式化窠臼。现当代有众多的小说家成功地借鉴继承了古代文学和古代小说传统：张爱玲对“传奇”的创造性改造、萧红的《呼兰河传》对“话本”的借鉴、孙犁将古典诗词散文的格调和韵致作为小说的内在诉求、汪曾祺借鉴古代笔记小说的韵味等。赵树理对话本的借鉴真诚而全面，恰恰是全面的借鉴中缺乏必要的创新——寻找最好的表达方式的文体创新，而将借鉴落在为农民更好地破除封建迷信、宣传政策的实用目的上。他只是为了农民熟悉的形式和语言而选择了话本，并未在“小说艺术”的层面创造性地改造话本，如此自然无法保证小说具有长久的艺术价值，对赵树理和现代文学大众化探索来说，都不能不说是一个遗憾。

五

莫言的《生死疲劳》

1. 向古代小说传统的“撤退”

如果在《檀香刑》发表之前，“莫言与古代小说传统”这一话题肯定被认为是一个“伪命题”。确实，从莫言开始走上写作之路到20世纪80年代被读者/批评家熟识，他被认为是典型的“被外国文学抚养长大”的新时期作家。他自己在众多场合一再表白受到川端康成、福克纳和马尔克斯的影响，特别是《百年孤独》对他写作的醍醐灌顶般的启发——“原来小说可以这样写”：犹如在写作的黑暗隧道里摸索太久、几近绝望，忽然看到洞口的一丝光亮，那种绝处逢生、豁然开朗的喜悦既形于言表，更是发自内心。“福克纳不断写他家乡那块邮票般大小的地方，终于创造出了一块自己的天地。我立即感受到了巨大的鼓舞……恨不能立刻也去创造一块属于我自己的新天地。”“八十年代中期时，我读到了《百年孤独》，只读了几页就按耐不住写作的冲动。”

但是，从小在乡贤蒲松龄的神魔鬼怪氛围中长大的莫言，当他经历了20年的与西方文学大师的拥抱之后，当他以《透明的红萝卜》《红高粱家族》《丰乳肥臀》等作品进行模仿与探索之后，开始回归从少年时期就开始储存的民间文化记忆，以一个“说书人”的身份，对从志怪、传奇、话本到章回小说等中国古代小说传统的创造性借用。于是就有了《檀香刑》《生死疲劳》《蛙》等别具风格的长篇，就有了“大踏步撤退”“向中国古典小说致敬”[①]的告白。当然，文化与文学的任何阶段性影响都未必有一个泾渭分明的时间节点。莫言前期小说的西方影响之中也有中国文学的影子，《檀香刑》之后受中国古典文学影响的作品中并不是没有西方现代小说技法的踪迹。但在莫言的《生死疲劳》等作品中，我们可以清晰地发现中国古代“史传”建立的叙事传统、唐传奇的“作意好奇”与“意想”丰富的虚构特征、宋元话本的叙述现场感对莫言的影响。

（1）“史传”传统的继承和改造。史传在中国古代有崇高的地位，对于作为“稗史”的小说而言，史传不仅是古代小说比附、借以提高小说地位的正宗文体，而且史传建立的叙事标准也一直成为小说“补正史之阙”的写作目的。[②]浦安迪认为，中国的明清章回小说（他称之为“奇书文体”）的渊源应该上溯到远自先秦的史籍。[③]史传的叙事标准何以对后世小说产生巨大的影响？鲁迅曾探考“史”的源起，曰：“原始社会里，大约先前只有巫，待到渐次进化，事情繁复了，有些事情，如祭祀、狩猎、战争……之类，渐有记住的必要，巫就只好在他那本职的‘降神’之外，一面也想法子来记事——这就是‘史’的开头。……再后来，职掌分得更清楚了，于是就有专门记事的史官。”[④]而在谈到文学的起源时，鲁迅认为：“探其本根，则亦犹他民族然，在于神话和传说。”[⑤]史和小说有同源的说法，但两者的命运却截然不同。史学，是作为官方语言出现的，历朝皆有史官，曾一度为官方显学。刘勰在《文心雕龙·史传》篇语：“开辟草昧，岁纪绵邈，居今识古，其载籍乎？轩辕之世，史有仓颉，主文之职，其来久矣……在汉之初，史职为盛，郡国文计，先集太史之府。”[⑥]史受重视的程度可见一斑。和史学显赫的官方地位相比，

① 见莫言的《檀香刑》（后记）、《生死疲劳》（后记）。

② 陈平原：《中国小说叙事模式的转变》，北京大学出版社 2003 年版，第 212 页。

③ 浦安迪：《中国叙事学》，北京大学出版社 1996 年版，第 28 页。

④《鲁迅全集》（8），人民文学出版社 2014 年版，第 202 页。

⑤《鲁迅全集》（8），人民文学出版社 2014 年版，第 377 页。

⑥ 刘勰：《文心雕龙》，内蒙古人民出版社 2009 年版，第 117 页。

小说长期被视为才情小文、茶余饭后玩味之资，以史的标准来衡量，它始终上不了台面，所以小说一直以民间文学的形式流传生息。直至清朝末年，小说的地位才从理论上得到确认，在实践中得以长足发展。小说虽然从理论上得到了确认，但史的标准却一直未能摆脱。对于小说而言，长期以来，史的标准几乎成了衡定一部小说的终极标准，加之近现代西方关于“史诗”理论的传入，更加重了中国文学的“史”化情结。不过，史诗理论讲求史与诗的融合，增加了诗的社会容量和价值承担，提倡文本书写的民族性、时代性和历史性，对小说的发展也是有益的。

莫言小说既继承了古代小说对历史书写的传统，又以自己对“小历史”的独特理解完成了对传统历史书写的超越。在《红高粱家族》《丰乳肥臀》《檀香刑》等小说中都有历史的书写，特别是《丰乳肥臀》这部宏大叙事，故事从 20 世纪初一直延续到 20 世纪 90 年代初，将中国近一个世纪的历史风云缩微成一部风俗长卷。但莫言笔下的史有着历史的内容，更有着对历史的超越。莫言曾说：“我认为小说家笔下的历史是来自民间的传奇化了的历史，这是象征的历史而不是真实的历史，这是打上了我的个性烙印的历史而不是教科书中的历史。但我认为这样的历史才更加逼近历史的真实。因为我站在了超越阶级的高度，用同情和悲悯的眼光来关注历史进程中的人和人的命运。”[①] 所以，莫言笔下的历史是超越的。在莫言看来，传统的正统的史书描写的是宏大历史，对于作家而言，历史是以独特的个人化的形式存在。近百年的中国历史有不同的书写方式，莫言是以“高密东北乡”折射许多近现代以来的中国历史。福克纳以“约克纳帕塔法世系小说”书写 20 世纪被机械文明淘汰的农耕文明的命运，建立了享誉世界的乡土文学地理世界。莫言也有同样的书写历史的计划：“我有野心把高密东北乡当作中国的缩影，我还希望通过我对故乡的描述，让人们联想到人类的生存和发展。”[②] 莫言显然做到了这一点，他的高密东北乡大大扩展了内涵，变成一个文学概念，涵盖了中国的乡土特色、历史和文化传统。

① 杨扬：《莫言研究资料》，天津人民出版社 2005 年版，第 59 页。
② 莫言：《高密东北乡是中国的缩影》，载《济南时报》，2011 年 8 月 23 日（A30）。

历史作为一种客观真实丰富着文学的内容，然而文学并非被动反映历史事实，而是通过文本阐释，参与历史的重构与反思。莫言在一系列的“家族”小说中，通过“家族—历史”叙事完成对近现代中国历史的个人化叙述。在高密东北乡小说中，晚清以来一百多年的历史变幻被聚焦于《红高粱家族》中的余占鳌家族、《丰乳肥臀》中的上官家族、《生死疲劳》中的西门家族等几个典型的家族历史中。《红高粱家族》中叙述者的爷爷余占鳌集善恶美丑于一身，干过土匪头子，也当过抗日英雄。他桀骜不驯、宁死不屈，性格中有一种粗野、狂暴而富有原始正派感和生命激情的民间色调，呈现出中华民族久被压抑的生命活力。《丰乳肥臀》以上官家族众多人物的人生际遇为主线，描绘了一幅高密东北乡近百年历史变迁中的民间画卷。上官金童的母亲先后与亲姑父、卖小鸭的外乡人、江湖郎中、光棍汉、和尚、大兵以及瑞典洋牧师生养了八个女儿，她们又分别嫁给了土匪、国民党、共产党和美国人。众多女儿构成的庞大家族与不同时期的官方权力和民间势力发生枝枝蔓蔓的联系，共同构筑起20世纪中国的历史舞台。在《生死疲劳》中，地主西门闹一家三代的历史际遇通过西门闹的六道轮回，用荒诞的叙事手法展现出来，小说以一个家族半个世纪的叙事狂欢把从土地改革、20世纪50年代的互助合作社，到“大跃进”“文革”，再到改革开放的民族历史戏谑地展现出来。这些家族小说既勾画了宏大历史变迁的痕迹，又充盈着官方历史记载所无法呈现的世俗内容，莫言就此完成了对历史的个人化书写和重构。

（2）对传奇的借鉴。“传奇者流，源盖出于志怪……而大归则究在文采与意想”[1]，所谓传奇追求的就是“奇异”二字：立意奇异而不落俗套，故事奇异而可示人，情节奇异而曲折多变，笔法奇异而婉转有致。莫言小说叙述奇异或不那么奇异的故事，几乎都在故事的取材立意和情节设计上体现出较为明显的以“奇异”为标榜的民间传奇的流风余韵，《奇死》《蝗虫奇谈》《奇遇》等小说在篇目上甚至直接标以“奇”字。莫言认为：“小说最重要的，我想实际上有两点：一个就是要有好的语

① 鲁迅：《中国小说史略》，江苏文艺出版社2007年版，第49-50页

言，然后还要有好的故事。”他进而指出：“一个好的作家，他肯定有好的语言，他有一种强烈的、非常自觉的文体意识”“文体语言非常重要。当然，故事也很重要，如果没有一个好故事，语言也无处附丽。”①故事的传奇性和文体语言中渗透出的强烈的传奇色彩，是持续于莫言小说中的一个显著的美学特征。作为首部长篇，《红高粱家族》奠定了莫言长篇小说创作的传奇基调。被莫言称为“民间传奇”“用最旧的方式讲述的故事”的《红高粱家族》，糅合了历史传奇、英雄传奇和爱情传奇三种传奇创作型模并独出机杼。莫言的特殊之处在于，他将历史、宗教、英雄及爱情诸种型模熔铸为一体，通过创造性重组，突破旧有知觉模式的束缚，点铁成金。

（3）话本对莫言叙事方式的影响。莫言借鉴了话本的说书人的叙事方式，并进行了适当的改造。在莫言的小说中，说书人是以出场或隐身的身份存在的，具有说书心态，说书口吻。莫言的小说中，往往有一个讲故事的人讲述他人的或自己的故事，而且往往是第一人称全知叙事。比如《红高粱家族》，故事的讲述者“我”讲述的是“我爷爷”“我奶奶”和“我父亲”的故事。当“我”在小说中现身评论时，为第一人称；而在讲述家族故事时则是第三人称，而且全知全能，无所不晓。如《十三步》的讲故事的人主要是“笼中人”，讲述和中学教师相关的故事；《玫瑰玫瑰香气扑鼻》的讲故事的人是“小老舅舅”，讲述的是“我姥爷”和“我姥姥”的故事；《四十一炮》的讲故事的人是罗小通，讲述的是“我”的成长故事；《生死疲劳》的讲故事的人是大头婴儿、蓝解放和“莫言”，讲述的是西门闹六世轮回的故事；《蛙》的讲故事的人是蝌蚪，讲述的是妇科医生姑姑的故事。

2.《生死疲劳》：向中国古典小说致敬

《生死疲劳》是莫言小说创作向中国古代小说传统借鉴的一部重要的长篇小说，“是一部向我们伟大的古典小说传统致敬的作品”“以古

① 莫言：《小说的气味》，春风文艺出版社 2003 年版，第 172 页。

典小说伟大的叙事结构捍卫长篇小说的尊严”。[①] 莫言获得2012年诺贝尔文学奖之后，诺贝尔奖组委会在电话采访中请莫言推荐一部他自己的小说，莫言推荐了《生死疲劳》。“因为这本书比较全面地代表了我的写作风格，以及我在小说艺术上所做的一些探索。”这部小说在选材、写作手法和语言风格等方面体现了莫言小说创作的探索，而对中国古典小说的自觉的借鉴则是它一个显著的特点。

（1）章回体式的有效征用。章回体是中国古典长篇小说的主要形式，明清章回小说如《三国演义》《水浒传》《西游记》《金瓶梅》《儒林外史》《红楼梦》等，都有“回目”。所谓“回目”，就是每回书的题目，有的单句，有的偶句，有的较长，有的较短，有的对仗工整，有的则不太工整。“回目”的直接来源可追溯到宋元话本。在宋元话本的几大类中，有一类被称为讲史话本，其基本特点之一是篇幅蔓长，说话艺人在讲这些故事时，并非一两个单位时间可以讲完，只好逐日分段演讲，这就无形中将这些长篇故事分成了几十乃至几百个段落。为了便于说话艺人讲述和听书人的记忆，也为了使某些精彩的片断更为引人注目，这些话本在出版的时候往往根据故事内容分节立目。这种分节立目的方式，就是回目的雏形。总之，这是一种在小说创造过程中具有中国特色的艺术表现形式。

从《檀香刑》开始，莫言在长篇小说的创作中，有意识地向中国古典小说和民间文化汲取营养。对于《生死疲劳》借用章回体的叙述方式，莫言认为，这部小说“应该说它不完全是一部章回体小说，我想恢复古典小说中‘说书人’的传统，也希望读者通过阅读它怀念中国古典小说。”[②] 虽然章回形式在现代小说中很少使用，但莫言不仅仅是对这一外在形式的借用，还应该是一种叙事的态度，即借用“说书人”的传统以重建古典小说与读者之间的密切关联。

《生死疲劳》共五部分，前四部分又分出章节，每一个章节都有对称的回目出现。小说内部叙述环环相扣，以西门闹的六道轮回串联起整部作品的框架。作品牵涉人物众多，故事的主要人物就有23位，但人

①② 莫言、李敬泽：《向中国古代小说致敬》，见《新京报》，2005年12月29日。

物的形象鲜明丰满，尤其是经历多次轮回的蓝千岁，他的每一次转世都是那么与众不同，如驴潇洒而放荡、牛憨直且倔强、猪贪婪而暴烈、狗忠诚谄媚、猴机警调皮，但每次轮回几乎都显现出了它体内人性的力量，如他拒绝喝孟婆汤，带着记忆进入轮回，看到白氏受虐内心很痛苦，由此便勾连起了整部作品。另外，莫言这位在乡土大地上讲故事的人用流畅奔放的语言、狂欢恣肆的情节讲述了乡村中国半个世纪的历史变迁。小说的开头和结尾相呼应，开头以“主要人物表”说明人物的身份，结尾清晰交代人物各自的结局，在小说的结尾处，叙述似乎回到了起点，小说的最后一句和小说的开头完全一样，从而形成了一个叙述的圆环。这种轮回叙事的方式也是传统小说的典型写法，但作者省略了开篇与结尾的诗，以动物为主语的三字句分卷标题，形成严谨的演述方式，这对于章回体的基本形式是一种间离。值得注意的是，作者在一开始就交代了主要人物的命运，如声明蓝脸是全中国唯一坚持到底的单干户，而章回体小说特别注意用暗示的语言去告知人物命运，强调在每一回的结尾留下悬念，《生死疲劳》在这方面则显得更为现代化，从中可以看到古代叙事传统“预叙”的影子，也有20世纪现代小说的使用。通过对叙述顺序的调整，增加了小说的可读性。

（2）传统“说—听”单一叙述视角的复调式改造。传统的话本小说都有一个“拟书场”叙述方式，叙述者模拟说书人的口吻对叙述的接受者（听众）讲述故事。在传统的话本中，说书人（叙述者）在故事中基本不参与情节，大多处于不出场（隐身）的状态，基本采用单一叙述视角，即第三人称全知叙述。莫言在《生死疲劳》中，借用了话本传统的“拟书场”的叙述格局，同时对叙述视角进行了改造，设置了蓝千岁、蓝解放、作家“莫言”三种叙述视角，这三种叙述视角各有分工，共同完成对西门屯半个世纪的故事的讲述，形成多音齐鸣的叙述效果。

大头婴儿蓝千岁是文本的主要叙述者，他是地主西门闹的第六次转世，是蓝开放与庞凤凰的爱情结晶。从某种意义上来说，大头婴儿蓝千岁的视角就是地主西门闹的视角，包括驴、牛、猪、狗、猴的视角也都是地主西门闹的视角，只是“驴、牛、猪、狗、猴的每一次转换都是新的一重调子、新的一种眼光、新的一次阐释和发现，都是世界图景的扩展和重绘。”[①]《生死疲劳》的叙事者除了蓝千岁以及西门闹各世轮回形态之外，最重要的还有蓝解放。当蓝千岁以回忆的方式主导整个节奏时，他面对的叙事接受者是蓝解放，只是蓝解放并不仅仅只是一个安静的听众——小说的第二部、第四部部分章节都是蓝解放在叙事，“接下来的事儿，是我继续说呢还是由你来说？我征询着大头儿的意见”。蓝解放作为被动的、场景内的叙事者出现，他的叙事话语权是蓝千岁授予的，主要讲述自己的生活经历。《生死疲劳》中第三个叙述者是作为作家的“莫言”，其可称为元叙述。在蓝解放与大头儿蓝千岁的交替叙述中，有些情节就出现了漏洞、死角，这时作家“莫言”的叙述就起到了补充故事情节、讲述故事进程、推动故事情节发展的作用。另外，作家“莫言”的叙述与蓝解放、大头儿的叙述构成了典型的复调型叙事特征。在大头儿蓝千岁的讲述中，多次解构了作家“莫言”的叙述，比如在第二十八章“合作违心嫁解放，互助遂意配金龙”中，“莫言”写道：“宽敞的大屋子摆开了十张方桌”，而大头儿对其进行解构说：“这小子又在胡编，那房间长不过五米，宽不过四米，如何能摆开十张方桌？”这样的叙述就构成了复调，使文本的张力增大，内涵更为丰富。三个叙述者、三种叙述声音相互交织共同完成了对文本的故事讲述，莫言采用灵活多变的叙述视角，充分运用每个叙述者的优势，使文本结构异常复杂，含义也更为深刻。

多重叙述视角的设置是莫言在传统的话本叙事格局基础上的叙事技巧的探索，同时小说叙事形式的创新也承担着作家对50年风云变幻的中国农村、农村命运的思考。“起码，在形式上，这比单一的全知视角要丰富，给读者提供想象和思考的空间更广阔，更是对历史的确定性的消解。多角度的叙事为小说的多义性提供了可能。”[②]

（3）向蒲松龄致敬。蒲松龄和他的《聊斋志异》对莫言来说可能类似于阳光和空气，其影响于无形却又无时不在。莫言曾多次谈起他家

① 李敬泽：《“大声”：再见长河落日》，载《中华读书报》，2006年2月22日(11)。
② 莫言、李敬泽：《向中国古代小说致敬》，见《新京报》，2005年12月29日。

乡的先贤蒲松龄和《聊斋志异》对他的巨大影响。“我的故乡离蒲松龄的故乡三百里，我们那儿妖魔鬼怪的故事也特别发达。许多故事与‘聊斋’的故事大同小异……但我必须承认少时听过的鬼怪故事对我产生的深刻影响，它培养了我对大自然的敬畏，它影响了我感受世界的方式。”[①] 在获得诺贝尔文学奖之后，莫言在接受《新民周刊》记者的采访时，讲过这样一段话：“《聊斋志异》是我的经典。我有一部家传的《聊斋志异》，光绪年间的版本，上边我题了许多歪诗，什么‘经天纬地大贤才，无奈名落孙山外。满腹牢骚何处泄，独坐南窗著聊斋’‘幸亏名落孙山外，龌龊官场少一人。一部奇书传千古，万千进士化尘埃’。还有什么‘一灯如豆读聊斋，暗夜鬼哭动地哀。风吹门响惊抬头，疑是狐女入室来。’非常肤浅，有污书卷，但也表达了我对蒲老祖师的无限敬仰之情。”[②] 对于莫言与《聊斋志异》的密切关系，海外学者王德威做了准确的概括：“无独有偶，莫言写高密东北乡，不曾忘记他的神思奇想也是其来有自。离高密数百里路的淄川，就是《聊斋志异》作者蒲松龄的故乡，而我们知道‘水浒’英雄的忠义事迹，起源自南宋山东。就此来看，《红高粱家族》中的铁马金戈，或‘神聊’系列中的鬼怪神魔，莫言私淑前人的用心，可以思过半也。现代中国文学有太多乡土作家把故乡当作创作的蓝本，但真正能超越模拟照映的简单技法，而不断赋予读者想象余地者，毕竟并不多见。莫言以高密东北乡为中心，所辐辏出的红高粱族裔传奇，因此堪称为当代大陆小说提供了最重要的一幅历史空间。”[③] 可以说，蒲松龄的《聊斋志异》对莫言的文学创作有着潜移默化的影响，莫言在创作中经常运用的轮回观念、动物意象、鬼神情节都能在《聊斋志异》中找到类似的痕迹。莫言对这类“聊斋”原素的运用和发挥，使其作品带有一种亦真亦幻、荒诞离奇的魔幻色彩。在被问到就魔幻的文学表现手法来说，马尔克斯和蒲松龄谁对他的影响更大一些时，莫言认为：“马尔克斯也好、福克纳也好，这些外国作家，对我来说，他们都是外来的影响、后来的影响。而蒲松龄是根本的影响，是伴随着我的成长所产生

① 莫言：《会唱歌的墙——莫言散文选》，人民日报出版社 1998 年版，第 241 页。

②《问莫言——诺奖获后独家长篇访谈》，载《新民周刊》，2012 年第 40 期。

③ 王德威：《千言万语，何若莫言——莫言论》，见王德威《当代小说二十家》，三联书店 2006 年版，第 217 页。

的影响……所以我觉得还是蒲松龄对我的影响更大。”[①]

在中国古典小说的流变中，宋元之际小说分为两支，一为文言小说，一为白话小说。前者以《阅微草堂笔记》和《聊斋志异》等清代文言小说为新的高峰，后者则以明代四大奇书和清代的《儒林外史》和《红楼梦》为代表之作。[②] 由于使用白话，话本、拟话本、长篇章回等类型的小说更具通俗性，传播更广；相对来说，文言小说由于语言的障碍，普通百姓的接受程度受到影响。但《聊斋志异》《阅微草堂笔记》中的志怪传说、奇情轶事又以民间文化的形式世代流传，它们对虚构性、传奇性的现代小说产生隐性的影响。而地域文化的认同感和童年“用耳朵阅读”的经历，使莫言可能比其他任何一位当代作家更亲切感受到《聊斋志异》的滋养。

①《把“高密东北乡”安放在世界文学的版图上——莫言先生文学访谈录》，载《东岳论丛》，2012 年第 10 期。
②浦安迪：《中国叙事学》，北京大学出版社 1996 年版，第 11 页。

六

苏童的“南方的想象”小说

1.“谨慎地撤退”：回归故事

在30多年的文学创作中，苏童始终没有离开当代文学批评的视线。从20世纪80年代初开始，苏童与当代文学批评中的“寻根文学”“先锋文学”“新写实”“新历史主义”等各种文学命名似乎都有联系。在经过概览式地模仿西方百年现代文学的浮躁期后，当代文学开始平静地审视中外文学资源，“五四”以来被压抑的中国古代文学传统开始进入当代作家的视野，有一部分作家对传统文化、中国古典文学、民间文化进行创造性的借鉴与吸纳，苏童属于其中的一员。

苏童最初是以先锋文学的标签被当代文坛关注的。1987—1988年，苏童先后发表了《飞跃我的枫杨树故乡》《一九三四年的逃亡》《罂粟之家》等中、短篇小说，与余华、格非、孙甘露等人形成了马原、洪峰、莫言之后新一波的“先锋文学”。他们使用从西方现代主义文学大师、或许还有后现代主义文学学到的小说技巧，“肆意”地在小说中进行文体形式的实验，沉浸在“文本的快乐”之中。然而，当批评界对他们的文本实验到底要走到哪儿、能走多远等问题或期待或质疑的时候，甚至相当一部分读者还没有完全从他们的叛逆性的形式实验带来的震惊中回过神时，苏童却悄然转身，从文本形式的狂欢中抽身而出，从先锋阵营中“谨慎地撤退”。有论者认为，苏童创作风格的转变明显地表现在 1989 年 1 月发表的中篇小说《平静如水》中，认为这部中篇“使枫杨树那种充满终极追寻的古典式沉重一下子变得遥远”，是一个“陡转”，“完全改变了苏童以往创作的风格，以一种颇现代的姿势开拓出一片新天地”。[①] 陈晓明也认定《平静如水》是苏童创作转变的开始，他说：“这个象征性的题目表明苏童迅速结束了他的先锋派生涯，他后来写下的《妻妾成群》这种作品，不过是他更上一层楼后回归故里。”[②] 苏童在《钟山》1989 年第 1 期开辟的“新写实小说大联展”栏目中发表了《舒农或者南方生活》，他的首部长篇小说《米》（《钟山》，1991 年第 3 期）也是在同一栏目发表，但一般认为苏童与池莉、方方、刘震云等以写生存状态为标志的“新写实”有许多质的差异，更多的研究者把他归入“新历史小说”的阵营。命名只是研究的权宜之计，不管怎样命名，苏童创作的转型确实发生了。这种转型就从 1989 年发表的《妻妾成群》开始。多年以后，苏童这样回忆自己的转型：“从《妻妾成群》开始，我突然有一种讲故事的欲望。从创作心态上讲，我早早告别了青年时代，从写作手段上说，我往后退了两步，而不是再往前进。我对小说形式上的探索失去热情，也意味着我对前卫先锋失去了热情。……因此在写作《一九三四年的逃亡》《罂粟之家》以后，我是有意识地撤退了。重新拾起故事，重新塑造人物。”[③] 当然，采取后撤姿态的还有其他作家：莫言以“大踏步撤退”作为 2001 年完成的长篇《檀香刑》的后记题目，王安忆、余华、格非等先锋作家也都先后有意识地部分回归现代文学传统，并把目光投向遥远的古代文学和古代小说传统。他们不再热衷于叙事的“圈套”“元叙事”，代之以“讲故事”。既然要在小说中“讲故事”，就会与中国古代小说建立的悠久的叙事传统不期而遇，对古代叙事传统进行吸纳和必要的改造就成为 20 世纪 90 年代以后众多作家的选项之一。相

① 武跃速：《转换：走出枫杨树——苏童近作印象》，载《当代作家评论》，1989 年第 4 期。
② 陈晓明：《表意的焦虑》，中央编译出版社 2002 年版，第 91 页。
③ 周新民、苏童：《打开人性的皱折——苏童访谈录》，载《小说评论》，2004 年第 2 期。

对来说，苏童更低调一些，没什么张扬，但却是一个“先觉者”。

苏童在30多年的文学实践中，涉足长篇、中篇和短篇三种类型。众所周知，苏童最爱短篇[①]，却以中篇成名，而长篇未必是苏童最擅长的文本——直到2015年其长篇小说《黄雀记》获得第九届茅盾文学奖，这个大奖算是对与30年当代文学不离不弃的苏童写作生涯的一个“认可的仪式”。如果我们承认茅盾文学奖的权威性，那从一个侧面也反映了苏童的三种小说类型成就的高低。因此，本节讨论苏童与中国古代小说传统的关系将不限于他的长篇，也不限于他的某一单篇小说。同时，这一话题也会从中国古代小说传统中溢出，讨论苏童的写作与中国古典美学的诗性传统以及江南文化的关联。话题将涉及叙事传统、意象营造两个方面。

2. 汲取古代叙事传统的营养

苏童在早期的小说中进行先锋的文体形式实验时已经意识到这种实验的限度，“当时我感觉到，再个性、再自我，写到一定的份上写作的空间会越来越小，慢慢地耗尽。有了这样的意识之后，脚步就会往后退，在形式的要求上出现摇摆性。写《妻妾成群》就往传统的方面退了好几步，想看看能不能写出别的东西来，也就是找到一个更大的空间。结果发现我还能写别的东西，或者说还能用别的语言方式叙述故事。”[②]《妻妾成群》出人意料的成功使得苏童在不放弃小说的先锋实验性探索的前提下，开始从中国传统文学和古代小说中汲取有益的营养，包括古老题材的选用和改写、叙事视角的借用和诗意化的叙述格调。

首先，苏童从中国古老的故事原型中提取创作的题材。苏童曾说：“给我启发最大的是我国古典小说《红楼梦》、‘三言二拍’，它们虽然有些模式化，但人物描写上那种语言的简洁细致，当你把它拿过来作

① 2008年人民文学出版社出版了由苏童自己编选的五卷本《苏童短篇小说编年》，共收录从1984年到2006年苏童的短篇小说120篇。在“自序”中，苏童再一次声言：“我喜欢短篇小说，喜欢读别人的短篇，也喜欢写。许多事情恐怕是没有渊源的，或者说旅程太长，来路已经被尘土和落叶所覆盖，最终无从发现了，对我来说，我对短篇小说的感情也是这样，所以我情愿说那是来自生理的喜爱。”

② 林舟：《永远的寻找——苏童访谈录》，载《花城》，1996年第1期。

一些转换的时候，你会体会到一种乐趣，你知道了如何用最少最简洁的语言挑出人物性格中深藏的东西。”① 苏童小说大部分展现的是社会底层世俗化的生活，最具代表性的要数“香椿树街”系列与“红粉”系列，这些小说描绘出一幅幅纷繁杂乱的市井风情画。古代世情小说如《金瓶梅》《红楼梦》的影子在这些小说里都一一有所体现，甚至还可以追溯到唐传奇、白话小说“三言二拍”等古典小说形态对他创作的影响。就题材而言，古代传奇、话本都选取市井和世俗生活作为书写对象。传奇小说起初受史传影响，多写历史和政治，但随着小说文体的逐步独立，传奇小说开始越来越重视对世俗人情的表达。明代以后，传奇小说更是增强了对人情世态的描写，初步具备了世情小说的特征。话本原本是勾栏瓦肆中说书人的底本，大多取材于“闾巷新事”，故事内容自然都离不开平头百姓的日常生活。

苏童在小说中特别善于汲取民间历史神话故事进行改编。他的长篇小说《碧奴》是根据“孟姜女哭长城”的故事改编而成的。这是苏童作为唯一的中国作家参与全球出版工程“重述神话”的项目。“重述神话”是由英国坎农格特出版公司发起的全球首个跨国出版合作项目，有30多个国家和地区的知名出版社都参与了此项目。在《碧奴》中，苏童以自己瑰丽的文学想象赋予这个古老的传说以新生和活力。他将这个传说中抽象的“苦情”具体化为碧奴的“泪水”，并在充分渲染之后成为笼罩全文的隐喻，使得这个干瘪的传说有了奇幻的形而上的色彩。碧奴来自一个被虚化了历史背景的乱世，一个不允许哭泣的村庄，这一“眼泪的戒条”，隐喻了个体生命的压抑。她千里寻夫的旅程苦难到无以复加，她孤独地找寻着、艰难地跋涉着，一路上无尽的嘲讽和伤害包围着她。她只能用泪水释放自我的情感，击溃“一切缺乏美好心性和灵性皈依的精神城墙”，直到最后，伴着漫天飞来白色的金线蝴蝶，她在长城上用泪水表达震天撼地的悲情与苦楚。这部“眼泪的传奇”，就是“她要用眼泪向现实发问，用眼泪摆脱自己的命运”的生存寓言。而正是全篇“泪水”的隐喻，也使原文本的那个彻头彻尾的悲剧故事，在小说中有了乐

① 林舟：《永远的寻找——苏童访谈录》，载《花城》，1996年第1期。

观的色彩，因为“即使像碧奴这样处于社会底层的弱女子，即使这样贫贱的生命，也会因为眼泪而有了力量，无疑她对自己是有信心的。眼泪哭倒长城，可以理解成她对不幸命运的一种解脱，是极大的安慰”。①

其次，叙事视角的借用和诗意化的叙述格调。苏童的作品充满着瑰丽诡异的神秘色彩，可以说，苏童作品的独特魅力很大程度上取决于苏童巧妙的叙事技巧。苏童曾经对自己的构思叙事这样说道：“从 1989 年开始，我尝试以老式的方法叙述一些老式的故事，《妻妾成群》和《红粉》最为典型，也是相对比较满意的篇什。我抛弃了一些语言习惯和形式圈套，拾起传统的旧衣裳，将其披盖在人物身上，或者说是试图让一个传统的故事、一个似曾相识的人物获得再生。我喜欢这样的工作并从中得到一份乐趣。”② 苏童在《妻妾成群》之后，几乎全部采用顺叙这一传统而古老的叙事方式，很少出现那种颠来倒去的闪回、镶嵌、嫁接等错位、换位的变形蒙太奇手法，时间是一维的，空间是封闭的，叙述视角也极其单纯，像《妻妾成群》《离婚指南》都只用一个人物的眼睛来展开叙述，其余的几乎都被遮蔽。长篇《米》则是回到“全知全能”的古典叙述模式，并无《罂粟之家》的多线条的复调结构的恢弘气势和叙述奇观。

在叙述格调上，苏童在小说中追求一种诗意化的叙述格调，这使他的小说与中国古代叙事文学传统更为接近，与江南文化的气韵更为契合，与人的情感世界更为和谐。其实，在先锋小说群体中，苏童是最具有诗人气质的作家，这可能与他工作生活的苏州、南京等江南古城有关，也可能与他早期的诗歌写作有关。其实，苏童的小说从一开始，就显示出浓郁的、具体的江南传统文化气息，无论是《飞越我的枫杨树故乡》《一九三四年的逃亡》，还是《妻妾成群》《红粉》，我们看到苏童的艺术世界与江南传统文化都有着天然的联系。在他的小说中，“枫杨树”这一地域与小说中人物的活动、命运，以及叙述人的叙述，都紧密地联系在一起，离开了这一具体的地域，一切人物的活动和叙述都将不可思

① 丁扬：《苏童：碧奴用眼泪获得解脱》，载《中华读书报》，2006 年 9 月 14 日。
② 苏童：《红粉》（后记），浙江文艺出版社，1992 年版。

议，因为苏童的小说没有忙于“构筑自己心智能量世界的法道”，而是着力建构小说的诗意魅力氛围，那种纯静如水的叙述。

3.“三大意象群”：古代意象传统的现代转化

在西方文学中，意象派曾是20世纪初的一个诗歌流派，以美国的庞德为代表。庞德意象诗歌的源头则是中国古代文学中从《易经》到唐诗宋词的源远流长传统。最早提出意象问题的是《周易·系辞》：“书不尽言，言不尽意……圣人立象以尽意。”南梁刘勰第一次从美学的角度把意和象连在一起应用，他说：“独照之匠，窥意象而运斤。此盖驭文之首术，谋篇之大端。”① 意和象连在一起，可看作一个概念，也可看作由意和象构成的一对范畴。意象是客观的生活场景和诗人的主观思想感情相交融、通过审美的创造以文字表现出来的艺术景象或境界。意象就是主观情思与客观物象的有机统一体，它由物象和心意两部分组成。物象，指的是审美客体，是意象的能指部分，是意象的外壳，是与诗人的“意”互为其宅的客观对应物，是意象中与语词重合的部分。心意，指的是审美主体对宇宙外物之道的理解，其人生追求和内在情思是意象中的所指部分。意中不仅包括“情”，也蕴含着“理”。作为中国古代文学中的一个重要的批评范畴，意象最早应用于诗歌批评领域，以后渐次溢出于散文、戏曲和小说批评中。

苏童在小说中意象的营造和使用的特征早就为评论者注意。王干、费振钟在1988年就以《苏童：在意象的河流里沉浮》为题，分析苏童小说的意象特征：“苏童的小说是用生命的汁液浸泡出的意象之流，它自由地流动在心灵与大自然契合的那一瞬间”“苏童表现的不是过程，不是某种社会矛盾的冲突、发展、转化、结局，也不是人物性格的发展历史，甚至也不是时下人们所称道的心理过程，他孜孜以求、着力营造的美学理想是：意象。”② 葛红兵则从对“五四”以来的启蒙主义文学话

① 周振甫：《文心雕龙今译》，中华书局1986年版，第249页。
② 王干、费振钟：《苏童：在意象的河流里沉浮》，载《上海文学》，1988年第1期。

语偏离的角度，认为苏童使用一种更加接近汉语言传统的意象性语言，苏童小说的最主要特征是表现在意象性上。“他从中国作家嗤之以鼻的中国传统文学中汲取了养料，读苏童的小说，我们会很容易联想到唐诗、宋词的意境”。[①] 苏童30年的小说创作可以分为“枫杨树”系列、“香椿树街”系列和“红粉”系列，在这三个系列小说中，苏童创造了“孤独少年”“逃亡的还乡者”和“南国红粉”三大意象群落。[②] 这些意象有时分散在不同的作品中，有时又集中在一部作品的不同章节中，但是作者运用巧妙的写作手法，加上作品人物具有的独特气质，使得读者在脑海中形成具有鲜明形象的三大意象。苏童这30余年来的创作从来没有离开过这三大意象群，可以说，这三大意象群便构成了苏童瑰丽诡异、充满灵气的文风。苏童的作品中一直坚持这三大意象群，每个意象群都代表着充满神秘的某一类精神追求。

“孤独少年”意象群主要出现在苏童的“香椿树街”系列作品中，是苏童童年和少年生活“诗意化”的回忆。这类小说贯穿苏童小说创作的始终。有人做过统计，至2002年，苏童以“香椿树街”为背景的小说接近他创作总数的一半。[③] 1987年发表的小说《桑园留念》被认为是“标志着他这类小说的最高水准，对苏童来说有着一种经典性意义。”在这里，苏童为我们提供了重要的意象，几乎浓缩了他小说的全部内涵。“桑园”既泛散着青春、爱情和性的气息，也是乡村生活的直接标志，同时还暗示着一种归宿地，虽然桑园飘逸着死亡的气味。[④] 在此后的“香椿树街”系列作品中，主人公都是处在青春躁动期的少年，喜欢血腥、张扬暴力。他们的欲望得不到正常的满足，幻化成扭曲的情绪四处发泄。他们渴望成长，寻找处处可以证明他们长大成人的证据，但是往往失败。可以看出苏童特别喜欢、迷恋在这个背景下展开他的文学想象，淘洗他记忆中的生活铅华，不断对记忆中的生活、感受进行再体验，并创造出

① 葛红兵：《苏童的意象主义写作》，载《社会科学》，2003年第2期。

② 关于苏童小说的意象群的分析，可参考王干的《苏童意象》（载《花城》，1992年第2期）、郑丽霞的《论苏童作品中的三大意象群》（载《山东理工大学学报》（社会科学版），2014年第3期）、王悦华、丁晓原的《苏童小说意象论》（载《文艺评论》，2016年第9期）等文章。

③ 张学昕：《苏童文学年谱》，载《东吴学术》，2012年第6期。

④ 王干：《苏童意象》，载《花城》，1992年第2期。

新的有意味的世界图景。

“逃亡的还乡者”是苏童在“枫杨树”系列作品中创造的另一意象群，《一九三四年的逃亡》中的陈宝龙、《米》中的五龙、《逃》中的陈三麦、《外乡人》中的冬子父子、《我的帝王生涯》中的端白、《离婚之南》中的杨泊等都属于这一意象群。在苏童的小说中，它们承担了更多的苏童的精神追求，是苏童对人生的一种存在状态的思考。苏童笔下的逃亡者比比皆是，逃亡行为在作品中司空见惯，人物在乡村与城市之间不停移动，到处游走。苏童承认自己迷恋逃亡这个动作，《逃》《一九三四年的逃亡》等小说的主题全都围绕着“逃亡”展开，“逃亡”成为苏童小说中的一大景观。相较于其他作家而言，苏童对“逃亡”所能带来的精神收获充满了更多期待，但是精神追寻的终点最终指向虚无。在苏童的心目中，无论是五龙还是端白，杨泊还是克渊，他们都深感于存在的虚无，从而奋不顾身找寻精神的家园，从农村到城市，再从城市返回农村，主人公们在奔驰的火车上来来回回，却怎么也寻不到归处。“逃亡”与“还乡”是一枚硬币的两面，“逃亡”是一种文化逃亡，一种人类在灾难和死亡的困境中力图精神得救的图景，一种人类自己制造灾难和从灾难中逃亡的情景。逃亡后带来的精神的无力的放逐感与漂泊感最终会指向寻求精神的栖息地，也就是“还乡”。

“南国红粉”是苏童创造的最为人们熟知的意象群。张艺谋根据《妻妾成群》改编的《大红灯笼高高挂》获得的艺术或商业的成功使苏童笔下的南国女子走进大众的视野。苏童笔下的女性形象尤其让人印象深刻，在《红粉》《妻妾成群》《妇女生活》等作品中，苏童塑造了一系列个性鲜明的女性形象。在苏童的笔下，女子是南方温暖湿润气候中衍生出的女子，是无限阴柔耍尽手段的女子，是灰暗诡异散发着神秘气息的南方女子。她们或者在时代气息的掩盖下有着一颗自私庸俗的心，或者活在男人的主权世界之中寄生依赖，或者陷落在封建礼教的权威下挣扎呼喊、不得自拔。这些性格各异的女性形象的塑造显示了苏童超乎常人的想象力和对女性内心感情的细腻把握。女性形象作为苏童解读世界的一个入口，是具有极其重要的意象价值的。

在小说的撰写中，苏童通过打破传统女性形象，深入了解女性文化历史内涵，通过对女性内心世界深刻的剖析和解读来达成对人性和历史的批判。

在苏童的笔下，除了这三大意象群，还有一些如河流、季节、血液、故乡、色彩等意象。所有这些意象背后都有复杂的意义指涉，同时还承担疏通叙事结构、营造诗化氛围、强化主体的叙事功能。正是在对意象的自觉创造，苏童的小说改写了“五四”以来中国现代小说重逻辑性、因果性的叙述模式，“接续了中国古代诗词戏曲的传统，接续了中国古代文人画的传统”。[①] 苏童的“意象化”小说的写作体现了当代文学对中国古代意象美学传统的创造性借鉴，也显示了当代汉语写作的可能性。

① 葛红兵：《苏童的意象主义写作》，载《社会科学》，2003 年第 2 期。

七

贾平凹的《秦腔》

在新时期以来的当代文学中，贾平凹无疑是最重要的作家之一。不管从数量还是质量，不管是对当代现实的表现，还是对西北地域文化的表现，不管是他笔下众多鲜活灵动的人物，还是独具韵味的文字风格，贾平凹都无可争议是当代最卓越的作家之一。历经30多年的创作历程，他的创作涵盖了一部当代中国文学变革史。贾平凹也是当代文坛最受争议的作家之一，从《废都》到《秦腔》到最近的长篇《带灯》，在作品与时代精神、与当代中国乡村的现实的关涉度方面，在长篇小说的文体创新方面，贾平凹都会成为评论界的话题。同时，贾平凹又深爱传统文化、古典文学，并且深受其影响，将其中的精华和优点不断吸收到自己的创作当中。尤其对作为中国古典小说高峰《红楼梦》的精髓更是心领神会，他自己说："《红楼梦》在初中时读过，上大学又读过，直到我从事写作近二十年，曹雪芹的影响反倒大起来了。"有论者指出："他（指贾平凹）以开放的艺术胸襟吸收着多种信息和营养。他的古典文学修养为人们所称道，这方面的老师有司马迁、陶渊明、柳宗元、苏轼、李清照、施耐庵、蒲松龄、曹雪芹、苏曼殊等。"① 本章以贾平凹的长篇小说《秦

① 费秉勋：《贾平凹论》，西北大学出版社1992年版，第186页。

腔》为主，结合贾平凹的其他作品，分析贾平凹对中国古代小说传统的继承、借鉴、改造和应用。

1. 对话本的借鉴：聊天式结构与细微生活之内容

在当代作家中，贾平凹是一位有自觉的文体意识的作家。在他早期的小说如《浮躁》中，可以明显地看出对西方现代小说写实技巧的模仿。然而，从《废都》开始，贾平凹将目光投向中国古代白话话本小说的传统，在明清以来的以"说话"为中心的说话体小说传统中寻找叙事资源。贾平凹对自己的这种艺术转向毫不隐讳，他多次坦白自己深受明清白话长篇小说传统的熏染，尤其是《金瓶梅》和《红楼梦》的艺术熏染，《废都》《秦腔》与《金瓶梅》《红楼梦》的艺术渊源是明眼人一望即知的，而贾平凹想延续的正是中国小说的这种民族叙事传统。

当然，贾平凹对中国传统白话小说传统的继承是有选择的，或者说有他自己对传统的"说话"的改造。贾平凹在《白夜》后记中阐明了他的"说话"理念，传统说书人的说话方式重在"哗众取宠、插科打诨、渲染气氛、制造悬念、善于煽情"，全视角的讲述又类似领导干部式的"慢条斯理、拿腔捏调"。① 这两种说话方式都存在叙述者横亘在故事与故事接受者之间，都强调叙事者的态度对叙事文本的硬性切入。改变说话的方式，就是创造新的文体结构，如何拉近叙述者、接受者和读者之间的距离，做到叙述的自然、随意，是贾平凹孜孜以求的。在不断进行小说结构的尝试中，贾平凹认为，如何达到在叙述生活故事的时候，如同生活本身在展示，这就要求在写作中寓"技巧"于"故事"和"生活"之中。"给家人和亲朋好友说话，不需要任何技巧的，平平常常只是真。而在这平平常常只是真的说话的晚上，我们可以说得很久，开始的时候或许在说米面，天亮之前说话该结束了，或许已说到了二爷的那个毡帽。过后一想，怎么从米面就说到了二爷的毡帽？这其中是怎样过渡和转换的？一切都是自自然然过来的呀！禅是不能说出的，说出的都已不是禅

① 贾平凹：《白夜》（后记），广州出版社 2007 年版，第 317 页。

了。小说让人看出在做，做的就是技巧的。”[①] 贾平凹在这里阐明的是“说话”体的文体观念，其实是从“怎样说”和“说什么”两方面完成他的叙事结构。“怎样说”，贾平凹强调聊天式结构，力戒叙述者观念的硬性切入，追求叙述技巧的非表演性，达到让人“看不出在做”的痕迹。“说什么”是指小说的叙述内容，贾平凹小说中的事不是传统的有完整情节的故事。他强调的是那些生活中的“细微之事”，他认为：“如果看到了获得了生活中那些能表现某人某物某景的形象而细微的东西，这也就是抓住了细节，文学靠的是细节，而素材的积累，说到底是细节的积累。”[②]

贾平凹对小说世界的营造是出于一种重建小说世界的完整性的考虑。贾平凹在“说”的方式上要求与生活尽可能地靠近，使小说像生活本身一样让读者看不到做的痕迹，在“说”的内容上又要求小说尽可能细微地袒露生活的真相，十分看重生活的日常性、琐碎性、原生态。如果我们回到我们民族小说传统的审美艺术领域，又会发现这种审美追求恰恰是我们民族的东西。自西学东渐以来，西方的文学理论颠覆了中国思想文化传统和汉语体系，小说家学西方的文论观念，注重以刻画典型人物、强化叙事结构的完整性为特点的焦点叙事，忽视的恰恰是对日常生活的细腻描摹。贾平凹的写作，放大了日常生活的内容，这种更接近生活本质的叙述其实联结的是中国文学以《金瓶梅》和《红楼梦》为代表的生活叙事传统，但同时又是在古典小说叙事基础上文体探索的成果。

2.《秦腔》与古代世情小说

《秦腔》获得第七届茅盾文学奖，被评论界认为是贾平凹的巅峰之作。小说的取材是贾平凹生命深处最不愿轻易触动的故乡记忆，而故乡对于贾平凹来说是精神的最后归宿。作为中国当代文学中重要的一位乡土文学作家，贾平凹一直是写农村，写当前的农村。但近年来，

① 贾平凹：《白夜》（后记），广州出版社 2007 年版，第 318 页。
② 贾平凹：《平凹散文》，浙江文艺出版社 2000 年版，第 447 页。

随着中国社会的巨大变化，或者说随着城市化进程的加快，中国农村出现了前所未有的萧条，作为一种生活方式的中国农村正在逐渐消失，作为精神归宿的故乡正在消逝。这部小说是贾平凹为了替自己行将消失的故乡“竖起一块碑子”，是唱给故乡的一曲挽歌。所以，《秦腔》会给人一种透彻骨髓的绝望感，也就是说贾平凹把乡土中国的叙事彻底解构掉了，是对中国乡土叙事的最后性抒写（孟繁华语），它是乡土中国叙事的终结。[①] 从《秦腔》的悲剧格调，密实繁复、充满日常化细节的叙事方法等方面，我们可以看到贾平凹对《红楼梦》的诸多继承。

《红楼梦》是王国维所说的“悲剧中之悲剧”。在王国维的眼中有三种悲剧：一种是蛇蝎之人造成的；一种是由人物盲目的命运造成的；还有一种是没有原因的，是时代和人的错位，用王国维的话说，是因“通常之道德、通常之人情、通常之境遇”造成的。[②]《红楼梦》展示了一个多重层次又互相融合的悲剧世界，主要描写了宝黛钗爱情婚姻悲剧和大观园的毁灭，封建大家族的没落以及贾宝玉的人生悲剧等，可以说《红楼梦》有着浓郁的悲剧意味。贾平凹深得曹雪芹真传，他自己也曾经讲过：“我们需要喜剧性作品，也需要悲剧性的作品。”[③]《红楼梦》中对悲剧深刻而又富有诗意的独特体验，对贾平凹影响很大，他的有些作品着重对爱情婚姻悲剧的演绎。在《秦腔》中，贾平凹描写了多重悲剧的组合，通过乡村文化的主体、乡村文化的载体（秦腔）以及乡村文化的重要构成（传统道德）等三个方面全景式地展现了乡土中国的凋敝现状和乡村文明一步步衰落、崩溃的过程。小说弥漫浓厚的悲剧气息，呈现强烈的悲剧意识，渗透深沉的悲剧精神，表现崇高的悲剧美。

《秦腔》中的清风街是乡土中国千万乡村中的一个，同样处在现代文明的冲击之下，在“后改革”时期的当下，与众多乡村一样，已失去前进的动力，开始破败不堪。农民纷纷逃离乡村，拥向城市讨生活。但

① 张胜友等：《〈秦腔〉：乡土中国叙事终结的杰出文本——北京〈秦腔〉研讨会发言摘要》，载《当代作家评论》，2005年第5期。

② 王国维《红楼梦评论》，见黄霖编《中国古代小说批评史料汇编校释》，百花文艺出版社2009年版，第837-838页。

③ 王永生：《贾平凹文集》（第14卷），陕西人民出版社1998年版，第237页。

进城后的农民遭遇又非常悲惨，从事着繁重的苦力活，结果往往非死即伤或犯罪。留守乡村的大多是一些老弱病残，连“抬棺材的人都没有了”，又处于极度的贫困状态，让人触目惊心。见证清风街发展历史的老主任夏天义作为乡土中国的“最后一个农民”徒劳地作着最后的努力，承载着沉重的历史责任，是个典型的悲剧式人物形象。

“秦腔”在小说中是一种民间文化的载体，也是传统文化的象征。清风街上的人像热爱生命一样热爱这种古老的艺术，然而《秦腔》中的秦腔同样面临悲剧性命运，它的衰颓之势却并非靠个人的努力便可以改变的，在市场化与时尚化的猛烈冲击下，仍然被现代文化所淹没，宿命般地走向衰亡。夏中星当秦腔剧团团长时制定了雄心勃勃的振兴计划，可演出到最后不但没有一个观众，还差点被人打了。王老师唱了一辈子秦腔，年老后想出一盘带有纪念意义的唱腔磁带也不得。热爱秦腔的白雪是县秦腔剧团的著名演员，是秦腔的化身和希望，也最终落了个只为丧事而歌的不幸结局。夏天智终于出版了秦腔脸谱，每天坚持在家里播放秦腔，可他的收音机喇叭最后还是随着他的病死而哑。他的死亡隐喻的正是乡村文化的尴尬处境和悲剧性终结。

作为传统文化重要维度的伦理道德在清风街也走向衰落，呈现崩溃的图景。夏家老一代四兄弟的名字分别取自儒家传统精神的精髓“仁、义、礼、智”，但四兄弟没有一个善终的结局分明是传统道德在乡村衰落的绝妙象征。夏家第二代中的庆金、庆玉、庆满、庆堂的名字分别取自“金玉满堂”，在中国传统文化中人们历来用这四字表现对生活的美好向往和幸福憧憬，可这几兄弟连赡养父母都争斗不止，为父母迁坟出钱多少而争吵，为父亲死后立碑经费分摊问题仍然争吵不休。因此，传统伦理道德的崩溃不仅使乡村文明面临困境，而且会使乡土中国面临倒退的悲剧性命运。而新的伦理道德又远未建立，乡土中国陷入无所适从的状态，种种罪恶也就泛滥成灾，悲剧性会更加突出，无从逃离。

在古代小说中，《红楼梦》没有描写惊心动魄的情节，有的只是对迎来送往、衣食住行、婚丧嫁娶等日常生活的细微的展示。李遇春在《“说话”与贾平凹的长篇小说文体美学》中曾对中国古典白话长篇小说的“说话”类型做了细致的分析。他认为，以《金瓶梅》《红楼梦》为代表的“闲聊式”说话体小说开创了密实繁复地客观呈现日常生活的原生态、以细节为主体的说话结构模式。它与《三国演义》《水浒传》为代表的以情节为中心的“情节流”小说不同，是一种“反情节”的小说。[①] 贾平凹在《秦腔》中构建的就是这种细节流小说形态。在《秦腔》后记中，贾平凹将这种生活细节流的小说形态表述为“密实的流年式的叙写”，它写的是清风街人的“生老病离死，吃喝拉撒睡”，总之是“一堆鸡零狗碎的泼烦日子”。[②]

在《秦腔》中，细节取代情节成为小说的基本结构方式，即使小说中有基本的情节，如清风街两代支书之间为农村发展道路而产生的冲突，但这种基本情节完全被淹没在夏家三代人的日常生活冲突的漩涡之中，主要是夏家的天字辈和庆字辈以及两代妯娌之间的日常生活流年中，这也就意味着小说中情节流被细节流所淹没。至于小说中具体的细节描写则可以见出贾平凹的写实才能。如小说中写夏天礼的吝啬：“烧饼是粘着芝麻的那种烧饼，他咬了一口，一粒芝麻就掉到了桌缝里，抠，抠不出来，再抠，还是抠不出来，我说：‘三叔，我拍桌子上了你用手就接。’就猛一拍桌子，芝麻从桌缝里跳出多高，他伸手便接住了。”这里用了一个近乎夸张的细节描写来表现夏天礼的性格，一粒微不足道的芝麻掉进桌缝，竟然一抠再抠，千方百计要得到它，不到手绝不善罢甘休。另外，写夏天义夫妇的节俭，也用生了虫的面舍不得倒掉这一细节来表现。还有，在写到秦腔的巨大感染力时，用的是“出奇的是婴儿一听秦腔就不哭了，睁着一对小眼睛一动不动。而夏家的猫在屋顶的瓦槽上踱步，立即像一疙瘩云落到院里，耳朵耸得直直的。月季花在一层一层绽瓣，最是那来运，只要没去七里沟，秦腔声一起，它就后腿卧着，前腿撑立，瞅着大喇叭，顺着秦腔的节奏长声嘶叫”。他对细节描写之重视，是他自己对创作的不断思考、改进的结果，在这过程中，由于他对《红楼梦》

① 李遇春：《“说话”与贾平凹的长篇小说文体美学》，载《小说评论》，2013年第4期。

② 贾平凹：《秦腔》（后记），作家出版社2005年版，第565页。

的特别推崇与喜爱，而《红楼梦》在细节描写方面的成功范例，不能不说对他具有重大影响和启发意义。

3. 古典意象：入思之径

在当代作家中，贾平凹被公认为最具传统文人意识的作家之一，他对传统文化、中国古典文学的自觉继承和借鉴是多方面的，其中在长篇小说创作中最突出的是对中国古典文学中意象的继承和改造，创作了被称为意象主义的小说。

意象，一般被界定为表意之象，是我国古代哲学、美学和文论中一个重要的范畴。这一概念，最早发源于《周易·系辞上》中“圣人立象以尽意”一语，后经庄子、王充和王弼等人的论述，逐渐丰富、成形，不过主要用于哲学观念的阐述之中。第一次把意象用于文学理论者是刘勰，在《文心雕龙·神思》篇中，他这样写道：“独照之匠，窥意象而运斤。此盖驭文之首术，谋篇之大端。”①强调了意象在艺术构思中的重要作用。唐宋以后，意象一词逐渐通用化。明清时期，意象成为比较常用的诗学术语之一，并作为品评诗歌的一个重要标准。意象概念的逐渐成熟，在我国漫长的历史发展中主要是在诗歌领域进行的。意象这一概念进入小说、戏剧等叙事性文体，或对叙事性文体进行意象分析，这可看作是诗和诗论对叙事文学渗透或泛化的结果。著名学者杨义曾说：“研究中国叙事文学必须把意象、以及意象叙事方式作为基本命题之一，进行正面而深入地剖析，才能贴切地发现中国文学有别于其他民族文学的神采之所在，重要特征之所在。”② 现当代文学中，鲁迅、废名、沈从文、萧红、孙犁、汪曾祺、苏童等作家，他们的某些作品注重意象营造，一般被称作抒情小说、诗化小说或散文化小说，也有称作意象或意象主义小说的。③

贾平凹在他的小说中有意识地创造和使用意象。在贾平凹稍早的小

① 周振甫：《文心雕龙今译》，中华书局 1986 年版，第 249 页。
② 杨义：《中国叙事学》，人民出版社 1997 年版，第 267 页。
③ 关于“意象小说”，可以参考有关苏童的意象小说的讨论，此处不再赘述。

说创作里，我们即可见到意象的刻意设置，如神秘的古堡、与人物命运息息相关的白麝（《古堡》）、浮躁不安的州河（《浮躁》）等。但这些意象，往往只作为故事发生、发展的背景，或表现人物的道具，还未能参与到人物塑造本身。自《废都》开始，他对意象效果的追求更自觉，往往在一部小说里营建一个巨大的整体意象来作整体上的观照，如《废都》《白夜》里的“西京”城、《土门》里的仁厚村、《高老庄》里的高老庄。作家主观意识的投射，使这些具体地点具有了比实在的城市、村庄更多的意味，在某种程度上成了一种象征体。除了总体意象，贾平凹还精心设置了大大小小的具体意象。这在其90年代的长篇小说里几乎俯拾即是，如天上并出的四日、地上无人识得品类的奇花（《废都》）、再生人的钥匙（《白夜》）、亮鞭的狗（《土门》）、神秘的白云湫（《高老庄》）等。

贾平凹在小说中执着地营造意象除了受到中国传统文化、古典文学的影响外，还有一个对自己创作的追求的思考。在早期的小说创作中，贾平凹在作品中就已经营造了许多鲜明生动的意象，但还没有上升到理性的、自觉的艺术高度。到写作《浮躁》，他才明确意识到严格写实的方法对他似乎并不适宜，才决定要建构自己的意象世界，这种艺术觉悟和追求一直贯彻在《废都》及其以后的长篇小说创作中。但是归根结底，贾平凹选择意象营造作为他艺术创造的主要方式，是想更好地表达自己独特复杂的社会和人生思考，是想在作品中追求一种混茫多义的美学效果，追求一种形而上与行而下、虚与实的结合。贾平凹在《怀念狼》后记中对此作了颇具哲学意味的解释：“物象作为客观事物而存在着，存在的本质意义是以它们的有用性显现的，而它们的有用性正是由它们的空无的空间来决定的，存在成为无的形象，无成为存在的根据。但是，当写作以整体来作为意象而处理时，则需要用具体的物事，也就是生活的流程来完成。生活有它自我流动的规律，日子一日复一日地过下去，顺利或困难都要过去，这就是生活的本身，所以它混沌又鲜活。如此越写得实，越生活化，越是虚，越具有意象。以实写虚，体无证有，这正是我把《怀念狼》终于写完的兴趣所在。”[①]

在这里，贾平凹理论上完成了他的整体意象论，那就是通过生活流的实存之象来传达他对生活的形上之思。现在新写实强调生活的原生态，整体上消解了作品本应有的价值和意义，只是力求通过生活流达到对生活的平面化的再现。而在贾平凹这里，他要通过原生态生活的流动，凸现作家的某种精神指向。就如同贾平凹所言："我的初衷里是要求我尽量原生态地写出生活的流动，越实越好，但整体上却极力去张扬我的意象。"[②] 现实的形而下的生活世界是他的象的层面，生活之上的形上之思则是他极力表现的意。这样，意象不仅是表现手法，也是结构手法。不论在《废都》《秦腔》，还是《古炉》《带灯》中，我们在这种密实的流年似的生活流叙述中，找不到绝对的意念，独立的意义，而是在似生活的、混沌的、多元的话语结构的背后，看到了小说多层次的、流动的意识形态，那是超越于形下生活的形上之思。但是，在意象营造时如何真正达到意与象的交融结合、浑然一体，却是一个很难把握的度的问题。正如有论者所言："平心而论，《秦腔》和《古炉》的虚实有无艺术达到了当今中国文学所不曾抵达的胜境，但离贾平凹所心仪的《红楼梦》毕竟还有距离，这两部大书依旧存在着实过于虚或虚过于实的问题。"[③]

① 贾平凹：《怀念狼》（后记），作家出版社 2000 年版，第 272 页。
② 贾平凹：《平凹散文》，浙江文艺出版社 2000 年版，第 494 页。
③ 李遇春：《"说话"与贾平凹的长篇小说文体美学——从〈废都〉到〈带灯〉》，载《小说评论》，2013 年第 4 期。

八

王安忆的《长恨歌》

王安忆是20世纪80年代以来当代文学最重要的作家之一。80年代前期，她以其短篇小说集《雨，沙沙沙》中的“雯雯”系列初登文坛并引起读者和评论家注意。有过插队经历、耽于幻想的“雯雯”等女孩与她的个人生活构成明显的同构性，带有“知青文学”的特征。随后的《本次列车终点》《庸常之辈》等小说描述的都是返城知青的烦恼人生，虽仍有“雯雯”系列的痕迹，但毕竟已开始直面现实，暗合了当时的“反思文学”思潮。1985年问世的中篇小说《小鲍庄》，被评论家视作“寻根文学”的代表作。此后以婚外恋、纯粹性爱、柏拉图之恋为母题的“三恋”系列以及《岗上的世纪》相继发表，因其女性作家身份和性爱话语叙事，王安忆又被视作女性主义甚至是女权主义的代表。《叔叔的故事》《乌托邦诗篇》《纪实与虚构》等后来一系列作品，又热衷于小说叙事方式的探索，《纪实与虚构》还被看作是“先锋小说”的代表作。90年代前期，王安忆转向城市凡俗生活，注重对城市生态、城市精神的把握，创作了《香港的情和爱》《伤心太平洋》《长恨歌》等系列作品，被归入“新写实”或“新历史主义”的阵营。世纪之交，王安忆创作了一系列乡村小说，包括《姊妹们》《文工团》《隐居时代》《花园的小红》《喜宴》《王汉芳》等，与《长恨歌》等小说成为这一时期小说创作转向民间叙事的重要组成部分。通过以上的盘点，可以清楚地发现，王安忆风格多变的创作实践，与新时期以来的当代文学发展始终与时俱进地保持着同步的态势，她的小说文本几乎成了触摸一个时代文学体温的利器。在与当代文学同步的30多年的文学实践中，王安忆对中国传统叙事资源、古代小说传统的吸纳和借鉴成为王安忆小说研究的一个不容忽视的内容。

具体地说，在20世纪90年代以后的小说中，王安忆有意识地从古代叙事传统特别是评话中借鉴讲故事的手法、从《红楼梦》等明清小说中学习描写市井俗情等日常生活的笔法，为重建当代文学与中国古代文学之间的精神联系提供了一组成功的文本案例。

1. 对“平话”叙事资源的借鉴

“故事”是中国传统叙事文学的一个区别性特征。在中国现代小说的形成和发展中，西方的现代小说传统曾经作为中国现代小说的转化过程中的主要资源，中国传统小说的故事性传统被边缘化。而到了20世纪90年代，在当代文学经过全面学习西方的小说技巧之后，来自先锋小说阵营的作家如莫言、苏童、格非等先后开始关注中国传统小说的叙事资源，并以各自的方式进行创造性的吸收、转化。在《长恨歌》《富萍》《遍地枭雄》《天香》等长篇小说中，我们同样可以发现王安忆对传统叙事资源的借鉴。

首先是小说全知叙述视角的回归。全知视角是中国古代叙事文学最常用的叙述视角，尽管在实际创作中出现过一些采用限制视角的作品，但总的说来，中国古代白话小说的叙述大都是借用一个全知全能的说书人口吻。[①] 在中国现代小说的发展中，这一传统叙述视角被西方小说的限制视角和第一、第二人称叙事取代。而80年代的先锋文学更在意于“怎样讲”的叙述实验，他们在小说中安排了一个又一个的“叙述圈套”，

① 陈平原：《中国小说叙事模式的转变》，北京大学出版社2003年版，第63页。

确实给80年代的读者以极大的文本震撼。王安忆的《纪实与虚构》也可以看作是这一类型实验文本。在《纪实与虚构》中，“成长”与“寻根”的双重主题构成小说的复调结构，“纪实”而外，叙述者主要是依靠想象性虚构来建立叙事框架。想象者不断变化的立场形成了多变视角：“后代我”“汉人我”“寂寞的我”，叙述角度的不断的调整与“家庭神话”的往复的建构与解构，形成了当代小说最为复杂的结构形式。但从《长恨歌》开始，王安忆的叙述方式转向单纯，标志就是其后的一系列作品的全知叙事。

对于全知叙事的方法，王安忆有自觉的借鉴，就是对传统的“扬州评话”的典型的叙事方式的回归。王安忆这样说：“说书，简直是将叙事的方式推到了最前沿。它与听众是面对面的……它将表达的条件限制在最低点……一切全归结于‘说话’。”[①] 有学者从中西宗教传统的角度对王安忆使用的“全知”叙事与西方的“全知全能”叙事做了区分，认为王安忆经过自身的探索，逐渐形成了一种既不同于宏大历史叙事，又不同于单纯个人化叙事的“众生话语”。王安忆小说的“众生话语”是以全知视角对世俗众生的漂流命运作智慧穿透，以慈悲同情的态度呈现其物质生活与精神状态，以说话般的平白语言的叙述转达生活形式的趣味，创造一个非意识形态的民间世界。[②] 在长篇小说《富萍》中，王安忆以“说话”的方式叙述，创造了特有的“智慧型全知叙事”；而在《长恨歌》中，王安忆设置了一个处于高位置的并且无所不在的视角——飞翔在城市上空的鸽子。鸽子全知叙事视角的设置，表现了作者旁观者身份的叙述姿态。小说中这城市的一切美满、幸福、和谐以及在逝去的辉煌下面所掩藏的冷酷的真实都通过鸽子的视角揭示出来。在《长恨歌》中第四节出场的鸽子，带着神性、智慧、救世的眼光，它们掌握着这“城市的真谛”，不同于“肉的动物”，“鸽子是灵的动物”，是“这无神论的城市里神一般的东西”，就像上帝般。王安忆对中西传统的叙事方式进行了结合和改造，既承担了一种毫无

① 王安忆：《专家荐书〈王少堂传〉》，见《解放日报》1998年11月14日。:

② 徐德明：《王安忆：历史与个人之间的“众生话语”》，载《文学评论》，2001年第1期。

限制的叙述的自由，又以鸽子的视角俯视众生，拉开了叙述者和文本之间的距离，为作者的叙述提供了更为广阔的空间和自由度。“站在一个制高点看上海，上海的弄堂是壮观的景象。它是这城市背景一样的东西。”[①] 王安忆通过设置“鸽子”这样一个全知视角全程参与了小说的叙事过程，将这个城市的历史和许多人生展现在读者面前。当鸽子在密密匝匝的弄堂里自由穿梭时，它们能够真实敏锐地捕捉到各种生命状态：每日里免不了的家常话，窗畔边的窃窃私语和夜间此起彼落的敲门声。午后的闺阁，是乱的一段时光：春夏有蝉鸣声、电车声、留声机的歌唱声搅扰，还有那似有似无、暧昧不明、闪烁其词的琐细之声萦绕；秋冬则是阴霾和寒气扰着心。闺阁里的女儿为着年华皱眉。作者通过鸽子的眼睛，从弄堂到闺阁，从弄堂到爱丽丝公寓……鸽子见证了许多重要的镜头，它们是为了见证这一历史而存在，为了上海而存在。它们的眼睛是投向弄堂的，投向市民生活空间的，观照这里平凡而真实得有些残酷的人生和历史。

其次是对“讲故事”形式的回归。既然王安忆在小说中重视她的故事，那么为故事设计一个叙述的形式就是小说创作的一项基础的工作。王安忆在《遍地枭雄》中设置分层叙述，模仿说书人的口吻，表现出对传统叙事的借鉴。《遍地枭雄》的故事情节非常简单：年轻的上海出租车司机韩燕来在一次拉载客人的过程中被抢劫，莫名地开始了一段与三名劫匪走天涯的旅程。三个劫匪以倒卖汽车为生，在开车亡命的旅途中，韩燕来与三个人的心越来越近，最后竟难舍难分。故事看起来有点神奇，却又带着一种生活的必然合理性。四个人能在短短的时间内，在紧张而虚无的逃亡途中得以互见真情，要归功于劫匪的头目大王所开启的一个接龙游戏——接词、接故事，故事里的人变成讲故事的人。显然，这是一个叙述分层。叙述者讲述韩燕来与三名劫匪的故事为主叙述层，故事中的人物相互讲的故事为次叙述层。从技术层面上讲，大王、二王、三王（三名劫匪）各自的次叙述对主叙述起到了补充说明的作用，交代了主要人物各自的来历。让故事里的人开腔讲故事算不上新鲜事，用次叙

① 王安忆：《长恨歌》，人民文学出版社 2010 年版，第 3 页。

述对主叙述做补充以保持叙事节奏也不见得新鲜。值得注意的是人物在叙述时所用的方式——带有鲜明的说书人的痕迹。

说书人的叙述方式，增添了他们身上的传奇性。说书人是一个经典的形象，说书的方法也变成了一种叙述方式。在次叙述层里，三个人都是有自我意识的叙述者，他们竭尽全力将故事说得生动，以显示自身的“见识”，说书人是他们自觉的定位。对二王、三王来说，将故事讲好，是为了获得大王的肯定；对大王来说，讲故事是获得自身意义的途径，是排遣孤独的方式。小说中最常讲故事、做演讲的人就是大王。在某种程度上，我们甚至可以说大王是隐含作者的代言人。作家对光怪陆离的时代的看法，对历史进程的怀疑，对浮动在人间的锐利而燥郁的气氛的反应，很大程度上是借这位枭雄之口表现的。大王说书人的讲故事方式，成为一种标志，它代表了民间的、草莽的、旁生枝节的声音。说书人对历史的理解深刻又肤浅，对规律的解读纯粹又芜杂。故事要说得漂亮，为道德的要求可以牺牲历史的真实，当然，此处的道德不是千古文章，而是来自于民间的自我的秩序。作家让故事里的人讲起故事，并让他们以说书人的口吻去陈述，意即在劫匪身份外，将他们命名。他们不是普通的亡命徒，而是讲故事的人。在主人公韩燕来从男孩成为男人的路上，三位“说书人”给了他“英雄”梦的种子。属于路上的故事，要与之相匹配的口吻才能传递出来，说书人在这里不仅仅是形式，而是意义的一种。

第三是对民间叙事的回归。20 世纪 90 年代，陈思和在文学史研究和文学批评中最早使用“民间”的概念，把它作为一种文学史的观照视角和立场。陈思和认为：“民间是与国家相对的一个概念，民间文化形态是在国家权力中心控制范围的边缘区域形成的文化空间。”[①] 以后，民间这一概念扩展到写作领域，成为一种有别于国家——民族宏大叙事、在主流意识形态话语之外存在的民间叙事。在《长恨歌》《富萍》《天香》等小说中，王安忆对衣食住行、柴米油盐、声色气味等城市女性经验世界的关注，建构了以女性为核心的民间叙事话语。

① 陈思和：《民间的沉浮》，载《上海文学》，1994 年第 1 期。

王安忆的民间叙事首先体现为对琐碎的女性日常生活的描写和关注。从《长恨歌》开始，王安忆显示出了对日常生活的关注，作者着笔于普通日常生活细节，讲述了一个旧式女子王琦瑶的故事。她在解放初曾被选为沪上淑媛的“三小姐”，李主任当初将她金屋藏娇，她在华铺深宅平静度日；后来在平安里自谋生路，每日做得几碟小菜，拾掇得陋室窗明几净，却也恬淡自然；那个不愿承认是女儿父亲的男人来了就来了，走了就走了，她也无太多怨言，时光慢慢地从摆弄服饰、给人打针、做饭烧菜、怀孕生子中流逝。王琦瑶的一生是一个普通女性极不起眼的一生，是一幅由无数琐屑的小事堆砌起来的女性人生图景。其次，王安忆的民间叙事还表现为对都市的女性化体验上。在男性作家的眼里，都市总是具有“雄性色彩”的，充满了战斗硝烟的气味，但同时，男性作家对于都市当中灯红酒绿和纸醉金迷情态的描写，又使得都市具有某种腐朽的气息。但是，在《长恨歌》中，王安忆却使用了一种女性特有的鉴赏的眼光描写了城市的种种趣味，以及女性对于这个城市的感觉：旗袍的式样，点心的味道，咖啡的香味，各式各样的发髻、粉盒、皱纹，午后三五个人围炉而坐，说一些闲话，啜一杯热茶。一个纯粹的女性化的都市在作者精致闲散的叙述中浮现了出来。再有，民间叙事还体现在女性对时代话语和男性的疏离上。同样以《长恨歌》为例，王琦瑶的一生经历了中国现代历史上所有重大的变革，如新旧朝代的嬗变，新中国成立后的三反五反、公私合营、反右、大跃进乃至“文化大革命”等，由时代的变迁和中国人记忆深处凄惶惨烈的往事所构成的这一切都只是作为模糊的背景出现在作品当中。另外，那些与王琦瑶的生活发生过密切联系的男性人物，如蒋丽莉的父亲，有权有势的李主任，不敢担当父亲责任的康明逊，电影厂的导演等都只是一些不太清晰的背影，男性社会的纵横征战只能模糊地投射在女性视野里。最后，王安忆的民间叙事还表现在独特的女性叙述方式上。女性叙述方式的特点就是不以情节的曲折取胜，而强调结构的弥散化和意绪化，《长恨歌》里呈现的是一个不可思议的繁复与啰嗦的女人世界，闲散繁复的叙述方式，不紧不慢、唠叨静态的叙述节奏，都构成了典型的女性的讲述方式。

2. 世情小说的借鉴与改造：都市日常生活叙事

王安忆对上海女性的书写、对都市日常生活的关注使我们不得不想到20世纪40年代的张爱玲；读《长恨歌》，我们无法不想到张爱玲的《传奇》；王安忆笔下的王琦瑶，不能不让我们想到张爱玲笔下的葛薇龙、白流苏和王娇蕊等。虽然王安忆在不同场合接受访谈、面对"影响的焦虑"这一共性提问时，刻意撇清与已成现代文学经典的张爱玲小说的某种内在联系，甚至还在质疑学界给予张爱玲的文学史高度，但是生活在张爱玲之后的作家，在写作以上海为背景的都市故事时，张爱玲的作品所施加的"影响的焦虑"，是不可避免的。越是强调不同，越是反映出影响的存在。王德威认定王安忆"为张的人世风景，真正赋予当代意义"，将其列为"另谱张派新腔"的内地作家"首选"。[①] 认为王安忆笔下的王琦瑶是葛薇龙、白流苏等在一个夸张禁欲的政权中在黄浦滩头的"后事"："在这一意义上，《长恨歌》填补了《传奇》《半生缘》以后数十年海派小说的空白。"[②]

在选择书写上海的故事、为传承中的上海叙写别样的传奇方面，王安忆与张爱玲有相通之处。对于上海，王安忆虽然是个"外来户"，但她却被这座城市所深深地吸引，极力找寻自己与上海的渊源关系，她是在不断发掘上海并不断融入其中的过程中成长起来的，并创作了《流逝》《米尼》《纪实与虚构》《长恨歌》《富萍》等作品。她不仅描写了三四十年代十里洋场的上海既往，解放后人民政权下政治运动频仍的上海也成为其小说的背景。但毕竟她与张爱玲的身世、经历、小说观念、身处的上海都不相同，因而王安忆书写上海的故事呈现自己的特色。或者说，王安忆以自己特有的上海故事的讲述方式，叙写了普通人日常生活的新传奇。

---

① 王德威：《想象中国的方法》，三联书店2003年版，第254-255页。
② 王德威：《中国现代小说十讲》，复旦大学出版社2003年版，第293页。

王安忆对小说文体有着高度的理性认识与敏感，她说：“我写小说好像不是从思想上着手，而是从形式着手，特别喜欢形式。我往往对一些事情的判断或对世界的看法，好像不是从经验出发，而是从我审美的理想出发。”[①] 王安忆特别强调叙述对小说的意义：“一个故事本身就包含了一个讲故事的方式。那故事是唯一的，那方式也是唯一的。”[②] 她认为“好小说就是好神话”，她力图通过理念构建一种“神话”。神话是人为的虚构，人类用这种在其“真实性”上与世界毫无干系的自满自足的话语系统来描述与阐释世界。因此，她的小说不以讲故事为主要目的，而是致力于显示故事的各式各样的不同讲法，她认为写作最困难同时也是最成功最重要的秘诀，便在于去寻找那故事里的唯一的构成方式。在她的作品中，叙述人被摆到了极其重要的地位，突出讲故事的方式，追求生活与小说异形异构，利用叙述切割现实，建立小说新的时空秩序。在《长恨歌》中，女主角王琦瑶的出场是在一系列精致的散文篇章铺陈之后：“弄堂”“流言”“闺阁”“鸽子”，然后才是“王琦瑶”一节。整部小说运用闲散繁复的叙述方式、不紧不慢的叙述节奏，呈现了一个不可思议的繁复啰嗦的女人世界。王安忆笔下的都市作为一个整体是一个流动的开放空间，这是外部和内部、繁华和底色、动与静浑然成为一个不可分割的整体。正是这样的叙述空间，呈现了现代都市开放空间的基本形式。由此可见，或许是先锋文学带来的惯性，王安忆在叙写都市生活时，意在“讲”而不在“奇”，是对张爱玲的“常中见奇”的现代改写。

自《金瓶梅》始，中国古典小说的题材重心开始从历史演义、英雄传奇转向市井俗情，至《红楼梦》达到世情小说的巅峰，其中为后人称道的是它把生活写得逼真而有味道，在日常生活的叙写中透出高雅。在王安忆的小说中，描写上海女性的凡俗生活的《长恨歌》中可以看到《红楼梦》的笔法。

《红楼梦》主要描述的是家庭闺阁的日常生活，这种日常生活不是

① 李志卿：《王安忆与读者的对话》，载《文学自由谈》，1993 年第 1 期。
② 王安忆：《漂泊的语言》，作家出版社 1996 年版，第 333 页。

单调无聊、枯燥乏味的，而是富有雅趣的，有一种蕴涵了丰富文化内涵的“雅化”倾向。而王安忆的小说给人的总体感觉是都市中渗透着雅致，乡村中散发着美感，也是比较“雅化”的文本，并且这种“雅化”的追求也是通过执着于日常生活来体现的。在《长恨歌》中，王安忆对王琦瑶为代表的上海弄堂里的女子的衣食住行、声色气味、柴米油盐的描写透露出一种上海普通市民所追求的雅致特色。比如王安忆通过人物的衣着穿戴来展示人物的性格和趣味。她揭示女人在服饰上的用心与较量，从而塑造了一个新神话——女人的生活贯穿在对服饰的孜孜追求上，城市的历史写在女人风水流变的服饰上。借用严师母的话：“要说做人，最是体现在穿衣上的，它是做人的兴趣和精神，是最要紧的。”女性使城市物质生活艺术化，使城市的美学品味得以呈现。王安忆说：“衣服也是一张文凭，都是把内部的东西给个结论和证明，不致被埋没。”“衣服至少是女人的文凭，并且这文凭比那文凭更重要。”《长恨歌》中写道：“薇薇这些女孩子，都是受到生活美学陶冶的女孩子。上海这城市，你不会找到比淮海路的女孩更会打扮的人了。穿衣戴帽，其实就是生活美学的实践。倘若你看见过她们将一件朴素的蓝布罩衫穿出那样别致的情调，你真是要惊得说不出话来。”又如，有一次康明逊请王琦瑶、严家师母、萨沙去国际俱乐部喝咖啡，王琦瑶“很淡地描了眉，敷一层薄粉，也不用胭脂，只涂了些口红。……穿了薄呢西裤，上面是毛葛面的夹袄，都是浅灰的，只在颈上系一条花绸围巾，很收敛的花色”。这令常换常新、紧跟时尚的严家师母自叹不如。她们“一个是含而不露，一个是虚张声势；一个是从容不迫，一个是剑拔弩张”。严家师母越使劲越失分寸，面上争强心里不得不认输。王安忆力图在日常生活场景中展示雅致的生活情趣。《长恨歌》“围炉夜话”一节，也突出了类似的生活场景。王琦瑶、严师母、毛毛娘舅、萨沙这些“同病相怜的人生出惺惺惜惺惺的感情，发展了精致的吃喝、敏感含蓄的闲聊、打麻将玩桥牌等共同兴趣，在王琦瑶的房间里营造出一个有声有色的小天地。年前的时候他们更加忙乎，暂时忘却一切浮云世事，体味这种精雕细琢的人生的快乐，感动于细节的完美和伟大，甚至相互不再怄气斗嘴，达成难得的体谅和善解。他们融智能于世俗，集聪颖于琐屑，把生活能力发挥得淋漓尽致，远远地超出身边的人，成为世俗的优胜者”。[①] 所谓“世俗的优胜者”便是使日常富于雅趣，化俗为雅的结果。

作为第五届茅盾文学奖获奖作品，《长恨歌》是王安忆长篇小说创作的巅峰之作，对《红楼梦》的日常生活的雅致书写笔法的继承使得这部作品完成了对中国传统审美观念的回归。正如有论者所述：“王安忆追慕这极美的意蕴与神髓，应和着那凄婉的旋律与节拍，绵延出另一场不无重复的人生戏剧，也小心地修复还原出一个古老的历史叙事的模式，并且流连于那样陈旧和古老的美学体验。”[②]

① 傅姗姗:《上海弄堂的精神缩影——试论〈长恨歌〉中的王琦瑶形象》，载《广播电视大学学报》(哲学社会科学版)，1999 年第 3 期。

② 张清华:《从“青春之歌”到“长恨歌”——中国当代小说的叙事奥秘及其美学变迁的一个视觉》，载《当代作家评论》，2003 年第 2 期。

九

詹谷丰的《喋血淞沪——蒋光鼐将军传》

或许是巧合，在第三个南京大屠杀死难者国家公祭日的这一天，我读完了詹谷丰的传记文学作品《喋血淞沪——蒋光鼐将军传》。说到现代历史上的中日战争，我们谈论更多的可能是“九一八”事变、“七七”事变、南京大屠杀、抗战胜利等历史事件。其实，在日本制造“九一八”事变之后、在“不抵抗”将军张学良的指挥下半年丢失东北三省100万平方公里的民族巨大耻辱中，在1932年1月28日到3月3日，现代史上的抗日名将蒋光鼐将军指挥第十九路军在上海与日军鏖战33天，真正打响了抗日的第一枪，谱写了一曲中国军队反侵略的壮丽篇章。作为研究蒋光鼐将军的首部人物传记，詹谷丰在《喋血淞沪——蒋光鼐将军传》[①] 中以详实的资料记载了蒋光鼐的传奇一生，展现了蒋光鼐从一个旧式军人到抗日名将再到共和国纺织工业部部长的传奇经历。从《喋血淞沪》中，我们可以看到作者对中国传记文学传统的继承和改造、对传记文学笔法中细节的侧重、对历史的叙述方式的探索。

① 詹谷丰的《喋血淞沪——蒋光鼐将军传》由广西师范大学出版社2008年出版，以下简称《喋血淞沪》。

1. 传记文学传统中的“史”与“文”

传记文学作为一种文体有悠久的历史。中国古代传记文学的成熟，应该从司马迁的《史记》开始。《史记》是我国古代第一部以人物为中心的伟大历史著作，同时也是我国古代第一部以人物为中心的伟大的文学著作。从历史的角度讲，《史记》开拓了我国古代2000多年的以人物为中心的历朝“正史”的先河；从文学的角度讲，《史记》第一次运用丰富多彩的艺术手法，向人们展现了栩栩如生的人物画廊。

在《史记》中，司马迁吸收利用叙事文学的丰富积累，把叙事文学大大推进一步，开创了传记文学。但是，这在他并不是完全自觉的。他的目的是在写历史，是以文学笔法书写史学著作，这是司马迁作为史官的文化使命和历史担当。[①] 然而，审美趣味的趋向，艺术功力的深厚，加之，他也有“文采表于后”的强烈愿望，便在自觉不自觉中塑造出各种类型的历史人物形象，从而使历史框架内的叙事文学因素发生了质的飞跃，传记文学产生并且成熟。

自《史记》之后，司马迁创立的纪传体的编纂体，成为历代“正史”之极则。《史记》是历史性与文学性高度结合的完美之作，这种完美结合在史学史和文学史上都既是空前的，也是绝后的。班固是司马迁的杰出继承者，也是古史传统的改造者。从班固开始，他有意识地把“历史”与“文学”分开。从今天的观点来看，作为“历史”的品格，《汉书》无疑是更完美、更系统、更周密了；但从文学的角度讲，《汉书》则无疑是在大踏步地倒退。由于“史”在中国古代至高无上的地位，后世的传记文学有一种非文学化的倾向，基本上沿着班固的“重史轻文”的路数写下来[②]，这也就是除了《汉书》《后汉书》《三国志》和《新五代史》中有若干篇章可称为传记文学，而其他“正史”在中国文学史中一般很少被人提及的原因。而另一方面，对“作意好奇”的《史记》笔法，尽管评价很高，但承继者很少。

① 张强：《〈史记〉文学特质研究中的几个问题》，载《陕西师范大学学报》（哲学社会科学版），2016年第1期。

② 《史记》《汉书》等“前四史”“二十四史”当属于“历史”，中国古代的传记（文学）直到《四库全书》也依然归于“史部”。

关于传记文学属性的看法的变化始于20世纪初期。梁启超是这个变化的过渡人物。1902年，他在《新史学》中把传统史学分为10种，第6种为“传记”，而晚年他在《中国历史研究法补编》中，虽然仍把传记列入历史学，但对传记又提出了新的要求：“记个人之言论行事及性格。”其中“最要紧的是写出这个人与别人不同之处”“凡记人的文字，唯一职务在描写出那个人的个性”。[①] 在这里，梁启超强调传记要写出性格和个性，这实质上是对文学的要求，实际上他已经在不自觉中把传记向文学靠拢了。在梁启超之后，胡适在1933年的《四十自述》和短文《中国的传记文学》中，明确地把传记归入文学的范围，他一再说到“传记文学”“自传文学”，其后他又提出了“有历史性质、有文学价值的传记文学”的说法。他的观点很明确：传记属于文学，但具有历史和文学的双重价值。与胡适同时或稍后，中国有影响的现代传记家郁达夫、朱东润等人也一致采用“传记文学”的名称，他们的观点成为中国学术界的主流。

概括地说，传记文学的定位应该是历史与文学的统一、历史真实与文学真实的统一。

《喋血淞沪》的写作思路正是基于对传记文学这一特征的总体把握，并在此基础上有所侧重。首先，传记在处理以传主为中心的历史史实上，采用的大处承继、小处充实的策略。蒋光鼐是现代历史上的抗日名将，新中国成立后担任纺织工业部部长，当年的淞沪抗战产生了广泛的国内、国际影响，因此，蒋光鼐生平经历中的重大事件、“一·二八”抗战的历史资料在国家档案的层面、在新中国成立后的各种回忆录中都已经非常丰富和完备，即使与蒋光鼐的一生关系密切的历史人物如陈铭枢、蔡廷锴、戴戟等人的生平史实都无异议。作为一部传记文学，作者的着力点并不是改写几成权威的国家叙事，而是对此“历史公器意识”给予足够的尊重和维护。正如作者在后记中所说：自己“只是一个对蒋光鼐的人生历史感兴趣的文学作者。对于本书所要描写的对象来说，历史的真相已经明了，发生过的事实都有定评，人物的功过是非也已盖棺定论，

① 《梁启超全集》（7），北京出版社1999年版，第4080页。

在这样的前提下，再对遥远的历史作细致的探究和深刻的挖掘已无必要”。[①] 但是，作者并未完全放弃史料的工作，作者利用身为东莞作家的地利之便，对蒋光鼐的家族历史、童年少年的成长经历，对没有进入国家叙事视野但与少年蒋光鼐关系密切、共同成长的同伴（如张廷辅、李章达、袁熙圻等）做了充足的调研和精细的梳理。对蒋光鼐这一“前事”的钩沉既补充了国家叙事的未顾及之处，也是为塑造一个完整、丰富的传主形象的一个必要笔法。

其次，《喋血淞沪》在“文”与“史”之间，着力于“文”。传记文学源于《史记》，但后世的传记文学深受中国传统“史传”的史鉴功能，“史传”写作中的宏大叙事、实录原则以及春秋笔法的深刻影响，承担着宣传教化的重负，这在一定程度上弱化了对传记文学的主体的表现和探索，重史轻文，见史难见人，远离了《史记》开创的传记文学的伟大传统。其实，《喋血淞沪》的写作也面临同样的史与文的选择和平衡。但是，如前所述，作者充分利用了传主的几无异议的现有史料，将写作的重心放在对文学性的追求上。这种写作策略既不违背传统的实录原则，又为传记创造了刻画人物性格、描写人物命运的写作空间，在某种程度上继承了《史记》的笔法，向遥远的传记文学传统致敬。

2. 细节支撑人物

细节在文学作品中的重要性自不待言。19 世纪欧洲的现实主义将细节看作是小说创作的普遍规律，恩格斯将细节作为现实主义的三大要素之一：“除细节的真实外，还要再现典型环境中的典型人物。”福楼拜在谈《包法利夫人》成功的秘诀时说：“我的完美的艺术仰仗于无数个生活的细枝末节的描写。”巴尔扎克说：“才能最明显的标志，无疑是想象的能力。现在当一切可能的结局都已准备就绪，一切情节都已加工，一切可能的都已试过，这时，作者坚信，再进一步，唯有

① 詹谷丰：《喋血淞沪——蒋光鼐将军传》（后记），广西师范大学出版社 2008 年版，第 301 页。

细节将组成作品的价值。”19世纪末法国印象派大师塞尚更有一句惊世骇俗的名言“天堂就在细节之中”，一语道破细节无与伦比的艺术价值。

中国的明清小说在细节描写方面也已达到了成熟的程度，从李贽、金圣叹对《水浒传》的评点中可以看出小说在细节方面的成就。金圣叹对细节描写有颇为全面的理论认识，他高度肯定细节描写，强调“文章之事，关乎至微”。金圣叹对细节描写所做的重大贡献，就是提出了叙事微而用笔著的原则：“盖其叙事虽甚微，而其用笔乃甚著。叙事微，故其首尾未可得而指也；用笔著，故其好恶早可得而辨也。”(第六十回总评)叙事微，就是不回避小的情节，要极力去描写刻画其中细微的语言动作等；用笔著，就是在细节描写中，倾注心力，倾注感情，把微小细节当作大文章来加工。

既然细节对文学作品的艺术价值具有如此重要的作用，传记文学是否可以同样着力于细节获得成功？答案并非不证自明。我们知道，传记文学的开创之作《史记》中已有非常广泛的对细节的使用，对此后人曾有许多评论。如明人凌约言说:《史记·项羽本纪》写“羽叱楼烦，楼烦目不能视，手不能发；羽叱杨喜，杨喜人马俱惊，辟易数里。羽之威猛，可想象于千百世之下”。可以说，在《史记》中，凡是生动典型的艺术形象，其中肯定都有生动活泼的细节描写，如项羽、刘邦等。但是，对于传记文学作者通过细节描写来突现人物特点的做法，历史批评家们却有不同看法，甚至认为这样做是错误的，不能允许的。如胡应麟认为：“太史公叙仓公，连篇累牍，靡不厌焉；相如窃女，曼倩滑稽，虽其文瑰伟可喜，而大体不无戾也。”（《少室山房笔丛·史记占毕一》）胡应麟的观点有一定的代表性，后世的史家更多地从历史学的角度规约纪传体中的传记，重史而轻文，前四史以后的史传作品的细节描写越来越少，人物传记的可读性自然就越来越差。

在《喋血淞沪》的写作中，在史实的记录与细节描写之间，作者明确地侧重通过典型的细节描写来刻画历史人物形象。因为围绕传主的重大事件，“读者可以通过史书中得到的历史事件的真相，史家们已经作了清楚的交代。作者需要努力的应该是用扎实的日常生活细节，还原真实的历史场景，让主人公在具体的细节中站立起来，鲜活起来。”“细节是最能丰富人物，推动时间进程，让死去的历史鲜活，让简单的文字灵动的表现手段。”①

蒋光鼐是现代史上有影响的抗日名将，早年追随孙中山加入同盟会，一生经历武昌起义、北伐战争、“一·二八”淞沪抗战、福建事变等重大历史事件，与民国时期的主要军政大员，与毛泽东、朱德、周恩来、叶挺等共产党人，与宋庆龄、何香凝、李济深等著名的民主人士都有交往，可写的东西自然也多，只要把他在政治、军事方面的重大事迹和活动写清楚，大体上就可以把蒋光鼐的特点反映出来了，用不着在其琐碎的小事上花功夫、用力气。但这只是问题的一方面，如果传记作品只写政治、军事诸方面的大事，那么读者所看到的只是蒋光鼐公共生活的一面，而他在私生活的一面就看不到了。作为一个有着七情六欲的活生生的人物，只写其一面，显然无法给人以立体感。再说，有些看起来是生活小事，有时却能以小见大，反映出人物大的方面的立场观点和理想志向。《喋血淞沪》记叙了诸多“小事”，给读者刻画了有血有肉的鲜活的传主形象。

第一类细节是对功勋卓著的抗日名将形象的多层次刻画，这是蒋光鼐最为世人熟知的形象。

传记在展示蒋光鼐顶着蒋介石的压力、沉着坚定指挥第十九路军淞沪抗战的过程中，采用了两个细节，表现了蒋光鼐的抗战决心。蒋光鼐“走出司令部的大门，刺骨的寒风使蒋光鼐打了一个寒噤。刚才在医院的病床上，他仍在发着低烧，想不到战争一打响，他的病却突然好了。……蒋光鼐从口袋里摸出一包药丸，悄悄地把它扔在路边。蒋光鼐想，战争打响了，面对凶残的日本侵略军，不能有一丝一毫的幻想，不是鱼死，就是网破！这药，已经用不上了。”② 从母亲临终前“弃文从武，才能做一个对国家有用的人”的遗训至今，30 年来蒋光鼐一直面对国家分裂、

① 詹谷丰：《喋血淞沪——蒋光鼐将军传》（后记），广西师范大学出版社 2008 年版，第 302 页。

② 詹谷丰：《喋血淞沪——蒋光鼐将军传》，广西师范大学出版社 2008 年版，第 106 页（以下所引出自本书的文字，只标页码）。

军阀混战的时局，特别是“九一八”事变使国家民族面临生死存亡的关键选择。外族的入侵、国土的沦丧是每一个有血性的军人的耻辱。指挥一支在北伐中军功卓著的“铁军”与日军正面作战是作为一名中国军人的蒋光鼐的历史担当。正是在孜孜以求的报国追求和国家民族的历史责任面前，生理上的不适被军人的抗敌热血冲击得烟消云散了。这就是民族的脊梁。

淞沪抗战正式打响后，上海社会各界组织了各种形式的支前运动，组织了义勇队、敢死队、情报队、救护队、担架队等十九路军的“编外部队”，在一个临时伤兵医院，“经常会有两个年轻的女子出现在伤兵床前……她们用粤语同伤兵亲切交谈……伤兵们都以为她们是故乡广东来的救护队员，直到很久以后，伤兵们和医院的工作人员才知道她们是十九路军总指挥蒋光鼐的夫人黄晚霞和蒋家的保姆蒋柳。”（119, 原书页码，下同）作为战场总指挥，蒋光鼐对“一·二八”淞沪抗战的双方兵力、战争背后的综合国力的强弱对比心知肚明。面对日本侵略军不断地增派军队和蒋介石、何应钦的处处掣肘，上海的防御局势在不断地恶化。但黄晚霞和家人都留在了上海，即使别人都离开上海，她也要坚持到最后，因为她是总指挥的夫人，她们一走，人心就散了。（119）国难当头，个人和家庭安危只能置之度外，这是军人的宿命。有人是当兵吃粮，有人是当兵做官聚财，对蒋光鼐来说，是践行母亲“从武救国”的遗训。所以，在错综复杂、城头变幻大王旗的民国时代，蒋光鼐对争权夺利敬而远之，而有限的薪饷除了生活必需之外，都用来在家乡办学堂、建医院和捐助抗日。

蒋光鼐指挥十九路军淞沪抗战，除了要面对正面的装备精良的日军，还要面对以蒋介石为首的国民政府内部的勾心斗角和妥协投降，面对蒋介石对非嫡系部队的防范、猜疑、排挤。所有这些障碍，对一心抗日的蒋光鼐来说都可以忍受。传记中有两个细节，一是淞沪抗战前，国民政府军政部已经欠了十九路军 8 个月 600 多万元的军饷（而蒋介石的嫡系部队从未欠饷）。战争期间正值寒冬，十九路军士兵却只穿着灰布单衣，短裤露膝，脚穿草鞋，在泥泞的战壕中瑟瑟发抖。（116）当社会各界、海外华侨给十九路军捐款时，军政部却认为人民的捐款应归公有，扣除欠饷之后的余款应上缴中央。似乎政府靠外敌的侵略增加了财政收入，真是一个莫大的讽刺！另一个细节是1932年5月，苏州各界隆重举行“一·二八”抗日阵亡将士追悼大会，参加抗战的第十九路军和张治中率领的蒋介石的嫡系第五军参加了追悼大会，传记中有这样一段细节描写：“当他们以军人和功臣的姿态出现在会场的时候，国民党军队所谓嫡系和非嫡系的区别就一览无余地显示出来了。第五军将士身穿厚实的黄泥制服，整齐划一；十九路官兵穿着单薄的灰布军衣，短裤露膝，有的战士军装破旧，还残留着战火的痕迹”。（170）对于十九路军的总指挥蒋光鼐来说，只要可以为国杀敌，一切的不公正都可以忍受。真是一位忍辱负重、顾全大局的将军。

蒋光鼐的人格魅力可以从与他患难与共的战友身上得到侧面的展示。在与陈铭枢、蔡廷锴、张廷辅、李章达等人一生的交往中，蒋光鼐处处表现出对事业忠诚、对信念坚守、对朋友守信的人格特点。传记有这样一个细节：在参加蒋光鼐的追悼会以后，蔡廷锴回到家里，他的眼泪终于倏倏滚落下来，他不顾妻子、儿女在场，竟然像孩子似的嚎啕大哭。三天三夜，蔡廷锴始终沉浸在蒋光鼐去世的巨大悲哀中。（299）征战一生的将军，铮铮硬汉，不是悲痛到极点，断不会如此失态。从蔡廷锴的悲伤我们可以联想到他们一生的交往。1923年两人初次相识，蒋光鼐担任营长时蔡廷锴不服气认为他抢了自己的位置而负气出走，一年后两人重新走到一起，再一年之后东征陈炯明战斗中，蔡廷锴驰援蒋光鼐；北伐后蒋介石离间蒋、蔡，任命蔡廷锴为十九路军总指挥，而蔡廷锴虽未与蒋光鼐沟通，但保持了共同的默契，坚辞不就；十九路军调往福建期间，蔡廷锴亲赴虎门荔荫园，说服蒋光鼐出山就任驻闽绥靖主任，共治福建；新中国成立后，两家住在隔开的一个院子里，到北戴河疗养，工作人员都会特地将两家人安排在相邻的别墅中。蔡廷锴性情刚烈、勇武坚毅；蒋光鼐沉静寡言、思想敏锐。共同的救国理念将两个性格迥异的将军紧紧地联系在一起，同生死，共患难，肝胆相照，荣辱与共，谱写了一生的友谊篇章。

传记还用一系列的细节再现了蒋光鼐形象的另外一面，展现了作为一个父亲、丈夫的柔情，丰富了蒋光鼐的形象特征。

“无情未必真豪杰，怜子如何不丈夫”。长期的军旅生涯使蒋光鼐很少与家人团聚，福建事变失败后，蒋光鼐避难香港，与家人一起过上了短暂的相对安稳的生活。蒋光鼐要利用这难得的团聚尽作父亲、作丈夫的责任。在香港期间，夫人黄晚霞生下一个男孩，蒋光鼐沉浸在惊喜和快乐之中，尽力照顾月子中的妻子，尽管显得笨拙和生疏。儿子满月了，蒋光鼐邀请了福建事变后避难香港的李济深、陈铭枢等老朋友和十九路军的旧属参加儿子的满月宴。在宴席上，儿子在众人的手中传递，到了蒋光鼐怀中，他在儿子胖嘟嘟的屁股上，留下了一串响亮的长吻。恰在这时，儿子的一泡尿撒到了蒋光鼐的脸上、脖子上，尿湿了蒋光鼐的衣服、裤子。蒋光鼐没有丝毫的狼狈，而是由衷地高兴，并宣布为儿子取名“建国”，期望儿子长大后能实现父辈们的建国理想。

对子女充满了父爱，对妻子也同样充满了爱意。作为军人的妻子，既要时刻为丈夫的安危担忧，又要独自承担抚养子女的责任。每一次短暂的相聚之后是漫长的离别，蒋光鼐深深地体会到军人妻子的艰难，所以对妻子满怀敬意。在传记中有这样一个细节。1967 年，蒋光鼐患病到上海治疗。上海的严寒让蒋光鼐想起了家中的棉衣棉裤，他找来秘书交代代发一个电报，请孩子他妈将棉衣裤寄来。当蒋光鼐看到发出的电文后竟然很生气，原来是秘书省略了一个“请”字，蒋光鼐对秘书说，你把“请”字省略了，也把我对孩子他妈的心意感情丢了，一个字可以见出夫妻的真感情，没有这个“请”字，她会伤心的！一个叱咤风云的将军、共和国的部长，对妻子的感情如此细腻，以至于这么在意电报中的一个字。真是一字显真情。

传记还用细节叙述了蒋光鼐对故乡的深切感情。

虎门——珠江口东岸的历史小镇，中国近代史序曲的“虎门销烟”在此上演。蒋光鼐就出生于虎门镇的一个村庄，在这里度过了他的童年和少年时光。从 1906 年进入广州陆军小学读书之后，一生戎马倥偬的蒋光鼐只是偶尔回到家乡，但这座南国小镇有他的第一任夫人谭妙南和他的孩子，有长眠于三台山的蒋光鼐的父母，有浓浓乡音的粤剧，也有味道鲜美的荔枝、芒果。故乡还是蒋光鼐疲惫心灵的驿站、恬淡田园生活的寄托、灵魂的皈依之地。在传记中，有几个细节充分表现了蒋光鼐对故乡的浓厚的感情。淞沪抗战后，蒋光鼐对心胸狭隘的蒋介石和内部矛盾错综复杂的国民党感到非常失望，带着《陶渊明集》和《剑南诗稿》秘密回到家乡。一身便装的蒋光鼐漫步于故乡的小路上，陶醉于家乡的一山一水。在一片荔枝林前，蒋光鼐望着树叶中彤红的果树，听着激越的蝉鸣，闻着沁人心脾的果香，他忘记了自己的上将身份，似乎一下子回到少年，他大步走进荔枝林，在绿树的掩映中，酣畅淋漓地撒了一泡尿。（177，原书页码）在家乡，一切的头衔、身份都变得无足轻重，壮志难酬的烦恼也可暂时忘却。可能只有在最亲切的家乡，蒋光鼐才回到了最本真的状态。当1967年蒋光鼐病情加重时，他对看望他的蔡廷锴说，自己最大的愿望是回虎门看看；（288，原书页码）在生命最后时光，蒋光鼐还要儿子蒋建国写信给乡下，请人用信封寄两颗荔枝来……可以说，蒋光鼐是带着对故乡的浓浓的深情走完了79年的传奇一生。

除此之外，《喋血淞沪》还安排了另外一些细节对蒋光鼐的形象作了多侧面的展示。如二次革命讨袁失败后，蒋光鼐与张廷辅等为逃避追捕，从江西逃往福建，途中遭遇土匪，枪支和财物被强行收缴。当时蒋光鼐机警地蹲在众人身后，把身上的钱塞进了鞋里。远离土匪之后，路途遥远，身无分文，在大家垂头丧气之际，蒋光鼐脱下鞋子，从中不紧不慢取出几块大洋。鞋藏银元的细节让众人对蒋光鼐的沉着机智充满了敬佩。总之，正是《喋血淞沪》中一系列典型、细小、具体的细节描写，将一个顾全大局、思维敏捷、指挥若定、坚定沉稳，既有铮铮铁骨又有一腔柔情的蒋光鼐展示在读者面前。

传记文学毕竟不同于虚构的小说，作者对传记的文学笔法作了适度的掌控：文学性细节是建立在史实基础上的合理推测，作者没有放任想象的翅膀，沉醉于小说式的虚构之中，而是在史实的“镣铐”中跳舞，实现了文学性与真实性的统一。

3.“生平的讲述方式”的探索

加拿大传记文学学者伊拉·纳代尔认为，在传记文学中，生平的讲述方式与生平中的具体细节同等重要[①]。在体现传记文学的文学性方面，除了细节，传记的叙事方式也是文学性的因素之一，是衡量传记文学艺术价值的一项重要标准。受文体特征的制约，传记文学的叙事模式难免单调平板，大多采用连贯的叙事时间、全知的叙事视角和以情节（故事）为中心的叙事结构。《喋血淞沪》基本遵循传统传记文学的叙事模式，同时我们也可从中看到作者在传统的传记文学叙事模式基础上的探索。

在叙事结构上，现代叙事文学大致有以情节为中心和以性格/人物为中心两种模式。单从传记文学看，《史记》的纪传体体例已从之前《左传》的以事为主转向以人为主。但后世的传记文学受史传的正史传统的影响，并没有沿着《史记》开创的以人为主的路径发展，传记文学的人物中心位置逐渐淡化。在叙事文学的另一条线索上，中国古代叙事文学从“作意好奇”的唐传奇到讲史话本再到明清的长篇小说，“故事”始终处于叙事文学的中心地位，它成为中国古代叙事文学的一个典型特征。在史传传统和叙事文学传统的双重影响下，传统的传记文学的叙事模式大体是以“故事”（情节）为中心。20世纪以来，在“西学东渐”的影响下，经过严复、梁启超、胡适、朱东润等人的自觉倡导，中国传记文学则开始突出传记文学的“文学性”特征，转向以刻画人物为中心的现代传记文学模式。

《喋血淞沪》就采用了以人物性格为中心的结构模式。蒋光鼐的传奇一生可以从多种角度记录：北伐战争的猛将、“一·二八”抗战的军事指挥、福建事变的主要领导人、著名的民主人士、共和国的纺织工业部部长。在蒋光鼐的传奇经历中，传记要找出贯彻蒋光鼐一生的性格特征。在《喋血淞沪》中，作者找到了“救国”二字：少年时代的弃文从武是乱世的救国选择，加入同盟会、追随孙中山东征北伐是为了救国，“一·二八”淞沪抗战、福建事变、“七七”事变后重

① 李峰：《传记文学的枷锁与自由——纳代尔教授访谈录》，载《外国文学研究》，2013年第3期。

返抗日战场是以抗日为核心的救国，抗战胜利后组建民革、策反余汉谋、参与新政协的筹备也是救国——“救国”是蒋光鼐一生的主旋律。《喋血淞沪》围绕蒋光鼐的这一性格特征，选择与组织蒋光鼐一生的丰富史料，将33天的淞沪抗战作为叙述的中心。传记用几乎三分之一的篇幅记录了淞沪抗战的整个过程，从中我们读到了蒋光鼐的抗日决心、对中日双方军事实力的认识、对国际形势的判断、对国内舆论动员的自觉、承受的压力和焦虑、最后被迫取消对日军的最后一击的仰天长叹。蒋光鼐的性格特征在这一中心事件的记录中得到完整的展现，它也成为蒋光鼐一生中最光辉的乐章。

在叙事时间方面，《喋血淞沪》总体采用了连贯叙述，按照时间的顺序，将蒋光鼐的一生从头道来。这种顺叙的手法为大多数人物传记所采用。同时，在《喋血淞沪》中，作者有意识地使用了“预叙”的手法。所谓预叙即提前将未来会发生的事件叙述出来。在西方叙事文学中，预叙较为少见。但在中国古代小说中，预叙却采用得十分普遍，古代话本小说、明清长篇章回小说都有对预叙手法的使用。在《喋血淞沪》中，作者有多处使用预叙，这里仅举几例有关淞沪抗战和十九路军的预叙。一是1913年讨袁失败后，蒋光鼐落难日本，后进入黄兴在东京郊外举办的“大森浩然庐”军事学校，在校学习军事之外，蒋光鼐还积极了解日本社会，加深对日本社会和大和民族的理解和认识。这为他若干年后指挥淞沪抗日提供了重要的帮助。(26–27)第二处预叙是十九路军诞生。蒋介石任命蒋光鼐为十九路军总指挥，蒋介石没有料到的是，这支拥护自己的军队， 一年之后， 会在淞沪战场上违背自己的命令誓死抗击日军；再一年之后，会成立中华共和国，走上反蒋抗日的道路。（80）第三处预叙是“九一八”之后，对立的宁粤双方谈判妥协，十九路军从江西“剿匪”前线调防京沪。历史的偶然使十九路军部署到抗日的前线，从而也提供了成就十九路军威震天下、享誉中华的契机。（94）这几处预叙都集中指向淞沪抗战和十九路军，属于叙事频率中的重复叙事，这种叙事策略从另一角度强化了叙事结构设置的中心事件。

在叙事视角的选择上，《喋血淞沪》使用了第三人称全知叙述。这种叙事视角特别适合像《喋血淞沪》这类时空延展度大、矛盾复杂、涉及人物众多的史诗性作品，同时全知视角也便于全方位地描述人物和事件。传记对蒋光鼐形象的刻画以外部行动、正面描写为主，配以适度的心理和侧面衬托；传记还利用全知视角叙述者不受限制的优势，关键之处配以适当的议论。除此之外，传记也有局部改变叙述角度，最值得注意的是“建国的理想”一节。这一节叙述蒋光鼐福建事变失败后避难香港期间儿子蒋建国的出生、成长，在叙述过程中临时变换视角，以童年的蒋建国的限制视角叙述父亲很少回家的感受。童年视角的使用对蒋光鼐抛妻别子、投身抗战作了客观的展示，增添了叙述的真实感。

十

胡海洋的《大河拐大弯》

胡海洋的长篇小说《大河拐大弯》[①] 在某种意义上是一部不太容易把握的作品。如果专注于小说的故事层面，即福斯特所说的作为小说基本面的故事[②]，《大河拐大弯》线索繁复，很难说有一个中心事件，读者几乎无法形成完整的故事链条；如果从小说的题材归类，我们可以见到家族叙事、政治反思小说、成长小说的影子；从现代小说的技巧角度看，小说不断变换叙述人，形成多种叙述声音。在叙事时间上，我们虽然可以大致勾勒故事的起点和终点，但在中间章节的时序被作者随意揉碎、来回穿梭跳跃。而小说的语言则包含了政治与民间、典雅与粗俗、朴实与反讽各类语体的混杂。本节并不准备对这部小说作面面俱到的阐释，仅从本课题研究的角度，从两个方面对《大河拐大弯》进行解读：小说对家族叙事传统的继承和改写、对"传奇"手法的借鉴。

1. 从"家族叙事"到"拟家族叙事"

中国古老的家族叙事有一条漫长的发展线索。

① 胡海洋的长篇小说《大河拐大弯》由作家出版社 2013 年出版，以下简称《大河》。

② 福斯特：《小说面面观》，苏炳文译，花城出版社 1984 年版，第 23 页。

中国的家族叙事，有着深厚的神话、史传传统。神话传说中最富有魅力的篇章，大都是关于天地开辟、人类诞生的想象和假设，或者是关于人类生存秩序的确立过程的猜测和推断。这些假想与推断，往往直接与“家族”神族、神谱相联系，成为对人类家族秩序的想象性确证，甚至就是关于家族的神话。司马迁《史记》所创立的“本纪”和“世家”对于帝王家族和世卿大夫之家世的史传体书写，还留有神话传说的痕迹，它开创了家族性叙事的先河。

自宋元以降，各类讲史话本、英雄列传、侠义传奇等，往往与“家族”因素密切相连。这类英雄传奇继承了史传文学“纪传体”的艺术结构方法，以一人一家之事为主，近于别传、外传，往往以一个英雄家族建功立业或冒险历奇的故事，反映当时的社会生活，故事性强，人物生动。这些将门英雄故事，以表现家族英雄为主。

英雄传奇多取材于历史故事和传说，是“宏大叙事”，对于家族内部的日常生活没有涉及，直到明代《金瓶梅》的出现才改变了这种忽视家族内部生活的状况。以前的话本都是由民间说讲故事加工而成，《金瓶梅》是第一部由文人独创的长篇小说，它选择和描写了一个具有很强叙事张力的家族。西门庆身兼富商、官僚、恶霸的多重身份，一妻五妾的复杂家庭关系，使得这个家族有很强的故事性。小说一条线以西门庆活动为中心，展示了晚明官场社会和市井社会的众生相。

《红楼梦》是中国古代家族小说发展的顶峰，呈现出成熟的气象。“诗礼簪缨之族，钟鸣鼎食之家”的贾府，由“烈火烹油，鲜花着锦”的盛世，无可奈何地走向日暮穷途的“末世”，最后“忽喇喇似大厦倾，昏惨惨似灯将尽”，一败涂地，演了一出“树倒猢狲散”的家族悲剧。小说以贾府的衰落过程为一条重要线索，贯串起史、王、薛几个家族的没落，描绘了上至皇宫、下及乡村的广阔历史画面，广泛而深刻地反映了封建末世尖锐复杂的矛盾冲突，从而揭示了封建社会必然走向崩溃的历史趋势。小说一个十分突出的创造性的特征，就是把以贾府为代表的贵族家庭由盛转衰的必然命运纳入到过去、现在、未来的历史之流中加以立体、全面地展现，因而具有强烈的历史沧桑感。①

① 叶永胜：《现代中国家族叙事文学研究》，华东师大 2000 届博士论文。

新文化运动以后，为了附和民主与科学的历史大潮，家族叙事开始揭露家族制度对个人身心的残害，巴金的《家》、林语堂的《京华烟云》、老舍的《四世同堂》、路翎的《财主的儿女们》等都是中国现代文学史上反映家族生活的优秀作品。在那段时期，表现旧家族对个人的束缚以及年轻人对大家庭的叛逆（如《家》），或者以家族故事来反思中国文化的精神内涵（如《四世同堂》）是家族叙事表现的主要内容。

在当代文学的前17年时期，传统的建立在血缘感情基础之上的家族被以阶级感情为纽带的革命家族所取代，家族故事则多反映压迫阶级与被压迫阶级之间的斗争（如柳青的《红旗谱》）。

20世纪80年代以后，作家的创作视野进一步开阔，在这期间，无论是审视当代历史，还是反思社会改革，或是重构民族性格，作家们都无法摆脱家族文化观念的影响。这样，文学中的血缘情感再次回归，并且出现了像莫言的《红高粱家族》，张炜的《古船》《家族》，阿来的《尘埃落定》等一批优秀作品。90年代更加多元的文化格局也让家族小说吸收了更多的新鲜空气，陈忠实的《白鹿原》以其深刻的思想内涵与独特的艺术个性在新时期文学中享有很高的声誉。

20世纪80年代末，家族叙事作为一个文学类型的专业术语进入文学批评领域，家族叙事进入学术研究领域。家族叙事，有时也称家族小说。对于家族叙事这个术语的界定，许祖华的观点具有一定代表性。他认为：家族小说是一种有特殊规范的小说类型。它的题材内容具有特指性，常描写一个或几个家族的生活及家族成员间的关系，并由此折射具有丰富内涵的历史和时代特征。所叙故事具有相当的时间跨度，往往在历史与现实结合中，形成“编年史”般的格局。其形式主要是长篇小说，有的甚至是多卷本长篇小说。家族小说的叙事模式，有叙写家族由有序—无序—衰败的主流模式和叙写家族的“兴旺”史的非主流模式。家族小说的情节母题主要包括“家族”“历史”“性”三个方面。其人物形象主要包括作为家族支柱的男性形象与作为家族附庸的女性形象。家族小说往往蕴涵了伦理文化、制度文化、风俗文化的内容和特征。①

① 许祖华：《作为一种小说类型的家族小说（上）》，载《重庆三峡学院学报》，2005年第1期。

与各个阶段的家族叙事相比，《大河》体现了它对传统的家族叙事的继承与改写。小说中叙述的历史时间从新中国成立初期到20世纪70年代末，大约30年的跨度，涵盖的人物包括卓仁家族爷爷辈卓老虎、父亲辈卓文西、孙子辈卓逸之等五个孙子共三代人的故事，小说还通过祖传的中堂挂屏“祖”和“麻风女的传说”将卓仁家族的历史上溯到四百年前的明代万历年间。可以说，《大河》的时间跨度使它与传统的家族叙事具有某种相似性。

但是，《大河》并不仅仅是对传统的家族叙事的简单重写，或者说，它借用了家族叙事的外在的结构形式，以一种对现代家族叙事的“逆向书写”的方式，通过描写卓仁家族三代人在“翻天覆地”的共和国前30年的历史中的不同境遇，表达了作者对这一段历史、对一种被切断的传统的思考，我们或可称之为“拟家族叙事”。

在“五四”以来的家族叙事中，家族传统是一种压抑人性、充满罪恶的象征。如在巴金的《家》中，以高老太爷和“克”字辈为代表的家族传统体现的是专制、冷酷、虚伪、堕落和对生命的漠视。这种对传统家族制度的整体判断是“五四”新文化运动高扬个性解放、激进的反传统背景下的典型叙事模式。而在17年文学的家族叙事中，这一叙事模式仍然部分地延续，只是把个性解放的旗帜换成了阶级解放。

《大河》在家族传统的处理上，摒弃了“五四”作家对于家族文化一概否定的简单认知，也规避了新中国成立以后“十七年”文学时期家族小说单一的政治化叙事。在现代社会，古老的家族制度虽然无可挽回地在解体，但是作为个体精神信仰和价值寄托的所在，它仍是现代中国人在时代潮流中情感寄托和自我塑造的切身需要。长期以来，家族制度是中国社会的最基础的结构，维系了族裔的延续和文化的传承。它应该是一个多面结构，既有旧式家族的专制，也有家族成员的血脉之情。对家族制度的控诉或歌颂毋宁说是一种基于不同时代政治和文化需要的“叙述”，任何单一的叙事都是对这一多面结构的简化。因此，《大河》对卓家三代人的刻画避免了简单化、类型化倾向，写出了人物的复杂性。

小说中爷爷卓老虎不再是传统的封建家长的代表。虽然爷爷的婚姻带有旧时代的特点，娶了两房，即“当家奶奶”和“金花奶奶”，另外还秘密娶了一个叫杨兰的偏房。爷爷的婚姻自然可以成为女性主义叙事控诉的对象，或者以现代婚姻制度为标准，爷爷的婚姻有点腐朽的气息。但爷爷的婚姻没有必然地带来所谓旧家庭中妻妾成群的互相伤害。相反，爷爷很善待她们，她们各守一方，井水不犯河水。更主要的是，爷爷是卓仁家族“忠厚传家久，仁义济世长”祖传家训的忠实践行者。他一世行医，悬壶济世，无论贫富贵贱，一律平等看待，诊费由病人自愿投到大堂的朱漆大木柜里。爷爷心地也很善良，如三毛的奶妈蒋玉贞偷吃鹿茸片，爷爷深知内情，给她开了解药并替奶妈保守这个秘密。新中国成立前夕，当许多人抛售田产，老卓仁倾囊而出购买土地，为的是以后赈济穷人不用再买粮食了。

小说中卓家的第二代卓文西，生于医药世家，家境殷实，毕业于北京大学，曾经也是一名热血青年，投奔解放军，随军南下剿匪，后受牵连调任古榕师范学校当校长。但是，在一次次政治运动中，当他屡次受到排挤打击之后，他的生命开始萎缩了，逐渐变得猥琐不堪。肉体的狂欢成了他生命的全部寄托，肆意妄为伤害了妻子的肉体，当妻子林文瑶不能再跟他同房之后，他唯一的生命支点也坍塌了。他将亢奋的肉欲转移到旺盛的食欲上，他不再有责任感，对几个孩子不闻不问，残忍责打，最后沦为一具行尸走肉。与一些家族小说腐朽的第二代不同的是，卓文西虽也堕落，但并不是恶人，他没有刻意去伤害别人，只是不愿承担责任而已。

卓家第三代以卓逸之为代表。卓逸之有过短暂的幸福童年，父亲卓文西被划为“右派”之后，卓逸之的生存环境不断恶化。在混乱时代的冲击下，家庭缺少了温情，学校和社会失去了应有的秩序，少年的卓逸之还未长大成人，就被抛到险恶的环境中。为了生存，他只能在反抗中成长。面对克扣伙食费的兄长，折磨母亲、抛弃孩子的父亲卓文西，劣迹斑斑欺辱同学的大洋马金玉山，迫害工人、玷污女知青的林场队长凌金牙，卓逸之以自己的弱小之躯顽强地反抗，即使是遍体鳞伤也在所不惜。但在另一方面，卓逸之对生命中的几个女人又显示了少年的真挚和温情：与小保姆曾灵秀的纯情、对初恋女友毕碧的专一、对毕碧妹妹的舍身保护、对姑姑杨丹丹的依恋、对母亲的同情。而在动乱年代对书籍的近似疯狂的热爱、对知识的渴望与摄取最终成就了一个少年的精神成长。第三代代表的卓逸之既没有所谓反抗家族专制走向新生，也没有随波逐流，沦为无可救药的第三代。

小说在对三代人的叙述中，卓文西和卓逸之是叙述的重心。他们父子二人构成了一个对比：受过良好教育、有过革命经历的卓文西，在社会政治运动的冲击下，没有表现出其教育背景、人生阅历应有的从容、坚韧和豁达，很快就放弃了作为医药世家出身的知识分子的社会责任，放弃作为一个父亲、丈夫的家庭责任。相反，小说的叙述者卓逸之在经历饥饿、歧视、打击报复等诸多磨难之后，依然生长出最基本的良知和同情。其实，卓家的第三代都不那么坏：卓逸之后来做了警察，老四成为古董商人，老五成为画家。即使老大卓飞飞对弟弟们刻薄、凶狠，也是非正常年代的自我保护，并没有恶意加害别人，而他最终成了一个文化名人。

卓家三代人的形象显示了《大河》对家族叙事模式的改写，古老卓仁家族的传统在第二代卓文西身上消失，却在第三代卓逸之等人身上得到了隔代延续，《大河》以此改写了传统家族叙事代际衰败的叙事模式。

《大河》对传统的家族叙事模式的改写，自然有小说写作追求独特风格的考量，同时任何叙事模式的选择和创新又无不关涉内容，它涉及作者对生活的理解和把握。《大河》的家族叙事并没有通过叙写家族内部生活来折射社会历史的变迁。实际上，小说的叙述开始不久，卓家已被抛入巨大的社会变动之中，或者说小说是以卓家的家族解体作为叙述的起点。小说人物经历的一些主要事件，如卓文西调任古榕师范校长、被贬到南山烧炭、调回南山中学、调到师专、关进牛棚；卓逸之随父迁徙、下放林场、被凌金牙报复；毕碧以高干子女身份到省步校学习、“文革”开始沦为阶下囚而惨死，等等，这些事件无不是外部社会粗暴干预的结果。在强大的社会机器面前，个人毫无选择的余地，只能被挟裹进巨大的历史洪流之中，有人挣扎、有人抗争，也有人沉沦、毁灭。因此，作者将家族叙事的重心转向外部社会，通过历史的巨变叙述家族的命运，显示了作者对这一段疯狂历史的反思，也有对小人物不幸命运的同情。

2.“传奇”手法的借鉴

追溯祖先的创业功绩，怀想祖先的神采风貌，是家族叙事的题中应有之义。因此家族叙事经常借鉴古代“传奇”的手法。

鲁迅在《中国小说史略》中说，小说至唐代而一变。所谓“变”主要体现两点：一是如宋人赵彦卫《云梦诗钞》所说，唐传奇“文备众体，可以见史才、诗笔、议论。”即唐传奇具备体现史才的史传传统、体现诗笔的诗骚传统和体现议论的诸子散文传统。二是明代胡应麟在《少室山房笔丛》中的总结，认为唐传奇“作意好奇，假小说以寄笔端”，以“纪述多虚，而藻绘可观”，强调了唐传奇重视情节的“新异”并以想象性描写为主的叙事特点。

首先，《大河》体现了对传奇中“史才”的借鉴。史才即史传传统的纪传性，为人物立传。在《大河》中，卓逸之是小说的主要叙述者，也是小说塑造的主要人物，小说可以看作卓逸之的成长史、心灵史；卓文西是另一主要人物，通过“我”的视角，叙述他如何一步步走向人生只剩下“食”与“色”的行尸走肉，小说是卓文西的沦落史、堕落史。

《大河》并不是仅仅为这两人立传，在小说中，作者使用了类似《水浒传》的多人物、多中心的笔法。按照家族的辈分排序，小说中有以下人物：遥远的祖先老卓仁、麻风女；第一代的卓老虎、当家奶奶、金花奶奶；第二代有林文瑶、杨丹丹；第三代就是卓家五兄弟。与卓家关系密切的郭政委、马市长、马美丽、曾石头、曾灵秀、毕将军、毕氏姐妹，奶妈蒋玉贞，李木匠。随着卓氏父子的流浪迁徙，先后出现了刘英（刘姥姥）、林场工人群体、知青部落群体。小说写了50多人，以卓家为中心，串起古代、现代、当代各个阶层的人物。由一家而及天下、而及古今，正是如《金瓶梅》《红楼梦》等家族小说的典型笔法。在人物性格的刻画上，小说对卓逸之、卓文西父子二人着笔较多，人物性格随情节发展，显示出性格的复杂性。其他如毕碧、凌金牙、刘姥姥、杨丹丹、奶妈等人物的性格都有很好的展示。小说的一个重要人物林文瑶始终与卓家父子的生活联系在一起，作者对这个人物没有给予足够的关注，人物形象稍显模糊。当然，在23万字的篇幅中要把如此众多的人物都刻画成功对作家笔力是一个很高的要求。

其次，《大河》显示了对古代“传奇”“作意好奇”“纪述多虚，藻绘可观”笔法的借鉴，表现在两个方面。一是小说借用了古代野史杂传，并突出它们的“奇”——惊奇、神奇。卓仁家族的始祖起源于一个麻风女的美丽传说，这一故事的原型出自清末宣鼎的笔记小说《夜雨秋灯录》中麻风女邱丽玉。鲁迅在《中国小说史略》中认为《夜雨秋灯录》“笔致纯为《聊斋》者流，一时传布颇广远。然所记载，则已狐鬼渐稀，而烟花粉黛之事盛。”[①] 在小说中，作者用“听姆妈讲那过去的事情”专章，借林文瑶之口完整地转述了麻风女的传说：淮南书生陈绮在粤西，途中遇虎，为富家公子邱礼生所救。古时粤西流行麻风，尤以年轻女子患者居多。世代相传陋习；凡未经陌路男子同房“过毒”的姑娘，不得论婚觅配。邱礼生的姐姐邱丽玉正是未婚姑娘。邱父见礼生把陈绮带回家来，正中下怀。便假意招赘，为丽玉“过毒”。洞房之夜，邱丽玉见陈绮不凡不俗，真心相爱，便将实情相告。她助陈绮回返故里。数月之后，邱家欲为丽玉正式论婚，丽玉不愿另嫁，便假装麻风病发，借以拒婚。邱父信以为真，只得遵照当地习俗，欲将爱女送进麻风岛。丽玉在弟弟的帮助下，逃离家门，投奔陈家。当邱丽玉姐弟到达陈家之日，正是陈绮乡试告捷之时。陈员外不愿让儿子娶一个“麻风”女子为妻，趁儿子未归之前，把丽玉悄悄幽闭地窖之内。当陈绮得知邱丽玉被关地窖，丽玉已经麻风病发。陈绮不顾丽玉麻风缠身，定要娶她为妻。丽玉为了不连累陈绮，喝下了缸中的毒酒，以求自尽。可就是这缸中的毒酒，最终治好了邱丽玉的病，夫妻二人再次拜堂成亲。

小说几乎将宣鼎原文实录，只是将淮南书生陈绮改为卓家先祖卓仁，夫妻二人拜堂成亲之后并没有仅仅“从此幸福地生活着”，而是利

① 鲁迅：《中国小说史略》，江苏文艺出版社2007年版，第169页。

用“毒酒奇方”，“制药设局，专恤流亡与贫病无告者”，开启卓仁家族三四百年的行医布善的家族神话。

在遇见麻风女之前，老卓仁曾远涉深山旷野，遍访名医宿儒。一日遇见当时的名医李时珍，一番惺惺相惜之后，老卓仁获传神功“祖”，即“铁裆神功”，一种保持男性旺盛的生殖能力的功夫，并获赠李时珍狂草大字“祖”。这幅中堂挂幅成为卓家四百年的传家之宝。

如果说这两个重述家族远祖故事充满了作者的奇思妙想，那么，在“沐浴爱河”一章，作者借卓文西之口对家传的“祖”的解释可谓“尽设幻语”“作意好奇”。卓家传家之宝“祖”是生命力的象征，孔庙的牌位、大臣上朝使用的笏板的前身，埃及的金字塔都与男性生殖器官有联系，中国的太极图、自然界的山川花鸟无不是阴阳、男女的象征。这种泛性主义倾向的敷衍，任性而恣肆，最典型地体现了传奇的“意想”特征。

二是对当代生活的叙述，突出“常中见奇”。除了古代的野史杂传之外，《大河》主要叙述了卓家三代人的当代生活。小说对当代的现实生活的叙述看似实录，但这30年的当代历史基本处于不正常年代，所以日常生活仍有传奇性。反右运动开始，古榕师范落实右派指标，在最后一个指标难以落实之际，卓文西去了一趟厕所，回来后被阴谋整他的书记刘英宣布为右派。[①] 一个以冠冕堂皇的理由发动的全国性的政治运动就以这种荒诞不经的方式推行。它有滑稽的成分，却一点也不好笑，因为它给50万像卓文西一样的家庭带来无尽的灾难。可谓常中见奇，奇中见讽。小说还叙述了类似的具有政治隐喻功能的奇事。在牛棚中像卓文西一样的教授们受性苦闷折磨，他们解决性苦闷的方式是口淫和手淫，他们给它披上学术的外衣；（175-181）过度的性游戏使卓文西和牛友们难以承受，呕吐不止，而游戏的发明者卓文西又发现用女性内衣煮水喝可以止吐的“妙方”。（218-219）此外，毕将军为武当俗家弟子，状似女子，走路似风摆杨柳，却阴功卓卓；李木匠临死前展示的卓绝气功；四毛丁丁嗜各种蛇和恶心的虫豸等，这些情节设置都增加了小说的惊奇效果。

① 胡海洋：《大河拐大弯》，作家出版社2013年版，第27-30页。

后记

本书在有限的范围内，梳理、分析了部分现当代作家对中国古代小说理论和叙事传统的继承、借鉴、改造或创造性的转化与应用。关于这一研究的价值，正如陈晓明所说：“本土性、民族性在文学价值评价方面并无多少优先权。”[①] 广而言之，中国古代文论的创造性转化、中国文化身份的建构都存在着一个关于价值追问之问题。我们不能对中国文论的创造性转化的话题简单地斥之为文化保守主义、地域主义，也不能简单地将这一话题与主流意识形态在全球化过程中寻求某种文化上的自豪感相提并论。放眼望去，并非只有正在崛起的中国才会寻求文化身份，或有建构文化身份的意识。毋宁说，这是经济全球化伴随而来的文化全球化所触发的文化自觉。除中国之外，诸多第三世界民族都有文化身份建构的冲动和意识，即使西方 / 第一世界阵营中非英语的国族（法、德等）同样也有对美国 / 英语为主的文化全球化的抵制。

具体到当代文学领域的小说写作，20 世纪 90 年代以来的小说写作中，不少作家（其中不乏来自当年先锋阵营的作家，如莫言、格非、余华、苏童等）先后在小说写作中自觉借鉴传统小说资源。对此，我们不应简单地理解为与主流意识形态话语的合谋，可以说，当代小说家是否借鉴传统小说资源纯粹是小说写作技巧的考量，况且，这种向传统小说资源的回归并不一定会带来政治话语的奖励、荣誉和来自专业评论领域的肯

① 陈晓明：《本土、文化与阉割美学——评从〈废都〉到〈秦腔〉的贾平凹》，载《当代作家评论》，2006 年第 3 期。

定。那么，对这种现象，我们只能从文学的内部获得解释。实际上，20世纪80年代以来，在对“五四”新文化运动中激进的反传统的反思中，过滤掉其中的对抗西方中心主义的文化保守主义话语之后，这一反思还有文学层面的思考。[①] 虽然“五四”以来的新文学传统中始终存在着一股隐性的、自觉或不自觉的对中国传统文化、中国古代文学传统的继承与借鉴，但这条线索始终被启蒙话语、民族国家叙事所遮蔽，被以时间为主的线性的现代性思维所压抑。而90年代以来的小说写作中借鉴古代小说传统的写作趋向正是对新文学中被压抑的这条线索的延续。

正因为如此，对现当代作家中的“向古代文学传统的致敬”之举，我们也仅仅在文学价值层面的讨论才是一种平和的学理的态度。作家、小说家向传统的借鉴也仅仅是小说写作的专业选择，它并不必然确保借鉴的成功。如果是对传统小说某一叙事技巧的简单模仿，偶尔为之可能会给人以新鲜感，长久为之则可能落入“俗套”。更主要的是，小说家们是在寻找一种适合自己的表达或结构方式时，把目光投向了传统小说。我们不必对这种“转向”给予更多的溢出“小说学”范围的过度解读，就如同20世纪80年代作家把目光投向西方现代小说，模仿福克纳、川端康成、马尔克斯一样。

本书对现当代小说与古代小说传统关系的梳理和分析基本限于小说观念、小说学（叙事方式、结构方式、表达技巧等）范围的实证的初步研究，至于小说家借鉴的为何是这一小说类型、小说技巧而不是另外类型和技巧，是否对原有的小说理论有所突破以及选择背后的策略等问题，因学力的关系少有涉及或涉及不深。其实，笔者非常赞同“形式即内容”的习语，小说家们转向古代小说传统自有小说修辞学的考量，再向深迈一步，就有作家对生活、对人生的思考。这一点是今后进一步的研究方向。

最后，关于现当代小说与古代小说传统关系的研究，有必要作进一步的解释。首先，这一研究角度只是基于本书的选择，它并不意味这些作家因为回归传统小说资源而获得写作的成功。实际上，有些作家（如莫言、王安忆、苏童）即使从所谓的先锋阵营撤退之后转向传统小说资源，

① 20世纪末，郑敏教授集中发表了几篇文章，如《世纪末的回顾——汉语语言变革与中国新诗创作》《新诗百年探索与后新诗潮》等，对百年诗歌的白话文的方向的讨论，引起理论界的关注。

但他们并未真正完全放弃现代小说技巧，而是一种对中西小说理论的融合，或者说是博采众长的小说写作策略。本书也只是侧重于他们与传统小说的关系这一个方面而已，对其他的研究视角并不具有排他性。其次，对小说文本的解读、对作家创作的评价应该是多方面的，小说修辞学的研究固然重要，它对小说艺术的推进也是文学研究的一个重要维度；同时，一部优秀的、经典的作品，一个在当代文学中占有一席之地的小说家，其作品对人类的精神领域探索、对人的生存境遇的思考同样也是小说研究的极其重要的维度。同样因为选题的原因，本书少有关注。

在本书的选题和研究过程中，东莞文联的詹谷丰、柳冬妩、胡磊等友人提供了建设性的建议；华南理工大学出版社卢家明社长对本书的出版关怀有加，华南理工大学出版社文科室王磊博士为本书的出版付出了辛勤的劳动。在此，向他们深表谢意！

最后，感谢为本书出版提供资助的东莞市文化名城办公室。

陈庆祝

2017 年 1 月于松山湖